「科幻推進實驗室」的誕生

雖然生物技術已經越來越高深
可是《科學怪人》的憂慮卻似乎離我們越來越近
雖然「一九八四」已經過去二十幾年
可是人類卻好像越來越走向《一九八四》
偉大的科幻心靈就像宇宙中原子聚合的恆星
發光發熱，照亮銀河中黑暗的角落
「科幻推進實驗室」立志要集合這些既精采又深刻
既娛樂又啓發的科幻傑作，逐年出版
把科幻推進到這個社會
讓我們享受這些非凡想像力所恩賜的心靈奇景
讓我們在娛樂中獲得啓發
在通俗中得到智慧

這就是「科幻推進實驗室」誕生的目標

艾西莫夫作品集 002

繁星若塵

The Stars, Like Dust

艾西莫夫◎著

葉李華◎譯

貓頭鷹出版社

科幻推進實驗室

艾西莫夫作品集 002 ISBN 986-7001-07-9

繁星若塵

作　　者　艾西莫夫（Isaac Asimov）
譯　　者　葉李華
主　　編　陳穎青
責任編輯　劉偉嘉
特約編輯　莊雪珠
發 行 人　涂玉雲
社　　長　陳穎青
總 編 輯　謝宜英
出　　版　貓頭鷹出版社
讀者意見信箱：owl_service@cite.com.tw
貓頭鷹知識網：www.owl.com.tw
發　　行　英屬蓋曼群島商家庭傳媒股份有限公司城邦分公司
聯絡地址：104 台北市民生東路二段141號2樓
郵撥帳號：19863813／戶名：書虫股份有限公司
購書服務專線：02-25007718~9
（周一至周五上午09:30-12:00；下午13:30-17:00）
24小時傳眞專線：02-25001990~1
購書服務信箱：service@readingclub.com.tw
香港發行　城邦（香港）出版集團
電話：852-25086231／傳眞：852-25789337
馬新發行　城邦（馬新）出版集團
電話：603-90563833／傳眞：603-90562833
印　　刷　成陽印刷股份有限公司
初　　版　2006年7月

定　　價　250元

國家圖書館出版品預行編目資料

繁星若塵／艾西莫夫（Isaac Asimov）著；
葉李華譯. -- 初版.-- 臺北市：貓頭鷹：
家庭傳媒發行, 2006〔民95〕
面；　公分 . --（艾西莫夫作品集；2）
譯自：The Stars, Like Dust
ISBN 986-7001-07-9（平裝）

874.57　　95011758

■導讀

樞紐與轉捩點——小兵立大功的銀河帝國系列

葉李華

艾西莫夫（1920–1992）是廿世紀科幻文壇三大家之一，也是舉世聞名的全能通俗作家。就其科幻創作而言，著名的「機器人」與「基地」是最重要的兩大系列。但事實上，在他的眾多科幻作品中，還有一套（銀河）帝國系列也毫不遜色，只因爲上述兩大系列太過有名，帝國系列一直活在兩者陰影之下。因而很少有人注意到，不論是在現實世界抑或作者筆下的虛擬宇宙，帝國系列皆曾扮演小兵立大功的關鍵角色。

先從現實世界說起，身爲科幻作家，艾西莫夫出道甚早，十九歲便嶄露頭角，二十出頭已頗享盛名（參見本書附錄〈艾西莫夫傳奇〉）。但在三十歲之前，他始終將自己定位爲業餘作家，從未眞正出版過一本書——所撰寫的中短篇科幻小說，包括兩大系列的每一個故事，都一律發表於科幻雜誌。另一方面，這十年間，他先後獲得化學碩士與博士學位，並在波士頓大學醫學院找到一份教職，眼看即將展開正統的學術生涯。

然而，由於太過熱愛科幻，即使忙著教書和研究工作，艾西莫夫仍將主力花在科幻創作上。一九五〇年初，剛過完三十歲生日，他終於出版了生平第一本書——長篇科幻小說《蒼穹一粟》。這件事帶給他極大的鼓勵，爲其職業作家生涯埋下重要的伏筆。

根據艾西莫夫自己的說法，這本書出版後，他正式將自己視爲作家。因此，在撰寫下一部長篇小說的時候，他刻意捨棄之前的筆法，嘗試將一字一句寫得足夠有文學味。好在剛寫完兩篇樣張，一位編輯（後來成爲他的好友）及時給了他當頭棒喝。

那位編輯說：「你可知道，『第二天早上太陽出來了』這句話，海明威會怎麼寫？」

艾西莫夫承認只聽說過海明威，但從未讀過他的小說。於是那位編輯宣布答案：「第二天早上太陽出來了。」

這段僅僅十秒鐘的對話，給了艾西莫夫絕大的啓示。其後整整四十年，他始終堅守這個原則，盡量將文句寫得通俗易懂，從不刻意賣弄辭藻或文采（搞笑時例外）。不知不覺間，這種風格便成了他的金字招牌。

他根據這個原則寫成的第一本書，便是帝國系列的首部曲《繁星若塵》。正因爲如此，本書的文字份外樸素，敘述方式則特別流暢，隱隱標誌著「艾西莫夫文體」的誕生。不久，他又完成《星空暗流》一書，銀河帝國三部曲遂功德圓滿。又過了幾年，還不到四十歲，艾西莫夫便辭去教職，成爲一位無所不寫的專業作家，直到生命的最後一刻。

帝國系列和基地系列共享一個虛擬宇宙，但時代背景比基地系列至少早了一萬年。耐人尋味的是，從各書字裡行間，不難看出故事順序和寫作順序並不相同。例如最早完成的《蒼穹一粟》，故事年代最接近後面的基地系列，當時整個銀河系業已統一在「銀河帝國」的旗幟下。而在《繁星若塵》中，人類卻還處於星際戰國時代，銀河帝國及其前身「川陀王國」皆尚未出現。至於《星空暗流》則介於其間，川陀王國那時已席捲銀河半壁，正在處心積慮繼續擴展勢力。

帝國系列所講述的三個故事，由於年代相隔久遠，相互間並沒有什麼聯繫，難免欠缺「系列」的氣勢。本文開頭便提到，這個系列始終活在兩大系列陰影之下，主因正在於此。話說回來，這三個各自獨立的故事，單獨看來皆十分精采，而且各有各的旨趣，充分表現出科幻大師的功力與才華。

基於一個特殊的機緣，艾西莫夫在成為專業作家後，將寫作重心從科幻轉移到科普，立志以一己之力提振美國國民的科學水準。後來，果然有許多功成名就的科學家和工程師，當面感謝艾西莫夫的啓蒙。而在萬千英美讀者心目中，艾西莫夫早就是科普的同義詞。

可是，就連艾西莫夫本人也不曾料到，過了整整四分之一世紀，仍有無數讀者記得他是一等一的科幻作家。於是，在千呼萬喚之下，寶刀未老的艾西莫夫終於重拾他最有名的兩大科幻系列。而且一開始，他就悄悄立下一個心願——利用這個機會，將這兩大系列融鑄成一個有機體，化為一部俯仰兩萬載、縱橫十萬光年的「銀河未來史」。

由於兩大系列的時代背景相隔太遠（簡單地說，「機器人」是近未來，「基地」則是遠未來），因此唯有利用帝國系列作樞紐，才有可能建立一個統一的未來史架構。這樣一來，便賦予了帝國系列嶄新的生命。於是，在艾西莫夫晚期的科幻長篇中，出現了不少帝國系列的影子。例如《基地邊緣》便刻意引用了《蒼穹一粟》的情節，而最明顯的例子，則莫過於《機器人與帝國》這本書——光看書名就不言而喻。

總之，若不清楚帝國系列的三個故事，即使看遍「機器人」與「基地」兩大系列，仍舊無法掌握這套未來史的完整架構。所以說，如果你已經是艾西莫夫的忠實讀者，一定不能錯過帝國系列任何一冊。反之，假如你還不熟悉艾西莫夫，帝國系列這三個精采紛呈的故事，將是你認識這位大師的最佳起點。

艾西莫夫未來史（依故事序，括號內為出版年份）

機器人系列

機器人短篇全集（*The Complete Robot*, 1982）
鋼穴（*The Caves of Steel*, 1954）
裸陽（*The Naked Sun*, 1957）
曙光中的機器人（*The Robots of Dawn*, 1983）
機器人與帝國（*Robots and Empire*, 1985）

基地系列

前傳
基地前奏（*Prelude to Foundation*, 1988）
基地締造者（*Forward the Foundation*, 1993）
三部曲
基地（*Foundation*, 1951）
基地與帝國（*Foundation and Empire*, 1952）
第二基地（*Second Foundation*, 1953）
後傳
基地邊緣（*Foundation's Edge*, 1982）
基地與地球（*Foundation and Earth*, 1986）

銀河帝國系列

繁星若塵（*The Stars, Like Dust*, 1951）
星空暗流（*The Currents of Space*, 1952）
蒼穹一粟（*Pebble in the Sky*, 1950）

參考資料

- Asimov, Isaac. In Memory Yet Green. Doubleday, 1979.
- Asimov, Isaac. I. Asimov: A Memoir. Doubleday, 1994.
- 不朽的科幻史詩：http://sf.nctu.edu.tw/yeh/fundation_2.htm
- 基地與機器人：http://sf.nctu.edu.tw/yeh/fundation_201.htm
- 科幻大師的科普緣：http://sf.nctu.edu.tw/yeh/fundation_5.htm

目次

第一章 呢喃的寢室

寢室中傳出輕聲的呢喃，音量幾乎在聽力極限之下。那是一種不規律的聲響，但相當明確，而且相當要命。

不過，並非這個聲音吵醒拜倫・法瑞爾，將他從沉重、不寧的睡夢中拉回現實世界。此時，他正在不停地輾轉反側，想擺脫小桌上發出的一陣陣「嘟嘟」聲，而他的努力卻徒勞無功。

他一直沒張開眼睛，只是笨手笨腳按下了開關。

「喂——」他咕噥了一聲。

收話器中立刻有聲音傳出，聽來既刺耳又響亮，拜倫卻懶得將音量調低。

那聲音說：「請找拜倫・法瑞爾好嗎？」

拜倫終於張開眼睛，面對著周遭濃重的黑暗。他感到口乾舌燥得難受，並察覺室內有一絲徘徊不去的氣味。

他答道：「我就是，請問哪位？」

那聲音不理會他的回答，逕自說下去，聽得出越來越緊張，而且音量不算小。「有人在嗎？我想找拜倫・法瑞爾。」

拜倫用一隻手肘撐起身子，看準視訊電話的位置，猛力拍了一下視訊控制鍵，小小的螢幕便亮起來。

他說：「我就在這裡。」螢幕上出現一張刮得乾淨、左右有點不對稱的臉孔，他認出那是桑得・鍾狄。「早上再打來吧，鍾狄。」

他正準備關掉通話裝置，鍾狄又說：「喂，喂，有人在嗎？這是不是大學樓，五二六室？喂。」

拜倫突然發現訊號輸出電路的小指示燈沒亮。他暗自咒罵一句，趕緊按下開關，指示燈卻沒有任何變化。這時鍾狄終於放棄，螢幕變得空無一物，只剩下一塊正方形的空洞光芒。

拜倫關上螢幕，然後趴下來，拱起雙肩，試圖再將腦袋埋進枕頭裡。他不大高興，原因之一，誰也無權三更半夜對他大吼大叫。他瞥了一眼床頭板上微亮的數字，現在是三點十五分。將近四小時後，室內的光線才會重新亮起。

此外，他不喜歡必須在完全黑暗的房間醒來。雖然累積了四年經驗，他仍無法適應地球人的傳統建築——全部採用鋼筋混凝土，低矮、厚實、沒有任何窗戶。這是一種上千年的傳統，可回溯到力場防護罩尚未發明、原始核彈依然無堅不摧的日子。

不過那已經是過去式。核戰曾對地球造成莫大的危害，使大部分地區充滿無法清除的放射性，變得毫無利用價值。如今情況壞到不能再壞，但建築物依舊反映出古老的恐懼。因此當拜倫醒來時，四周是一片絕對的黑暗。

拜倫再度用手肘撐起身子。好像有什麼不對勁，於是他頓了一下。他察覺的並非寢室中致命的呢喃，而是某種或許更不容易引起注意，而且顯然安全無數倍的東西。

他發現空氣不再緩緩流動。平時空氣總會不斷更新，那簡直是理所當然的事。他試著輕鬆地吞嚥口水，結果做不到。即使他了解到這種情形，室內的氣氛仍有種壓迫感。通風系統早已停止運作，現在他眞不高興了，他甚至不能用視訊電話報告這件事。

爲了確定起見，他又試了一次。乳白色的方形光芒再次閃現，在床上映出一團朦朧的珍珠色光輝。它仍能接收，卻已無法發送訊號。好吧，沒關係，反正天亮前，根本不可能找人來修理。

他打了個呵欠，開始摸索他的拖鞋，又用掌根揉了揉眼睛。通風設備失靈，啊？這就能解釋那種怪味道。他皺起眉頭，使勁嗅了兩三下。沒有用，還是那種熟悉的味道，可是他無法找到來源。

他起身向浴室走去，自然而然伸手摸向電燈開關，雖然他只是要倒杯水，不一定眞需要燈光。開關按下後，室內卻黑暗依舊，他又氣呼呼地試了幾次。每樣東西都壞了嗎？他聳了聳肩，在黑暗中將水一飲而盡，立刻感覺舒服許多。走回寢室的時候，他又打了個呵欠，然後他試了試寢室的總開關，發現所有的電燈都不亮了。

拜倫坐在床沿，將一雙巨掌放在肌肉結實的大腿上，開始思索這一切。通常，這種事値得跟管理人員好好理論一番。沒人期望在大學宿舍受到旅館般的待遇，可是，太空啊，學生至少能要求一些最低的效率水準。不過，現在這點也不怎麼重要，畢業典禮在即，他的學業已經結束。三天後，他就要對這間宿舍說最後一聲再見，同時，也要向地球大學與地球告別。

話說回來，他也許還是該報告一聲，但完全不予置評；他可以出去使用大樓的電話。他們可能會送來一盞自備電源的電燈，甚至可能臨時裝設一台電扇，讓他可以安穩睡上一覺，不至於因心理作用產生窒息感。假如沒人理睬，讓他們都飄到太空去！反正只剩兩個晚上。

藉著失靈的視訊電話發出的光芒，他找到一條短褲，又套上一件短上衣。他認爲這樣穿就夠了，並沒有換掉拖鞋。雖然這棟混凝土建築有著厚實、幾乎隔音的隔間，即使他穿上釘鞋在走廊用力踏步，也不會驚醒任何人，他卻看不出有換鞋子的必要。

他向門口大步走去，拉下了門桿，這個動作倒很順利。他馬上聽到「卡答」一聲，代表門鎖已被開啓。但實際上卻不然，雖然他使盡力氣，連二頭肌都已墳起，大門仍舊絲毫不動。

他後退了幾步。眞是活見鬼，難道整棟大樓都停電了？不可能是這樣，電鐘仍在走，視訊電話也還能正常收訊。

慢著！有可能是那些傢伙——那些該下地獄的東西。這種事不時發生，當然是一種幼稚的行爲，但他自己也參加過這種愚蠢的惡作劇。比方說，他的兄弟之一若要在白天溜進來，將這一切布置妥當，應該不是什麼難事。可是不對啊，當他準備就寢時，通風系統與電燈都還正常。

好吧，那就是晚上溜進來的。這棟大樓是一座古老、過時的建築，要使電燈與通風系統的電路失靈，不一定需要機械天才方能做到，而將大門堵死同樣不難。現在他們一定都在等待天明，看看冤大頭拜倫發現出不了門時，究竟會有什麼好戲。他們也許到中午才會放他出來，再好好嘲笑他一番。

「哈，哈。」拜倫綳著臉，默默自言自語。若是這樣，那就沒什麼關係。不過他總得做點什麼，好將局勢多少扭轉些。

他轉過身來，腳趾踢到一樣東西，它在地板上滑開，發出金屬般的聲音。藉著視訊電話昏暗的光芒，他勉強能看見那東西的掠影。於是他將手伸進床下，一面拍著地板，一面向左右畫出個大弧。摸到後，他將那東西湊到螢幕光芒附近。（他們還不夠聰明，應該讓視訊電話完全停擺，而非僅僅拉斷送訊電路。）

他發現手上抓的是個小圓柱體，半球形的頂端有個小孔。他將小孔湊近鼻端，仔細聞了一下，至少室內的怪味眞相大白了，那是催眠瓦斯的氣味。當然，那些傢伙在破壞電路時，得藉著它令自己昏睡不醒。

現在，拜倫已能將經過一步步描繪出來。用鐵棍撬開大門是件簡單的事，而且是整個過程中唯一危險的步驟，因爲他可能在那時驚醒。爲了這場惡作劇，他們也許白天就對大門動過手腳，因此看來好像關上了，實際上根本沒有，而他昨晚也未曾檢查。無論如何，一旦打開門，他們就能丟進一罐催眠瓦斯，再將大門關上。罐中的麻醉劑會慢慢滲出，只要達到萬分之一的濃度，就絕對能讓他昏迷不醒。這時他們可再進來，當然是蒙著口鼻。太空啊！一塊濕手帕就能阻擋催眠瓦斯十五分鐘之久，這點時間綽綽有餘了。

這也解釋了通風系統爲何故障。爲預防催眠瓦斯瀰散太快，他們必須讓空氣循環中止。事實上，這件事得放在最前面。視訊電話失靈使他無法求救；大門堵住使他無法逃走；切斷電燈則有助於引起恐慌。好傢伙！

拜倫哼了一聲。對這種事不能太敏感，否則根本交不到朋友。玩笑總歸是玩笑，沒什麼大不了的。現在，他很想把門打壞，讓這個惡作劇半途夭折。想到這裡，他上半身結實的肌肉開始繃緊。可是蠻力絕對無濟於事，這種門是爲了防禦核彈攻擊設計的。該死的傳統！

但總該有辦法出去，他不能讓他們逍遙法外。首先，他需要一個光源，一個眞正的光源，不是視訊電話那種既不理想又動不了的光芒。這不成問題，衣櫃裡面有個自備電源的手電筒。

當他摸到櫃門控制鈕的時候，一時之間，他甚至懷疑衣櫃是否也被堵死了。不過櫃門輕易就打開來，平穩地滑進壁槽。拜倫對自己點了點頭，這是理所當然的事。他們沒有特殊理由堵死衣櫃，而且無論如何沒有太多時間。

他抓起手電筒，正準備轉身，他的整個理論卻在瞬間完全垮台。他嚇得全身僵硬，腹部因緊張而肌肉突起，然後他屏住氣息，開始用心傾聽。

他醒來這麼久，直到現在才聽到寢室裡的「呢喃」。他聽到的是一陣微弱且斷斷續續的「笑談」，並立刻認出這聲音代表了什麼。

他不可能聽不出來，那正是「地球死亡之音」，是一千年前所發明的一種聲音。說得明白些，那是放射計數器發出的聲音。每當一個帶電粒子或硬伽瑪波射入計數器，就會令它產生一次響應，電子的大量躍動便匯聚成低聲的呢喃。它是計數器發出的聲音，爲它唯一能倒數的事——死亡——倒數！

拜倫緩緩地，躡手躡腳地向後退。退了六呎後，他才讓白色光束射進衣櫃深處。計數器果然在那裡，在遠處一個角落，但它無法提供更多的訊息。

他還是新鮮人的時候，那個計數器就躺在那裡了。大多數從「外世界」來的新鮮人，在他們來到地球的第一週，便會買一個這樣的計數器。因爲剛剛抵達地球時，他們都對地球的放射性非常敏感，感到需要採取一些保護措施。通常在第二年，他們就會將計數器賣給新生，但拜倫一直沒那樣做。如今，他萬分感謝自己的決定。

他轉身走向書桌，睡覺的時候，他都將腕錶擺在那裡，而它沒有不翼而飛。當他拿起腕錶，湊近手電筒光束之際，他的手已在微微發抖。這種錶的錶帶以柔韌的塑料編成，呈現近乎液體般的潔白，而它現在顏色未曾改變。拜倫將它拿遠一點，試著從不同角度觀察，結果發現它純白如昔。

這種錶帶也是新生必購之物。硬輻射會使它變成藍色，而藍色在地球上代表死亡。假如你迷了路，甚至只是不小心，大白天都很容易走到一塊放射性土壤上。城外數哩就開始有這種區域，政府盡可能將那些地帶隔離起來。當然沒人會故意走向那種死域，不過錶帶總是一種保險設備。

假使錶帶竟然變成淡藍色，你就得上醫院接受治療，絕沒有討價還價的餘地。錶帶的原料對放射性敏感的程度與你一樣，而利用適當的光電裝置，便能測量藍色的強度，藉此即可迅速決定傷害的嚴重程度。

紫藍色則代表完蛋了。正如同這種顏色變不回來，你同樣已經回天乏術，不會再有任何療法、任何機會、任何希望。你所能做的，就是隨便找個地方等上一天到一週；而醫院能做的，則是進行準備火化的最後手續。

但至少他的錶帶還是白的，拜倫心中的喧擾總算平靜了些。

所以說，現在還沒有多少放射性。這會不會是玩笑的另一部分？拜倫思索了一番，最後判斷沒這個可能。沒有任何人會對他人開這種玩笑，至少在地球上不會，因爲根據地球的法律，非法使用放射性物質是一項死罪。在地球上，對放射性的處理非常謹慎，他們必須如此。因此，假如沒有天大的特殊理由，不會有人做出這種事情。

他將這種想法仔細地、清楚地默想一遍，勇敢地面對這個問題。比如說，是什麼天大的特殊理由，使某人想要謀殺自己。可是爲什麼呢？根本沒有動機。他今年二十三歲，這二十三年來，他從未樹立大不了的敵人。沒有「這麼」大不了，嚴重到非置他於死地不可。

他緊抓著剪得短短的頭髮。這是一種荒謬的思路，可是他無法擺脫。他又小心翼翼地走回衣櫃，那裡必定有什麼放射性物質，而四小時前還不在那裡。結果，他幾乎立即發現答案。

那是個小盒子，長、寬、高都不超過六吋。拜倫認出它是什麼東西，下唇不禁微微打顫。他從來沒見過這種東西，可是很早以前就聽說過。他提起那個計數器，將它拿到寢室中，那種低聲的呢喃便減弱許多，幾乎接近終止。當他將薄層雲母隔板對準那盒子時，聲音又重新出現，放射線就是從隔板射入計數器的。現在他心中再無疑問，那正是一顆「放射線彈」。

目前的放射線本身不會致命，它們只能算引信。在那盒子的某個角落，裝置了一個微型原子堆。壽命短暫的人造同位素放出的粒子會穿透它，將它慢慢加熱。在達到熱度與粒子密度的閾値後，原子堆就會開始反應。雖然反應的高熱會將盒子熔成一團金屬，通常並不會發生爆炸，但會爆發出巨量的致命放射線，使附近所有的生物無法倖免。它的有效半徑視其大小而定，從六呎到六哩不等。

沒有任何辦法看得出何時會達到閾値，或許不會超過幾小時，也或許就在下一刻。拜倫仍無助地站在原地，被汗水濕透的雙手緊握著手電筒。半小時前，視訊電話將他叫醒，當時他還心平氣和，現在卻知道自己死期已近。

拜倫可不想死，但他被禁閉在自己房間內，根本就一籌莫展，也找不到任何可供躲藏的地方。

他知道這間宿舍的地理位置。它位於走廊的盡頭，所以僅有一側緊鄰另一間宿舍。當然，樓上樓下也都有人住。他對樓上的宿舍毫無辦法，同樓隔壁的宿舍緊貼他的浴室，也是以浴室與他的浴室相連，他不信能讓隔壁的人聽到自己的呼救。

只剩樓下那間宿舍了。

房間中有幾把摺椅，是招待訪客用的，他舉起了其中一把。當摺椅撞向地板時，發出「啪」的一聲，但聲音實在不怎麼大。於是他改用椅子的側面敲擊地板，發出的聲音才變得較刺耳有力。每敲一下，他都會稍微等一陣子，尋思這樣做能不能吵醒樓下的人，能不能對他構成足夠的騷擾，使他不得不向舍監告狀。

突然間，他聽到一陣微弱的嘈雜聲，於是停止了動作，那把破椅子還舉在頭頂上。嘈雜聲又傳了來，像是微弱的叫喊，是從大門方向傳來的。

他丟開摺椅，也開始大喊大叫，再將耳朵緊貼門縫。可是大門與牆壁接得嚴絲合縫，即使門縫處聲音一樣模糊不清。

但他聽得出來，有人正在叫自己的名字。

「法瑞爾！法瑞爾！」這樣叫了幾次後，對方又說了些別的，也許是「你在裡面嗎？」或者「你還好嗎？」之類的話。

他以大吼答道：「把門打開。」這樣連吼了三、四次。他急得滿身大汗，因為即使是這一刻，放射線彈也隨時有可能爆發。

他認為外面的人聽到他了。至少，又有含糊的叫聲傳進來。「小心，……，……，手銃。」他知道他們的意思，趕緊離開門邊向後退去。

接著便響起幾下尖銳的爆裂聲，他確實能感到室內的空氣也在振動。然後是扯裂什麼東西的巨響，大門應聲向內倒下，走廊中的光線立刻灑進來。

拜倫猛然向外衝，兩隻手臂急伸開來。「別進去！」他吼道：「看在地球的份上，別進去，裡面有顆放射線彈。」

他面前出現了兩個人，其中之一是鍾狄，另一位則是厄斯貝克。後者是他們的舍監，他連衣服都來不及穿好。

「一顆放射線彈？」他結結巴巴地問。

鍾狄卻說：「有多大？」即使三更半夜，鍾狄的服飾與裝扮還是講究得過分，而他手中仍握著手銃，因此看來很不相稱。

拜倫只能用雙手比一比。

「好的。」鍾狄應了一聲。當他轉身面對舍監時，似乎顯得相當冷靜。「你最好將住在這區的學生全部疏散，如果校園內找得到防護鉛板，趕快把它們搬到這裡來，在走廊上一字排開。如果我是你，清晨之前我不會讓任何人進來。」

他又轉身面對拜倫。「有效半徑也許有十二到十八呎，它怎麼會跑到這裡來？」

「我也不知道。」拜倫用手背擦了擦額頭，「要是你不介意，我得找個地方坐一下。」他向手腕瞥了一眼，才發覺腕錶仍留在室內。他突然有一種瘋狂的衝動，想要衝進去將腕錶搶救出來。

疏散行動開始了，學生被迅速驅離宿舍。

「跟我來吧，」鍾狄說：「我也認爲你最好坐一會兒。」

拜倫說：「什麼風把你吹到我的門口？並非我不感激你，這點你該了解。」

「我打電話給你，結果沒人接聽，我又非見你不可。」

「見我？」他試圖控制著不均勻的呼吸，每個字都說得很仔細。「爲什麼？」

「爲了警告你，你的性命受到威脅。」

拜倫發出一陣不由衷的笑聲。「我也發現了。」

「這只是個序幕，他們還會繼續嘗試。」

「『他們』是誰？」

「別在這兒說，法瑞爾。」鍾狄道：「我們需要私下談談這件事。你是個特定目標，而我現在這麼做，或許已經讓自己也身陷險境。」

第二章 天羅地網

學生交誼廳空空蕩蕩，而且伸手不見五指。清晨四點半的時候，幾乎不可能有別的狀況。但鍾狄打開門後仍遲疑了一下，想要聽聽裡面究竟有沒有人。

「別開燈，」他輕聲說：「我們談話時不需要燈光。」

「今天晚上我受夠了黑暗。」拜倫喃喃道。

「那我們留一道門縫吧。」

拜倫沒力氣與他爭辯。他癱在最近的一張椅子上，看著外面透進來的長方形光芒，隨著大門漸漸掩起，它被壓成一條細線。如今危險已經過去，他反倒開始感到心悸。

鍾狄將門固定好，又把他的短指揮棒放在那道光線映在地板的位置。「注意看著，要是有人經過，或者大門被打開，它都能警告我們。」

拜倫說：「拜託，我沒心情玩什麼陰謀詭計。如果你不介意，就請趕快告訴我，你要告訴我的究竟是什麼事。你剛才救了我一命，這點我明白，明天我會好好謝你。此時此刻，我只想小酌一杯，然後大睡一覺。」

「我想像得到你的感受，」鍾狄說：「可是你剛才差點一睡不醒，現在你只能算暫時躲過，但我希望使它成為永久性的。你可知道我認識令尊？」

這個問題來得很突兀，拜倫揚起眉毛，但這個動作在黑暗中等於白做。他說：「他從未提到過認識你。」

「如果他那麼說，我才會驚訝呢。我和他相交，用的並非我在此地用的名字。順便問一句，你最近有沒有令尊的消息？」

「你為什麼要問？」

「因為他現在有很大的危險。」

「什麼？」

藉著昏暗的光線，鍾狄的手摸到對方的手臂，並緊緊抓住它。「拜託！保持你原來的音量。」直到這時，拜倫才發覺他們一直在悄聲交談。

鍾狄繼續說：「讓我說得更具體點。令尊已遭到扣留，你了解問題的嚴重性嗎？」

「不，我當然不了解。什麼人扣留他？你圖的又是什麼？你為何要來煩我？」拜倫兩側的太陽穴起伏不已。剛才的催眠瓦斯與九死一生的經歷，使他無法搪塞面前這位冷面的紈袴子弟。這人與拜倫坐得那麼近，以致他的耳語跟喊叫聲一樣清晰。

「當然啦，」他又悄聲道：「你對令尊的工作應該略知一二吧？」

「假如你真認識家父，應該知道他是維迪莫斯牧主，那就是他的工作。」

鍾狄說：「好吧，除了我冒著生命危險試圖搭救你，你沒有更好的理由該信任我。你能告訴我的一切，我都已經一清二楚。譬如說，我知道令尊一直在暗中策畫，準備反抗那些太暴人。」

「我鄭重否認。」拜倫緊張地說：「即使你今晚救了我一命，你還是無權對家父做這種指控。」

「你的辯解實在拙劣之至，年輕人，而且是在浪費我的時間。難道你還看不出來，這種情況不是言語能搪塞的？讓我直說吧，令尊已遭太暴人扣留，現在或許已經遇害了。」

「我不相信你的話。」拜倫準備要站起來。

「我的確有辦法知道。」

「讓我們到此爲止，鍾狄。我沒心情聽你這種故作神祕的言語，我也厭惡你的企圖……」

「嗯，什麼企圖？」鍾狄的聲音不再那麼優雅，「我對你說這些，自己又能得到什麼好處？請允許我提醒你，我獲得的情報，這個你不願接受的情報，使我明白可能有人將試圖謀害你。想想剛才發生什麼事，法瑞爾。」

拜倫道：「再說一遍，別拐彎抹角，我願意聽。」

「很好。我猜，法瑞爾，你知道我是來自星雲眾王國的同胞，雖然我一直冒充織女星人。」

「根據你的口音，我判斷有這個可能，這點似乎並不重要。」

「這點很重要，朋友。我所以來到此地，是因爲我和令尊一樣不喜歡太暴人。過去五十年來，他們一直在壓迫我們這些人，這不能算是個短時間。」

「我不是個政治人物。」

鍾狄的聲音好像透出一絲怒意，他說：「喔，我可不是他們的間諜，不是故意來找你麻煩的。一年前他們將我逮捕，就像現在逮捕令尊一樣。但我設法逃脫他們的掌握，來到了地球，在我做好返鄉準備前，我認爲待在這裡還算安全。有關我自己的事，我需要對你說的都說完了。」

「這些已經比我想知道的還多，先生。」拜倫無法在聲音中透出不友善的情緒，鍾狄過分中規中矩的禮貌態度，已經對他造成影響。

「我知道這點，但我至少得告訴你那麼多，因爲正是這個緣故，我才有機會和令尊結識。他和我一起工作，或者應該說，我和他一起工作。而他與我相處時，用的不是天霧行星最有權勢的貴族那種官方身分，你了解我的意思嗎？」

拜倫點了點頭，在黑暗中這根本是無意義的動作。然後他說：「了解。」

「我們沒有必要扯那麼遠。即使在地球上，我的情報來源也一直沒斷。所以我知道他給關了起來，這是確實的情報。即使它只是我的猜疑，你剛剛險遭暗算也成了充分的證據。」

「怎麼說？」

「如果太暴人抓到了老子，他們還會放過兒子嗎？」

「你是不是想要告訴我，我房裡的放射線彈是太暴人放置的？這是不可能的事。」

「爲什麼不可能？難道你不明白他們的處境嗎？太暴人統治著五十個世界，他們與被統治者的人數比例懸殊。在這種情況下，僅僅依靠武力是不夠的。迂迴間接的手段，例如陰謀、暗殺都是他們的拿手好戲。他們在太空中織成的羅網又密又廣，我確信這張網橫跨了五百光年，一直延伸到地球來。」

拜倫尚未從剛才的惡夢中完全清醒。遠處模糊地傳來搬動鉛板發出的聲音，而在他自己的房間中，那個計數器一定還在繼續呢喃。

他說：「這說不通。本週我就要回天霧星去，他們應該知道這點，爲何要在這裡殺害我呢？如果他們再等幾天，我就會自投羅網。」找到這個漏洞令他大大鬆一口氣，他多麼希望自己的邏輯正確。

鍾狄湊近些，他呼出的芬芳氣息吹動了拜倫一側的頭髮。「令尊很有人望，他的死——一旦遭到太暴人監禁，就很可能會被處決，你必須有心理準備——即使是被太暴人馴服得絲毫沒有勇氣的亡國奴，聽到他的死訊也會憤慨不已。你繼任維迪莫斯牧主後，就可以糾合這股怒火。若是將你一併處決，會使人民變得加倍危險，他們的目的不是要製造烈士。但是，如果你在某個遠方世界意外身亡，那他們就方便多了。」

「我不相信你。」這句話已成為拜倫唯一的擋箭牌。

鍾狄站起來，調整了一下他的薄手套，然後說：「你太做作了，法瑞爾。如果你裝成並非完全不知情，你扮演的角色或許還更可信。令尊想必是為了保護你，而避免讓你知曉實情，但我不信你能完全不受他的信仰影響。他對太暴人的仇恨自然而然反映在你身上，使你不由自主想要挺身反抗他們。」

拜倫只是聳了聳肩。

鍾狄又說：「由於你已經成年，他甚至會想到開始利用你。你待在地球順理成章，看來不像一面求學，一面還在進行一項特定任務。也許就是因為你並未達成任務，太暴人才準備殺害你。」

「這是愚蠢的通俗劇情節。」

「是嗎？姑且算是吧。假使現在眞理無法說服你，稍後的事實也會令你信服。不久將有另一個取你性命的行動，而下一次就會成功。從現在起，法瑞爾，你等於是個死人了。」

拜倫抬起頭來。「慢著！這件事和你個人究竟有什麼利害關係？」

「我是個愛國者，我希望看到眾王國重獲自由，都能擁有自己選擇的政府。」

「不，我是說你個人的利害關係。我不能光是接受理想主義，因為我不相信你有。這樣說要是冒犯了你，那我實在很抱歉。」拜倫的話一字一字堅決地吐出來。

鍾狄再度坐下，他說：「我的土地全部遭到沒收。在我流亡前，被迫接受那些侏儒的命令，就是一件很不舒服的事。離開自己的土地後，我開始渴望重建一個太暴人來臨前的時代，讓我能做個像我祖父那樣的人，這種念頭過去從未如此強烈。我想要發動一場革命，這個實際的理由夠不夠充分？令尊本來可以擔任這場革命的領導者，你辜負了他！」

「我？我才二十三歲，對這些都一竅不通。你可以找到更適當的人選。」

「這點無庸置疑，可是除了你，別人都不是令尊的兒子。假使令尊遭到殺害，你就是新任的維迪莫斯牧主。只要你擁有這個身分，即使你才十二歲，而且還是個白癡，對我一樣是無價之寶。我需要你的原因，和太暴人必須除掉你的原因完全相同。若是我的需要無法令你信服，他們的需要必定可以。你的房裡有顆放射線彈，它唯一的目的就是取你性命。還有誰會想殺害你？」

鍾狄耐心地等了一會兒，便聽到對方悄聲的回答。

「沒有什麼人，」拜倫說：「據我所知，沒有人會想要殺我。那麼有關家父的事竟是真的！」

「那是真的，將它視為戰禍的一環吧。」

「你認為我這樣想就會好過一點？也許有一天，他們會為他豎一塊紀念碑？還是具有輻射銘文的，你在一萬哩外的太空都能看見？」他的聲音漸漸變得有點刺耳，「這樣就能使我高興嗎？」

鍾狄繼續默默等待，拜倫卻未再說什麼。

於是鍾狄說：「你準備怎麼做？」

「我要回家去。」

「所以說，你仍不了解自己的處境。」

「我說了，我要回家去。你到底想要我做什麼？如果他還健在，我要把他救出來。萬一他遇害了，我要……我要……」

「住口！」這位老大哥的聲音變得冷酷而煩躁，「你像個孩子一樣胡說八道。你絕不能到天霧星去，難道你看不出來嗎？我面對的到底是個嬰兒，還是個講理的年輕人？」

拜倫喃喃道：「你有什麼建議？」

「你認識洛第亞的執政者嗎？」

「那個太暴人之友？我認識這個人，我知道他是誰。眾王國的每個人都認識他，亨瑞克五世，洛第亞執政者。」

「你見過他嗎？」

「沒有。」

「那才是我眞正的意思。如果你從未見過他，就不能算認識他。他是個蠢蛋，法瑞爾，我這麼說不是比喻。可是，當維迪莫斯牧權被太暴人沒收後——那是一定的事，就像我的土地一樣——卻會轉贈給亨瑞克。託付給他，太暴人會感到安全無虞，而你就是必須去找他。」

「爲什麼？」

「因爲亨瑞克至少對太暴人有點影響力，即使只是個諂媚的傀儡所能發揮的影響，他也許能設法使你復位。」

「我看不出他爲何會這麼做，他更有可能將我交到他們手裡。」

「的確如此。但你會提高警覺防範，你若盡力而爲，還是有機會躲過一劫。記住，你擁有的頭銜既珍貴又重要，但它不是萬能的。從事這種密謀活動，最重要的是要面對現實。民眾基於感情因素，以及尊崇你的名頭，的確會聚在你身邊，可是要長期留住他們，你就需要大量金錢。」

拜倫思索了一下。「我需要時間做決定。」

「你沒有時間了。那顆放射線彈放到你房間後，你的時間就用完了。讓我們採取行動吧，我可以給你一封介紹信，讓你去見洛第亞的亨瑞克。」

「這麼說，你跟他很熟嘍？」

「你的疑心從來不肯鬆懈。對不對？我曾經代表林根的獨裁者，率領使節團前往亨瑞克的宮廷。他低能的心智也許早已忘了我，但他不敢表現出來。我的信能爲你引薦，然後你可以見機行事。早上我就會把信交給你，中午有艘太空船飛往洛第亞，船票我準備好了。我自己也將離去，但我會循另一個管道。別再逗留，你在這裡的學業全部結束了，對不對？」

「還有個學位授與儀式。」

「只不過是一片羊皮紙，對你有什麼重要嗎？」

「現在不了。」

「你有錢嗎？」

「足夠了。」

「很好，太多反倒會引起懷疑。」他突然尖聲喊道：「法瑞爾！」

拜倫從跡近恍惚的狀態中驚醒過來。「什麼事？」

「回到同學那裡去，默默行動，別告訴任何人你要走了。」

拜倫默默點了點頭。在他心靈深處某個角落，仍想到任務尚未完成，自己就這麼一走了之，也算是辜負命在旦夕的父親。他承受著莫可奈何的悲痛——父親應該多告訴他一點，應該讓他分擔那些危險，不該讓他如此盲目行動。

父親在密謀中扮演的角色，他既然知道了真相，或說至少知道得多了點，那麼，父親叫他從地球文獻中尋找的那份文件，現在益形重要了。可是他已經沒有時間——沒有時間取得那份文件，沒有時間懷疑這一切，沒有時間拯救父親，或許也沒有時間活下去。

他說：「我會照你的話去做，鍾狄。」

桑得．鍾狄在宿舍外的台階上停下來，向大學校園瞥了一眼，眼光中顯然沒有讚許之意。然後，他沿著磚鋪的走道向前走去。自古以來，位於都市的校園都喜歡營造一種田園風貌，這條蜿蜒的走道便建在這種人工田園中。他能看到城中唯一一條大街的燈光在前方閃耀，而在更遠的地方，則映著永不熄止的放射性藍光。白天那種光芒被日光掩蓋，現在則看得清清楚楚，可算是史前戰爭的無言證詞。

鍾狄抬頭望向天空，暗自尋思了一會兒。在那遙遠的星雲深處，曾有二十幾個互相傾軋、不斷擴張的獨立政體。五十多年前，太暴人突然從天而降，一夕之間結束了這些政體。如今，在毫無預警且措手不及的情況下，死亡的寧靜竟然即將降臨。

當初的巨變有如晴天霹靂，至今他們尚未完全恢復。現在僅剩某種抽痛，偶爾會刺激一兩個世界，根本毫無實際作用。想要將這些抽痛組織起來，安排它們在適當時機同時發動，將是個很困難、很漫長的工作。好啦，他在地球的閒散日子過得夠久了，如今已是該回去的時候。

此時，家鄉的其他人，也許正在試圖與他聯絡，正在傳送訊息到他的房間。

於是他稍微拉大步伐。

他走進自己房間後，果然收到遠方傳來的波束。那是一種私人波束，其安全性絕對無庸置疑，保密程度亦無絲毫漏洞。這種波束無需有形的接收器；無需任何金屬或電線捕捉周遭微弱飄忽的躍動電子——它們承載的細微電脈衝，是從五百光年外的另一個世界，經由超空間傳送過來的。

屋內的空間已經極化，隨時可以開始收訊。空間的無規結構已排列整齊，然而除了收訊，沒有其他方法能偵知空間的極化。在這個特定的空間中，只有他自己的心靈可充當接收器，因爲他的神經細胞結構才具有那種特殊的電性特徵，得以與載送訊息的載波束產生共振。

訊息的保密性與他腦波特徵的唯一性同樣絕對。在整個宇宙的千兆人口中，想要找到另一個與他足夠接近的人，能接收到他的私人波束，這種機率僅有億兆分之一。

呼叫從無際、空虛、不可思議的超空間呼嘯而來，鍾狄的大腦感到了輕微的刺激。

「……呼叫……呼叫……呼叫……呼叫……」

發送訊號比接收訊號複雜得多，必須使用某種機械裝置，產生一個極其特殊的載波，才能將訊息傳送到彼端星雲的接收器，這個裝置就藏在他右肩的飾扣上。當他踏入極化空間後，發訊裝置自動觸發，接下來他需要做的，只剩下全神貫注地刻意驅動思想。

「我在這裡！」根本不需要其他的識別訊號。

單調重複的呼叫訊號隨即停止，他心靈中開始有話語形成。「我們問候您，閣下。維迪莫斯牧主已遭處決，當然，這個消息尚未公開。」

「我並不驚訝，有沒有其他人受到牽連？」

「沒有，閣下。牧主一直未做任何口供，他是個勇敢且忠誠的人。」

「沒錯。可是光有勇敢和忠誠還不夠，否則他也不會被捕，輕度的膽怯或許更有用。沒關係！我跟他兒子談過，就是那個新牧主，他已經跟死神打過照面，我們將要利用他。」

「可以請問如何利用嗎，閣下？」

「最好還是讓事實回答你的問題。如今爲時尚早，我當然還無法預見結果。明天，他將啓程去見洛第亞的亨瑞克。」

「亨瑞克！那年輕人將有生命危險，他是否知曉……」

「我已盡我所能告訴他了。」鍾狄以嚴厲的口吻答道。「在他尚未有所表現前，我們不能對他太過信賴。就目前情況而言，我們只能認爲可送他去冒險，就像其他人一樣。他可以犧牲掉，相當不足惜。以後別再送訊到這裡來，我馬上要離開地球。」

做了個表示結束的手勢後，鍾狄便在心中切斷通話。

然後，他平靜地、愼重地回想著過去一整天發生的事，將每個事件都衡量一番。他漸漸發出微笑，每件事都安排得完美無缺，這場戲將自動演下去，直到最後一幕終了。

沒有任何一環要靠運氣。

第三章　機會與腕錶

太空船脫離行星表面的第一個小時，是整個旅程中最平凡無趣的一程。升空前後總是一團混亂，幾乎無異於遠古時代，在某條太古河流中，人類第一艘獨木舟下水時的情景。

你找到了你的艙房，你的行李安置妥當，你隨即感到周遭有股陌生而莫名的緊張氣氛。最後一刻的親暱擁抱，總是伴隨著高聲的喧囂，等到嘈雜聲漸漸消失，便傳來氣閘關閉的沉悶鏗鏘聲。當閘栓向內自動旋轉時，空氣中又響起一陣颯颯聲，閘栓就像個巨大的鑽頭，將氣閘緊緊密封起來。

接下來則是詭異的靜寂，每間艙房的紅色訊號燈隨即閃起：「調整抗加速衣……調整抗加速衣……調整抗加速衣。」

服務人員在走廊上來回奔走，隨手敲著每扇艙門，然後猛然將門拉開。「對不起，請穿上抗加速衣。」

於是你開始與抗加速衣奮戰，它又冷又緊，穿在身上很不舒服。但它連接到一個液壓系統上，可以吸收升空時引起的難過壓力。

遠處傳來核能發動機的隆隆聲，由於尚未穿越大氣層，發動機僅處於低功率狀態。然後，你突然頂住抗加速衣中緩緩減壓的油液，感到幾乎不斷後退。不久，當加速度減小時，你又覺得慢慢向前移動。假如你在這段時間未曾感到噁心想吐，可能整個旅程都不會再發生太空暈。

在最初三小時的飛行中，觀景室不對旅客開放。等到將大氣層遠遠抛在後面，觀景室的雙重門快打開的時候，門外早已排了長長一列隊伍。通常「行星族」（換句話說，就是從未到過太空的人）出席率是百分之百，然而，不少經驗老到的旅客也不願放過這個機會。

畢竟，從太空中眺望地球，是旅客「必看」的奇景之一。

觀景室是太空船「外皮」的一個「水泡」，由兩呎厚的鋼化透明塑料製成，形狀還眞像半個肥皂泡。現在，太空船不再受到大氣與塵埃粒子的摩擦，因此鈦鋼製成的伸縮保護蓋收了起來。室內的燈火盡數熄滅，看台上則擠滿旅客。在「地球反照」的輝映下，每張望向柵欄外的臉孔都清晰無比。

這是由於地球就懸在下方，像個巨大而閃耀著橙、藍、白三色光芒的氣球。呈現眼前的半球幾乎全是日照面，從雲縫中可以看見陸塊，以及點綴著稀疏綠色線條的橙色沙漠。海洋是藍色的，以地平線與漆黑的太空接壤，看來對比份外強烈。在黑暗的、一塵不染的太空中，則布滿無數燦爛的星辰。

旅客們都耐心等待。

他們眞正想看的並非晝半球。當太空船繼續緩緩地、不知不覺地向側面加速，離開黃道面後，光芒耀眼的極冠便逐漸出現。夜面的陰影在慢慢呑噬整個星球，歐亞非大陸構成的龐大世界島，正莊嚴地步上舞台，不過北方卻在「下方」。

地球上病態的不毛土壤，在黑夜中發出珍珠般的光芒，暫時掩飾了它的恐怖。土壤中的放射性是泛著暈彩的藍光之洋，在奇異的綵帶中閃閃發光，彷彿指點著當年核彈投擲的地點。那時候，距離力場防護罩的發明還有整整一代，等到足以抵禦核爆的防護罩發明後，就再也沒有其他世界能以這種方式自盡。

旅客們目不轉睛地觀看這些奇景，直到幾小時後，地球才變成無際黑暗中半枚明亮的硬幣。

拜倫．法瑞爾是眾多觀賞者之一。他獨自坐在最前排，兩臂擱在欄杆上，若有所思地出神凝望。他從未預料到會這樣子離開地球，方式不對，太空船不對，就連目的地也不對。

他用曬黑的前臂摩搓著下巴的鬍渣，想到早上沒刮鬍子實在不該。待會兒回到艙房後，他要立刻改正這個過失。此時此刻，他還有點不想離去。這裡有很多人，回到艙房將只剩他一個。或者正是因為這樣，所以他該趕緊離去？

他不喜歡這種陌生的感覺，自己成了他人的獵物，身邊卻沒有任何朋友。

他已經失去所有的友誼。不到二十四小時前，當他被那通電話吵醒的一瞬間，它就隨之消失無蹤了。

即使在學生宿舍裡，他也成為令人頭疼的人物。當他結束了與鍾狄的晤談，從學生交誼廳回來的時候，老厄斯貝克馬上向他衝來。厄斯貝克簡直六神無主，他的聲音聽來刺耳得過分。

「法瑞爾先生，我一直在找你。這眞是個太不幸的意外，我實在不了解，你能想到任何解釋嗎？」

「不，」他幾乎吼了起來，「我想不到。我什麼時候可以進我的房間，把我的東西取出來？」

「天亮以後就行，這點我確定。我們設法把裝備搬來這裡，檢驗了那個房間，已經沒有任何超過正常本底值的放射性。你能逃過一劫實在非常幸運，一定只剩下幾分鐘的時間。」

「沒錯，沒錯。可是如果你不介意，現在我想休息一下。」

「請到我的房間來吧，早上我們會再幫你安排，讓你最後幾天住得舒舒服服。嗯，對啦，法瑞爾先生，希望你別介意，我還有件事想問你。」

他表現得過分客氣又過度小心，令拜倫想到如履薄冰這句成語。

「還有什麼事？」拜倫不耐煩地問。

「你知道什麼人可能有興趣——嗯——捉弄你嗎？」

「像這樣捉弄我？當然沒有。」

「那麼，你又有什麼打算呢？當然啦，這個意外若是鬧得人盡皆知，學校當局會非常不高興。」

他怎麼一直把這件事說成「意外」！拜倫以冷淡的口吻說：「我了解你的意思，可是你別擔心，我對調查或警察等等一律沒興趣。我很快就要離開地球，而我會盡快離開，以免我的原定計畫受阻。我不會怪罪任何人，畢竟我還活得好好的。」

厄斯貝克終於鬆了一口氣，神情幾乎顯得猥瑣。他們想要的就是這句話，沒什麼不愉快，只不過是個意外罷了，應該盡快將它忘得一乾二淨。

早上七點鐘的時候，他又回到原來的宿舍。房間裡很安靜，衣櫃內也不再有任何呢喃。放射線彈已經不在那裡，連計數器也不見了。也許是厄斯貝克將它們拿走，然後丟進湖裡去了。這樣做可算是毀滅證據，不過這種事留給校方去操心吧。他將自己的東西裝進手提箱，然後打電話給櫃台，要求更換一間宿舍。現在電燈都已恢復正常，他注意到這點，當然視訊電話也通了。昨晚那場變故的唯一遺跡，就是那扇扭曲變形的門，門鎖已經完全熔毀。

他們給了他另一個房間。萬一有什麼人在竊聽，就會以為他有意再留幾天。然後，他又用大樓中的電話，召來一輛空中計程車，在他看來，整個過程沒被任何人看見。至於自己突然失蹤的原因，就讓學校當局去猜吧，隨便他們愛怎麼想都行。

在太空航站裡，他很快就看到鍾狄。兩人只能算擦肩而過，鍾狄什麼也沒說，根本裝做不相識。但在他掠過後，拜倫手中便多了一張到洛第亞的太空船票，以及一個毫無特徵的黑色小球，他知道那是個私人信囊。

他花了點時間研究這個信囊，發現它並未密封。來到艙房後，他將內容讀了一遍。那是一封很簡單的介紹信，字句少得不能再少。

拜倫在觀景室中看著逐漸縮小的地球，他的思緒則停在桑得．鍾狄身上。他對此人原本只有最表面的認識，鍾狄卻突然闖入他的生命，帶來天翻地覆的變化，先是救了他的命，再將他引向一個嶄新而未知的方向。在此之前，拜倫只是知道他的名字，兩人碰面時會點點頭，偶爾也禮貌性地寒暄幾句，不過僅止於此。他一直不怎麼喜歡這個人，不喜歡他的冷淡、他過度的修飾與過度的禮貌，但那些跟現在的一切都沒關係。

拜倫用焦慮不安的手摸摸自己的平頭，同時嘆了一口氣。他發覺自己的確渴望見到鍾狄，至少此人主宰著目前的一切，他知道他自己該做什麼，知道拜倫該做什麼，還說服拜倫照著他的話去做。如今，拜倫卻孤獨一人，感覺自己非常稚嫩、非常無助、非常需要友誼，而且幾乎被嚇壞了。

從頭到尾，他刻意避免想到自己的父親，那樣做一點用也沒有。

「瑪蘭先生。」

這個名字重複了兩三遍，拜倫才驚覺有人恭敬地按著他的肩膀。他抬起頭來，發現面前原來是個機器人。

那機器人信差又喚了聲：「瑪蘭先生。」拜倫茫然瞪著它，足足過了五秒鐘，才想起那是他現在用的化名。鍾狄交給他的船票，上面就用鉛筆輕輕寫著那個名字，他的艙房也是用那個名字預訂的。

「有什麼事嗎？我就是瑪蘭。」

信差體內的磁帶開始轉動，將口信一字一句吐出來，同時伴隨著十分微弱的「嘶嘶」聲。「我奉命前來通知您，您的艙房已被更換，您的行李已被搬移。您若前去找事務長，就能領到新的鑰匙。我們相信，這樣做不會為您帶來任何不便。」

「這究竟是怎麼回事？」拜倫從椅子上轉過身來。有幾位尚未離去的旅客，本來仍在欣賞太空景觀，現在都抬起頭來尋找吼聲的來源。「這樣做是什麼意思？」

當然，跟一台機器爭辯根本毫無意義，它只是在執行設定的功能而已。此時信差垂下金屬腦袋，對他恭敬地鞠了一躬，模仿人類的迎合式微笑固定在它臉上，始終未有任何改變。一鞠躬後，它便逕自離去。

拜倫隨即大步踏出觀景室，在門口叫住一個高級船員，用的中氣比預期的大了些。

「聽我說，我要見船長。」

高級船員並未現出驚訝的表情。「是很重要的事嗎，先生？」

「太空在上，的確如此。未經我的同意，竟然更換我的房間，我想知道這是什麼意思。」

即使在這個節骨眼，拜倫仍感到他的怒氣與事由不成比例，不過，這是他心中的憤慨不斷累積的結果。他幾乎遭到了毒手；他像個逃犯一樣被迫偷偷離開地球；他將前往一個未知的目的地，去做些自己也不知道的事。如今在太空船上，他們還要將自己整得團團轉，他實在受夠了。

然而，直到目前為止，他始終有一種不安的感覺，那就是假如換成鍾狄，他的反應將與自己不同，也許會更明智些。管他的，反正自己又不是鍾狄。

那名高級船員說：「我幫您找事務長來。」

「我要見船長。」拜倫相當堅持。

「好的，您若希望的話。」他衝著掛在翻領上的小型通話器說了幾句，又彬彬有禮地對拜倫說：「等一下會通知您，請您耐心等候。」

西姆·勾德耳船長是個短小精悍的人。拜倫走進來的時候，他客氣地站起來，從辦公桌後面俯身向前，伸出手與拜倫握了握。

「瑪蘭先生，」他說：「我很抱歉，我們不得不麻煩你。」

他有一張國字臉，頭髮是鐵灰色，上唇蓄著兩撇善加保養的短鬚，顏色比頭髮略深一點。此外，他還帶著一個吝惜的微笑。

「我也有同感。」拜倫說：「我有權住在預訂的艙房中，我以為即使是你，閣下，在未經我同意之前，也無權做任何更動。」

「說得對，瑪蘭先生。可是請你了解，這得算是緊急事故。有個最後一分鐘才趕來的乘客，一位很重要的人物，堅持要搬到接近太空船重力中心的艙房。他的心臟有問題，我們必須盡可能讓他處於重力最小的環境，根本沒有選擇的餘地。」

「好吧，可是爲何偏偏選上我？」

「總得有人幫這個忙。你一個人單獨旅行，而且又是年輕人，我們認爲你不會在乎多承受點重力。」他雙眼自然而然上下打量拜倫六呎二吋的身材，以及他一身結實的肌肉。「此外，你將發現新房間比原先的更精緻，更換房間對你毫無損失，根本就沒有。」

船長從辦公桌後面走出來。「我親自帶你去參觀新艙房好嗎？」

拜倫發現很難讓怒氣持續下去。這一切似乎都很有道理，不過嘛，也可說是毫無道理。

當他們離開船長寢艙時，船長又說：「明天晚上，請你與我共進晚餐如何？我們預定那時進行首度躍遷。」

拜倫不知不覺順口答道：「謝謝你，這是我的榮幸。」

但他認爲這個邀請相當奇怪。即使船長只是爲了安撫他，也實在不必用這麼殷勤的辦法。

船長餐桌相當長，占了大廳整整一面牆。拜倫發現自己的座位靠近中央，凌駕同桌其他人之上，這十分不合宜。然而面前就擺著他的名牌，而且服務生相當肯定，向他保證絕沒弄錯。

拜倫不是特別謙遜的人，身爲維迪莫斯牧主之子，從來沒有必要發展這種人格。但身爲拜倫·瑪蘭，他卻只是個相當普通的平民，而這種事不該發生在普通平民身上。

此外，他的新艙房與船長說的完全相符，的確比原先那間精緻許多。原來的艙房正如船票描述的：單身房、二等艙，現在則換成雙人房、頭等艙。寢室緊鄰一間浴室，當然是私人的，裡面還備有淋浴設備與風乾機。

這間艙房鄰近高級船員區，附近穿著制服的船員數也數不清。午餐盛放在銀質餐具中，直接送到房間來。而晚餐前，又突然出現一名理髮師。假如某人乘坐豪華太空客船，住的又是頭等艙，這一切款待或許都在預料中，可是對拜倫．瑪蘭而言，卻顯得太過周到。

實在周到得過分了。傍晚理髮師出現的時候，拜倫剛散步回來。他故意在各個走廊繞來繞去，但不論他轉向哪裡，一路上總有些船員在他身邊——很客氣，也很黏人。但他還是設法將他們全部擺脫，獨自來到一四〇號丁室，也就是他原先的艙房，他一夜也沒睡過的那間。

他在門口停下腳步，點燃一根香菸，與此同時，附近唯一的旅客轉進了另一道走廊。拜倫輕輕按了按訊號燈，卻得不到任何回音。

哈，他們沒跟他要回原來那把鑰匙，這無疑是一項疏忽。他將這個又薄又長的金屬片插進鑰匙孔，鋁鞘中鉛質隔板的特殊圖樣便啓動微型光電管，大門隨即打開來，他馬上向內跨出一步。

這是他唯一要做的事。他立刻離去，大門又自動關上。他只看了一眼，立刻明白一件事：他原來的房間並未住人，別說什麼心臟衰弱的重要人物，連任何普通人也沒有。床鋪與家具太過整齊，看不見任何皮箱或盥洗用具，根本沒有一點住人的跡象。

因此，他們對他提供的一切豪華款待，只是爲了預防他進一步要求搬回原來的房間；他們是在賄賂他別再打擾那間艙房。爲什麼呢？他們究竟是在打艙房的主意，還是在打他的主意？

現在，他坐在船長餐桌上，滿腹的疑問仍得不到解答。當船長走進大廳，一步步登上餐桌所在的高台，來到他自己的座位時，拜倫與其他人一起禮貌地站起來。

他們為何要讓自己換房間呢？

輕柔的音樂傳遍整艘太空船，分隔大廳與觀景室的隔牆已縮進船體。光線有幾分暗淡，還帶著些微橘紅的色彩。此時太空暈(可能由於最初的加速過程，或首次經驗船內各處重力的輕微變化而產生)最壞的症狀已經消失，因此大廳完全客滿。

船長上身微微向前傾，對拜倫說：「晚安，瑪蘭先生。你對新艙房感到滿意嗎？」他則以平板的聲調答道：「簡直太滿意了，閣下。對於像我這樣的人，有點奢侈得過分。」他注意到，船長臉上似乎突然掠過一絲驚慌的神色。

在享用甜點的時候，觀景室玻璃罩的外皮平緩地滑進船體，燈光則調到幾乎消失的程度。在那個巨大、漆黑的屏幕上，並未映出太陽、地球或任何行星。他們現在面對的是銀河，嚴格說來，是「銀河透鏡」狹長的正側面。在清晰耀眼的群星間，它形成一條明亮的對角線。

眾人談話的聲浪自然而然消退。大家都將椅子轉向，以面對艙外的星辰。進餐的旅客一下子變成觀眾，大廳中鴉雀無聲，只有細微的音樂還在緩緩流瀉。

在一片靜寂中，幾台擴音器傳出清晰有力的聲音。

「各位女士，各位先生！我們馬上要進行首度躍遷。我想，諸位大都知道躍遷是怎麼回事，至少就理論而言。然而，有許多乘客——事實上，超過了半數——從來未曾眞正經歷過。下面我要說的話，就是特別針對這些乘客。

「躍遷是個名副其實的名詞。就時空結構的本質而言，任何物體都不可能以超光速運動。這是個自然法則，古代先賢很早便發現了，發現者或許就是愛因斯坦這個傳奇人物，不過這很難講，有太多成就都歸功於他。當然，即使以光速運動，也得花上靜止座標中好幾年的時間，才能到達其他的恆星。

「因此，我們必須離開時空結構，進入超空間這個鮮爲人知的領域。在超空間中，時間和距離不具有任何意義。就好像輪船通過一道狹窄的地峽，便能達到另一個海洋，而若是一直在海上航行，則需繞過整個大陸，才能完成相同的航程。

「想要進入這個某些人所謂的『空間中的空間』，當然，需要極大的能量才辦得到。爲了確保重返普通時空之際，得以抵達正確的地點，又需要進行龐大的精巧計算。耗費這些能量和腦力的結果，是讓我們不花任何時間，便能穿越遙遠的距離。直到躍遷發明後，星際旅行才終於實現。

「我們即將進行的躍遷，將在十分鐘後開始，諸位會事先得到警告，頂多只會有短暫的不適。因此，我希望諸位都能保持冷靜，謝謝大家。」

此時太空船中燈光盡數熄滅，只剩下星光映照著大廳。

似乎過了很長一段時間，空氣中才突然傳來簡潔有力的宣告：「躍遷將在整整一分鐘後進行。」

接著，同樣的聲音開始逐秒倒數：「五十……四十……三十……二十……十……五……三……二……一……」

感覺上彷彿是存在中斷一剎那，同時體內產生了一下衝擊，似乎發自人體骨骼深處。

在那無限分之一秒內，一百光年的距離已然躍過。原本位於太陽系外緣的太空船，現在來到星際太空深處。

拜倫身邊有人以發顫的聲音說：「看那些星星！」

這句話立刻在大廳中引起迴響，從一個餐桌傳到另一個餐桌。「那些星星！看呀！」

在同樣無限分之一秒內，星像有了急劇的變化。厚達三萬光年的銀河，其中心變得接近許多，星辰的密度也陡然上升。眞空像是純黑的天鵝絨，群星則是散布其上的細微粉末，二者皆爲鄰近數顆明星的美麗背景。

拜倫不由自主想到一首詩的開頭幾句，那是他自己的即興之作，當時他才十九歲，正是多愁善感的年齡。他是在太空船上寫成的，那是他首度的太空飛行，目的地正是如今的出發點，地球。他開始默默吟誦起來：

繁星若塵，環繞著我
以栩栩如生的光霧；
無垠的太空，彷彿在我眼前
陡然乍現。

此時大廳又變得燈火通明，拜倫的思緒隨即從太空收回，就像剛才飛進太空同樣突然。他又回到太空客船的大廳內，現在晚餐已接近尾聲，眾人的交談很快又達到普通的音量。

他向腕錶瞥了一眼，正要收回目光之際，又以極緩慢的速度，將目光焦點放在腕錶上，凝視了足足一分鐘。它正是那天晚上留在寢室中的腕錶，致命的放射線並未令它受損。第二天早上，當他收拾東西的時候，便將這支腕錶一塊帶走。從那時到現在，他究竟瞥見它幾回？究竟看了它多少次，卻始終只看到它指示的時間，從未注意它力圖提供的另一項訊息？

因爲那個塑質錶帶純白依舊，沒有變成藍色，竟然還是白的！

慢慢地，當晚發生的一切都眞相大白。眞是奇怪，一件事實竟能驅散所有的迷霧。

他猛然站起來，咕噥了一句「失陪！」在船長尚未離座前先行離去，是一種相當失禮的行爲，但現在對他而言，那根本算不了什麼。

他趕緊向自己的艙房走去，快步沿著坡道前進，連無重力電梯也不願等。進入艙房後，他立刻鎖上大門，迅速檢查了一遍浴室與壁櫃。他並未眞希望抓到什麼人，他們需要做的事，一定在許多小時前便已完成。

然後，他又仔細翻查自己的行李。他們的工作做得很徹底，幾乎未曾留下有人來過的痕跡。但他們取走了他的身分證件，以及一疊父親寫給他的信，甚至連裝在信囊中，寫給洛第亞執政者亨瑞克的介紹信都不翼而飛。

這才是他們要他搬家的眞正原因，並非他們在打哪間艙房的主意，搬遷過程才是他們唯一要的。一定有將近一小時的時間，他們有正當的理由——正當的，太空啊——接觸他所有的行李，藉此達到他們的目的。

拜倫倒在雙人床上拚命思索，可是一點也沒用。這個陷阱實在太完美，他們計畫的每一步都太完美了。若非一個完全預料不到的機會，使他當天晚上將腕錶留在寢室，那麼即使事到如今，他依然不了解太暴人的天羅地網多麼嚴密。

此時，響起叫門訊號的輕柔「嘟嘟」聲。

「進來。」他說。

來人是一名服務生，他恭敬地說：「船長想知道是否有他能效勞的地方。當您離開餐桌時，似乎顯得不大舒服。」

「我很好。」他答道。

他們盯得多緊啊！此時此刻，他明白自己已無路可逃。這艘太空船正在很客氣，卻很堅決地帶他走向死路。

第四章 自由？

桑得．鍾狄以冰冷的目光凝視著對方，說道：「你是說，不見了？」

瑞尼特摸了摸自己紅潤的臉龐。「某樣東西不見了，但我不知道是什麼。當然啦，有可能就是我們要找的那份文件。我們僅僅知道，根據地球的原始曆法，它是十五到二十一世紀間的文物，而且它十分危險。」

「有沒有任何確切的理由，讓我們相信失蹤的就是那份文件？」

「只能做出間接的推斷，地球政府保管得很嚴密。」

「別理會這點。只要是和前銀河時代有關的文件，地球人都會份外敬重，那是他們對傳統的荒謬崇拜。」

「可是這份文件失竊，他們卻從未對外宣布。他們為什麼要守著一個空盒子？」

「我可以想像他們為何這麼做，而不願被迫承認一件聖物失竊。不過，我無法相信竟是小法瑞爾把它弄到手，我認為你一直在監視他。」

對方微微一笑。「他沒有得手。」

「你怎麼知道？」

鍾狄的這位手下立刻引爆驚人的內幕。「因為那份文件二十年前就不見了。」

「什麼？」

「它已經失蹤了二十年。」

「這麼說，那就不可能是我們要找的東西。牧主知曉它的存在，是不到六個月前的事。」

「那就是有人捷足先登，比他早十九年半得到這個情報。」

鍾狄思索了一下，又說：「這沒什麼關係，不可能有關係。」

「為什麼？」

「因為我在地球已經待了好幾個月。我抵達此地之前，的確以為這顆行星可能藏有重要情報。可是現在，你想想看，當地球還是銀河唯一的住人行星時，就軍事而言，它只是個原始的世界。他們發明出的唯一值得一提的武器，就是粗劣低效的核反應炸彈，而當這種炸彈出現時，他們甚至來不及發展出有效的防禦裝置。」他以優雅的動作猛然伸出手臂，指著厚實的混凝土牆壁，牆外遙遠的藍色地平線上，正閃爍著病態的放射性光芒。

他繼續說：「我暫住此地的這段日子，對這一切做了番仔細的觀察。一個軍事科技水準這麼低的社會，我們要是認為可能從中學到任何事物，那實在是種荒唐的想法。人類一向喜歡設想有什麼失落的藝術和科學，總是有人創出原始主義的宗教，或是想出許多地球上有史前文明的荒謬理論。」

瑞尼特說：「但牧主是聰明人，他特別告訴我們，據他所知那是最危險的一種武器，你該記得他是怎麼說的。我還背得出來，他說：『它會導致太暴人的滅亡，以及我們全體的滅亡，可是對銀河而言，它卻代表終極的生命。』」

「就像所有的人類一樣，牧主也有可能犯錯。」

「想想看，閣下，我們對那份文件的本質毫無概念。舉例而言，它可能是某人的實驗紀錄，過去從來沒有發表；它也可能跟某種武器有關，而地球人始終未曾認清，那是某種表面上看來不像武器的……」

「荒唐，你自己也是軍人，見識不該這麼膚淺。若說有哪門科學，人類始終鑽研不懈，而且獲致相當的成就，就非軍事科技莫屬。過去一萬年來，具有潛力的武器沒一樣遭到遺漏。我想，瑞尼特，我們該回林根去了。」

瑞尼特聳了聳肩，他並未被說服。

其實，鍾狄自己同樣未被說服，他的疑慮超過瑞尼特千倍。那份文件失竊了，這個事實意義重大，它竟然眞值得偷！如今，它可能在銀河中任何一人的手裡。

他心不甘情不願地想到，它有可能落入太暴人手中。這件事牧主說得相當含糊，甚至鍾狄本人也得不到他充分信任。牧主曾說它會帶來滅亡，注定將對敵我雙方造成同樣的傷害。想到這裡，鍾狄緊緊抿起嘴唇。那個傻瓜，他的暗示多麼愚蠢，現在他卻成了太暴人的階下囚。

假如某個太暴人，例如阿拉特普，掌握了像這樣的祕密，那會有什麼樣的結果？阿拉特普！如今牧主不在了，那傢伙則依然深不可測，他是太暴人中最危險的一個。

賽莫克・阿拉特普身材矮小，兩腿有些外八字，天生一對瞇瞇眼。他像一般的太暴人一樣，有著粗短結實的四肢。然而，面對藩屬世界任何一位滿身肌肉、魁梧異常的人物，他都能保持絕對的沉著鎭定。他是個信心十足的太暴子孫，想當年，祖父輩離開了多風、不毛的世界，憑藉昂揚的鬥志，跨越虛無的太空，征服占領了星雲區域眾多富庶人稠的行星。

至於他的父親，則率領了一支小型快速分遣艦隊，採取打打逃逃的游擊戰術，將敵方笨重、巨大的戰艦一艘艘化成一團廢鐵。

星雲各世界用的都是老式戰術，太暴人則學到新式打法。當敵方艦隊的巨型戰艦尋求決戰時，卻苦於無法找到對手，徒然在太空中浪費能源。反之，太暴人雖然捨棄巨大的動力，卻特別強調速度與協調合作。因此，敵對的眾王國一個接一個瓦解，其他的王國則在觀望（對於鄰邦的不幸，甚至還有幾分幸災樂禍），誤以為躲在鋼鐵戰艦的防線內，便能確保安全無虞，到頭來終於難逃覆亡的命運。

不過那些戰爭都是五十年前的事。如今星雲區域全部成為太暴人的勢力範圍，唯一需要做的只是占領與徵稅。過去還有其他世界有待征服，阿拉特普無精打采地想，現在卻沒什麼好做的，除了偶爾鎮壓異己之外。

此時，他正望著面前這個年輕人。他實在不是普通的年輕人——身材高大，肩膀寬闊，臉上神情專注而認真，頭髮卻短得可笑，無疑是大學生流行的模樣。私底下，阿拉特普感到他很可憐，他顯然給嚇壞了。

拜倫則不認為自己感到「驚嚇」，假如有人要他形容目前的情緒，他會將它描述為「緊張」。從出生到現在為止，在他心目中，太暴人一直是太上皇。他父親雖然強壯有力，在自己屬地上擁有絕對權威，其他屬地的人也都對他敬重萬分，可是在太暴人面前，他卻始終保持沉默，而且近乎低聲下氣。

太暴人偶爾會來到維迪莫斯，名義上是禮貌性訪問。他們會問許多問題，都與他們稱為稅金的年貢有關。維迪莫斯牧主是天霧行星的代表，負責徵收並運送這筆錢財，太暴人不時會隨便查查他的帳簿。

太暴人駕臨時，牧主會親自攙扶他們步下小型艦艇。用餐的時候，他們總是坐在最上位，每道菜一律先請他們享用。當他們開口時，其他的談話都會立刻停止。

拜倫小的時候，想不通爲何需要如此小心侍候這些又矮又醜的人。漸漸長大後，他了解到一件事實，那就是這些人與父親的關係，等於是父親與牛仔的關係。他自己也學會了對他們柔聲說話，並稱呼他們「尊貴的閣下」。

他學到的這些都深植心中，因此如今面對一位太上皇，一個太暴人，他便不知不覺緊張得打顫。他視爲監牢的那艘太空船，在登陸洛第亞那一天，終於成爲一座正式的牢獄。他聽到有人前來叫門，然後兩名粗壯的船員走進來，一左一右站在他身邊。隨後而來的船長，則以平板的聲音說：「拜倫．法瑞爾，我以船長的身分，行使我的權力，現在我下令拘留你，等候大王的行政官前來問話。」

所謂的行政官，就是這時坐在拜倫面前這位矮小的太暴人，他看來漫不經心又毫無興味。而「大王」則是指太暴人的大汗，他仍住在太暴的母星，深居在傳說中的石造宮殿內。

拜倫暗自打量四周，他的手腳未受任何束縛，卻有四名警衛站在兩側，左右各兩名。他們都穿著太暴駐外警察的青灰色制服，每個都全副武裝。此外，還有一名配有少校徽章的軍官，坐在那位行政官的辦公桌旁。

那位行政官終於開口，對拜倫說：「也許你已經知道，」他的聲音又尖又細，「老維迪莫斯牧主，你的父親，已經因叛亂罪遭到處決。」

他一雙老眼緊盯著拜倫的眼睛，除了溫和，他眼中似乎沒有別的內涵。

拜倫維持著木然的狀態，由於什麼也不能做，使他感到萬分沮喪。若能對他們怒吼一陣，瘋狂地亂打一通，會令他感到舒服許多，但那樣做也不能使父親復生。他想，自己其實明白這個開場白的用意，那是爲了令他徹底崩潰，好讓他現出原形。哈，辦不到。

他以平靜的口吻說：「我是地球人拜倫·瑪蘭，如果你質疑我的身分，我希望跟地球領事取得聯繫。」

「是啊，不過現在純粹是非正式階段。你說，你是地球人拜倫·瑪蘭。然而，」阿拉特普指了指面前一疊文件，「這些信卻是維迪莫斯牧主寫給他兒子的。此外還有一張大學註冊收據，以及發給拜倫·法瑞爾的畢業典禮入場券，這些都是從你的行李中找到的。」

拜倫感到了絕望，卻沒有形之於色。「我的行李遭到非法搜查，我不承認它們可以當作證據。」

「我們並非在法庭上，法瑞爾或瑪蘭先生。你對它們做何解釋？」

「假如是在我的行李中找到的，那就是有人故意栽贓。」

行政官未繼續追究，這令拜倫相當驚訝。他的理由太過薄弱，顯然是極其愚蠢的謊言。但行政官不予置評，只是用食指輕敲著那個黑色信囊。「這封給洛第亞執政者的介紹信呢？也不是你的？」

「不，那是我的。」拜倫心中早有打算，因爲介紹信並未提到他的名字。他說：「有個行刺執政者的陰謀……」

說到這裡他突然打住，心中感到非常膽怯。當他終於將精心設計的講詞付諸言語後，才發覺聽來完全不可置信。現在，行政官正在冷眼嘲笑他嗎？

不過阿拉特普沒有那樣做。他只是輕輕嘆了一聲，然後以迅速而熟練的動作，將一對隱形眼鏡摘下來，小心翼翼地放進桌上一杯生理食鹽水中。眼鏡摘掉後，他一雙老眼看來有點淚汪汪的。

他說：「而你知道這件事？雖然你身在地球，遠在五百光年外？我們自己駐洛第亞的警察卻未風聞。」

「警察都在這裡，陰謀卻是在地球策畫的。」

「我懂了。你是他們派來的刺客？還是特地前來警告亨瑞克的？」

「當然是後者。」

「眞的嗎？你爲何想要警告他呢？」

「爲了希望獲得一筆可觀的賞金。」

阿拉特普微微一笑。「這一點，至少聽來像是眞話，你先前的陳述因此變得有幾分可信。你說的那個陰謀，它的詳細內容如何？」

「那只能對執政者說。」

遲疑一下後，阿拉特普聳了聳肩。「很好，對於地方上的政治，太暴人根本毫無興趣也毫不關心。我們會安排你跟執政者會面，好爲他的安全盡我們一己之力。我的手下將看著你，直到你的行李取來爲止，那時你就可以自由離去——帶他走吧。」

最後一句話是對武裝警察說的，然後拜倫就被他們帶走了。阿拉特普又戴上隱形眼鏡，剛才摘掉眼鏡所顯出的幾分無能神情，也就隨之消失無蹤。

他對留下來的少校說：「我想，我們得好好注意這個小法瑞爾。」

那名軍官立時點了點頭。「好！一時之間，我還以爲你被騙倒了。在我聽來，他的故事相當不著邊際。」

「沒錯，正因爲這樣，我們才得以操縱他一陣子。像他這種年輕人，心目中的星際陰謀都是從諜報影片學來的，一律非常容易對付，他當然就是前牧主的兒子。」

此時少校卻猶豫起來。「你確定嗎？我們對他這樣指控其實有點曖昧，而且證據也很薄弱。」

「你的意思是，所有的證據都可能是揑造的？爲了什麼呢？」

「他或許只是個誘餌，準備故意犧牲自己，以轉移我們的注意力，眞的拜倫·法瑞爾卻在別的地方。」

「不，那太戲劇化，簡直不可能。此外，我們手上還有個立方晶像。」

「什麼？那孩子的？」

「牧主之子的，你有興趣看看嗎？」

「當然有。」

阿拉特普舉起辦公桌上的紙鎮，它看來只是個玻璃立方體，每邊長三吋，黑色且不透明。他說：「方才若有必要，我就準備讓他見見這玩意。它有個很逗人的變化，少校，我是說這玩意。我不知道你是否熟悉，它是最近由內世界發展出來的。外表上看來，它似乎是個普通的立方晶像，可是將它倒置，便會發生分子自動重排，使它變成完全不透明。這是個很有意思的巧思異想。」

他讓晶像正面朝上，不透明的結構很快開始鬆動，然後就像一團黑霧被風吹散一樣，顏色漸漸變得越來越淡。阿拉特普冷靜地望著它，雙手交叉置於胸前。

最後它變得如純水般清澈，裡面出現一張年輕的面孔，臉上掛著燦爛的笑容。那個影像栩栩如生，沒有絲毫扭曲，像是在呼吸間突然凍結，從此再也沒有任何變化。

「這樣東西，」阿拉特普說：「是前牧主的私人物品。你有什麼意見？」

「就是那個年輕人，毫無疑問。」

「沒錯。」這位太暴高官若有所思地凝視著立方晶像，「你可知道，利用相同的處理過程，我看不出有何不可將六個影像放在同一方晶內。它總共有六面，將方晶輪流立於每一面上，就可能導致一連串新的分子取向。六個相連的影像，當你轉動方晶時，將由一個轉換到另一個。這樣一來，靜態效應就變成動態，呈現出一種嶄新的畫面和效果。少校，這將是一種新的藝術形式。」由他的聲音聽來，他對這個想法越來越熱中。

沉默的少校卻顯得有些不以爲然。阿拉特普很快擺脫了對藝術的執著，突然說：「那麼你會監視法瑞爾嘍？」

「一定會的。」

「也得監視亨瑞克。」

「亨瑞克？」

「當然啦，放掉那孩子爲的就是這點，我要找出某些問題的答案。法瑞爾爲何要找亨瑞克？他們之間有什麼關聯？死去的牧主孤掌難鳴，他們背後有——一定有——一個組織嚴密的陰謀，我們尚未了解這個陰謀的眞面目。」

「但亨瑞克當然不可能參與，他沒那種智慧，即使他有這個膽量。」

「同意。但正由於他是半個白癡，或許因此成了他們的工具。果眞如此，他就是我們整個計畫中的一個弱點，這個可能性我們顯然忽略不得。」

他心不在焉地揮了揮手，少校立刻向他敬禮，然後轉身離去。

阿拉特普嘆了一口氣，又若有所思地轉動著手中的晶像，看著黑墨般的沉澱物重新出現。

他父親那個時代，日子要簡單得多。在戰爭中將敵方行星一一擊潰，是一項既殘酷又光榮的任務；而小心翼翼地操縱一個不知世事的年輕人，卻只能算殘酷而已。

但他必須這樣做。

第五章　坐立不安

與「智人」的故鄉地球比較之下，洛第亞的執政制度不算古老；即使與位於半人馬座或天狼星附近的世界相比，它也不能算歷史悠久。舉例而言，大角眾行星出現移民後兩百年，一批太空船才首度繞過馬頭星雲，發現了其後數百顆富含氧氣與水分的行星。這些行星密密麻麻擠成一團，堪稱是個重大發現，因爲太空中雖然行星充斥，適合人類這種生物生存的行星卻少之又少。

在整個銀河系中，發光發熱的恆星爲數在一千億至二千億之間。而圍繞這些恆星的行星，總數約有五千億上下。當然，許多行星表面重力超過地球的百分之一百二十，或低於地球的百分之六十，因此人類無法長期居住其上。此外，有些行星過於炎熱，有些溫度又過低，還有不少的大氣層具有毒素。在現有紀錄中，某些行星的大氣層主要或全部成分都是氖氣、甲烷、氨氣、氯氣，甚至四氟化矽。有些行星缺乏碳元素，有些則缺乏水分，曾有人發現一顆行星，它的海洋幾乎由純亞硫酸構成。

這些不適宜人類的條件，只要任何一條成立就夠了。因此平均在十萬顆行星中，還找不到一個適合人類居住的世界。即使如此，據估計可住人世界仍有四百萬之眾。

眞正有人居住的世界究竟有多少，確實數字始終眾說紛紜。若根據《銀河年鑑》，洛第亞是人類開拓的第一〇九八號行星，不過年鑑上特別註明，這並非一項完全可靠的紀錄。

諷刺得很，後來終於征服洛第亞的太暴星，則在行星開拓榜上排名第一〇九九。

不幸的是，泛星雲區域的歷史軌跡，與其他星域的發展擴張期極爲相似。首先，行星共和國如雨後春筍般迅速成立，每個政府都侷限於一個世界。隨著擴張政策的開展，大家都開始殖民鄰近的行星，並將殖民世界納入母星社會。小型的「帝國」慢慢建立起來，而彼此間難免產生衝突與摩擦。

這些政府在廣大星空間一一建立霸權，霸權的消長則取決於戰爭的勝敗，以及領導階層的興衰。只有洛第亞是唯一的例外，在英明的亨芮亞德王朝統治下，它維持了難得的長治久安。或許再耐心等上一兩個世紀，它就很可能建立一個泛星雲帝國。不料半路卻殺出太暴人，十年間就完成了這項功業。

最後統一星雲的竟是太暴人，這也實在是一大諷刺。在太暴星七百年的歷史中，始終只維持著岌岌可危的自治，這主要還得歸功於它貧瘠的陸地——由於缺乏水分，泰半地區皆爲荒漠，因此從未遭異邦覬覦。

但即使太暴人來後，洛第亞的執政制度仍得以保留，甚至更加發揚光大。亨芮亞德家族極受民眾愛戴，他們的存在使洛第亞更容易統治。太暴人只要能收到稅金，不在乎由誰接受民眾的喝采。

事實上，近來的執政者並非當年亨芮亞德的嫡系子孫。執政者一向由王室成員遴選產生，好讓最能幹的一位出頭。因此，王室一直鼓勵收養外姓子弟。

然而，太暴人爲了其他理由，也開始左右遴選的過程。二十年前，亨瑞克（五世）當選執政者，就是很好的例子。對太暴人而言，這算是個極有助益的選擇。

亨瑞克當選執政者的時候，是個相當英俊的美男子。如今，當他對洛第亞議院發表演說時，他看來依然相貌非凡。他的頭髮逐漸灰白，但令人驚訝的是，那兩撇鬍子仍跟他女兒的頭髮一樣烏黑。

這時，他正面對自己的女兒，而她顯得十分惱火。執政者的身高將近六呎，而她只比父親矮兩吋。她是個外柔內剛的女孩，黑眼睛、黑頭髮，此時此刻，她臉上布滿沉重的陰霾。

她又重複了一句：「我不能！我不要！」

亨瑞克說：「可是，艾妲，艾妲，你這樣實在不講理。我要怎麼辦呢？我能怎麼辦呢？站在我的立場，我又有什麼選擇？」

「假使母親還活著，她就能想出辦法。」說完她使勁一跺腳。她的全名是艾妲密西婭，這是個專屬王室的名字，亨芮亞德家族每一代的女性，至少會有一人取這個名字。

「是啊，是啊，毫無疑問。饒了我吧！你母親可眞有辦法！我常常感覺你完全像她，半分也不像我。可是老實說，艾妲，你沒有給他機會。你有沒有觀察到他的——呃——優點呢？」

「哪些優點？」

「比方說……」他做了個含糊的手勢，仔細想了想，又不得不放棄。然後他走近她，想將手搭在她肩上，算是給她一點安慰，她卻轉身閃了開。隨著她這一下動作，她深紅色的長袍在半空中微微發亮。

「我陪他待了半個晚上，」她用苦澀的語調說：「他竟然想要吻我，實在太噁心了！」

「可是大家都在接吻，親愛的。現在已經不像你祖母的時代，那些可敬的歲月。接吻不算什麼，比不算什麼更微不足道。新血，艾妲，他還有新血！」

「新血，太可笑了。過去十五年來，這可怕的矮子唯一有新血的時候，就是他剛剛輸完血後。他比我還要矮四吋，父親，我怎能和一個侏儒出現在大庭廣眾？」

「他是個重要人物，非常重要！」

「那不會使他增高一吋。他有雙弓形腿，他們全都一樣，而且他的呼吸有股怪味。」

「他的呼吸有怪味？」

艾妲密西娅衝著父親皺起鼻子。「沒錯，味道很怪。那是一種難聞的氣味，我不喜歡，我也讓他知道了。」

一時之間，亨瑞克張大嘴巴無言以對。然後他以嘶啞的聲音、半耳語的音量說：「你讓他知道了？你的意思是，一個太暴王宮中的重要官員，竟然有令人不快的生理特徵？」

「他的確有！你也知道我有鼻子！所以當他靠得太近，我就捏起鼻子，然後用力一推。要說他有什麼精采的表現，也就只有那個時刻，他馬上跌了個四腳朝天。」她用幾根手指比畫著，亨瑞克卻沒看到，他發出一聲呻吟，拱起肩膀，用雙手掩住了臉。

他從指縫間透出悽慘的目光。「現在會發生什麼事？你怎麼可以那樣做？」

「那樣做對我也沒好處。你知道他怎麼說嗎？你可知道他怎麼說嗎？那使我再也無法忍受，實在是超過一個人忍耐的極限。從那一刻起，我就決心不再委曲自己，即使他有十呎高也一樣。」

「可是——可是——他究竟說了些什麼？」

「他說——完全是影片中的台詞，父親。他說：『哈！好個活潑的小姑娘！這令我更喜歡她了！』兩個僕人扶他顫巍巍地站起來，但他再也不敢對著我呼氣。」

亨瑞克蜷曲在椅子裡，上身向前傾，一本正經地凝視著艾妲密西娅。「你可以裝模作樣嫁給他，好不好？你根本不必認眞。爲了政治上的權宜之計，何不只要……」

「你說不必認眞是什麼意思，父親？是不是要我用右手在結婚證書上簽名的時候，將左手手指交叉成十字?」

亨瑞克看來十分困惑。「不,當然不是。那樣做有什麼好處?交叉手指怎能改變婚約的效力?眞是的,艾妲,我眞驚訝你竟然那麼笨。」

艾妲密西婭嘆了一口氣。「那你又是什麼意思呢?」

「什麼什麼意思?你看,你把事情弄得一團糟。你在跟我爭辯的時候,我就無法集中精神想正經事。我剛才在說什麼?」

「我只要假裝願意結婚就行,諸如此類的事。記得嗎?」

「喔,對啦,我的意思是,你不必看得太認眞,你懂了吧。」

「那麼我想,我還能擁有情人。」

亨瑞克轉趨強硬,皺著眉頭說:「艾妲!我盡力把你教養成一個嫻淑、自重的女孩,你母親也一樣。你怎能說出這種話?實在是可恥。」

「難道這不是你的意思嗎?」

「我可以說,我是男人,一個成熟的男人。像你這樣的女孩子,卻不該重複這種話。」

「好吧,但我既然說了,便已無法收回。我不介意再有情人,假如我被迫爲國而嫁,或許我眞會找上幾個,可是那樣也會處處受限。」她雙手撐住臀部,長袍的寬大袖子便從肩頭滑落,露出被太陽曬黑的微凹肩胛。「我又能跟情人們怎麼樣?他仍是我的丈夫,我就是不能忍受這種想法。」

「但他是個老頭,我親愛的,他的壽命不會太長的。」

「還不夠短,謝謝你的好意。五分鐘前,他還擁有一身新血,記得嗎?」

亨瑞克攤開雙手，又垂了下來。「艾妲，他是個太暴人，而且有權有勢，在大汗宮廷中，他可是非常吃香的。」

「大汗也許認爲他很香，他可能會這麼想，因爲他自己可能也很臭。」

亨瑞克嚇得張大嘴巴。他自然而然朝身後瞧了瞧，再用嘶啞的聲音說：「千萬別再說像這樣的話。」

「如果我想說，我還是會說。而且，那人已經有三個老婆。」她不讓他插嘴，又搶著說：「不是大汗，是你要我嫁的那個人。」

「可是她們都死了。」亨瑞克一本正經地解釋：「艾妲，她們都已不在人世，別再擔心這一點。你想想看，我怎會讓女兒嫁給一個三妻四妾的人？我們會讓他提出證明。當初他娶她們的時候，也不是同時娶進門，而是一個一個來的，而且她們現在已經死了，百分之百死了，一個也不剩。」

「這一點都不奇怪。」

「喔，饒了我吧，我該怎麼做呢？」他試圖保持最後一點尊嚴，「艾妲，這是身爲亨芮亞德家族的成員，以及身爲執政者之女的代價。」

「我沒有要求當亨芮亞德的一員，或是執政者的女兒。」

「這根本是兩碼子事。只要綜觀銀河歷史，艾妲，我們就能發現，爲了國家的生存、行星的安全、人民的福祉，常常都需要，嗯——」

「某個可憐的女孩出賣自己的肉體。」

「喔，眞是粗話！走著瞧，總有一天，你一定會當眾說出這種粗話。」

「哼，事實正是這樣，而我絕不會這麼做。我寧可去死，我寧可採取任何手段，我保證。」

執政者站了起來，向她伸出雙臂，他的嘴唇打顫，什麼話也說不出來。她突然痛哭失聲，向他飛撲過去，猛力抓住他。「我不能，爸爸。我不能，我不能，別強迫我。」

他則笨拙地輕拍著她。「但你若是不肯，又會發生什麼事呢？太暴人如果生氣了，他們會趕我下台，把我關起來，甚至可能把我處……」他及時將那個字眼吞回去，「如今是個很不愉快的時代，艾妲，非常不愉快。維迪莫斯牧主上週被定罪，我相信他已被處決。你還記得他吧，艾妲？半年前他來過王宮。他的身材魁梧，有個圓圓的腦袋，以及一雙深陷的眼睛，你剛見到他的時候十分害怕。」

「我記得。」

「唉，他或許已經死了。誰知道呢？我自己可能就是下一個，你這位可憐、溫馴的老爹就是下一個。這是個很糟的時代。他到我們宮廷來過，這點就非常可疑。」

她突然向後退了一臂之遙。「為什麼會可疑呢？你跟他沒有牽連，對不對？」

「我？絕對沒有。但我們若拒絕跟大汗的寵臣聯姻，就等於公開侮辱太暴的大汗，他們也許便會那麼想。」

此時分機突然響起微弱的「嗡嗡」聲，令亨瑞克嚇了一跳，原本緊絞著的雙手也鬆開了。

「我去我的房間接，你休息一下。小睡片刻後，你會感覺好過些。我不騙你，真的，現在你只是心情有點不穩定。」

望著他的背影，艾妲密西婭皺起眉頭。她陷入沉思，前後有好幾分鐘的時間，只有胸部輕微的起伏顯示她還活著。

門口突然傳來跌跌撞撞的腳步聲，於是她轉過頭來。

「什麼事？」她的音調比預期的還要尖銳。

亨瑞克走了進來，他嚇得臉色發青。「是安多斯少校打來的。」

「那個駐外警察。」

亨瑞克唯一能做的就是點點頭。

艾妲密西婭叫道：「他該不會是……」她差點將那個可怕的想法化成語言，但總算硬生生打住，只好等待父親繼續說下去。

「有個年輕人要求晉見，我不認識他。他爲什麼要來這裡？他是從地球來的。」他上氣不接下氣，說得吞吞吐吐，彷彿他的心思被擱在轉盤上，令他不得不跟著旋轉。

女孩立刻跑到他身前，抓住他的手肘，尖聲道：「坐下來，父親，告訴我發生了什麼事。」她緊緊抓住他，他臉上的驚慌神色才稍微褪去。

「我不知道詳情。」他悄聲道：「有個年輕人來到這裡，聲稱知道一個取我性命的詳細計畫，我的性命！而他們告訴我，我應該聽聽他怎麼說。」

他突然露出個傻笑。「我受百姓的愛戴，沒有人會想要殺我。對不對？對不對？」

他以求助的眼光望著女兒，直到她答道：「當然沒有人想殺你。」他才總算鬆了一口氣。然後他又緊張起來。「你認爲會不會是他們？」

「什麼人？」

他上身向前傾，壓低聲音說：「太暴人。維迪莫斯牧主昨天來過這裡，後來被他們殺掉了。」他的音調越來越高，「現在，他們又派人來殺我。」

艾妲密西婭大力抓住他的肩頭，令他的心思轉移到突如其來的疼痛上。

她道：「父親！安靜地坐下來！什麼都別說了！注意聽我說，沒有人會殺你，你聽到了嗎？沒有人會殺你。牧主來到這裡，是六個月前的事，你記得嗎？難道不是六個月前嗎？想想看！」

「那麼久了？」執政者細聲道：「沒錯，沒錯，一定就是這樣。」

「現在你待在這裡休息，你緊張過度了。讓我去見那個年輕人，如果安全的話，我再帶他來見你。」

「你會去嗎，艾妲？你會去嗎？他不會傷害一名女子，他當然不會傷害一名女子。」

她突然彎下腰來親吻他的臉頰。

「小心點。」他喃喃道，然後困倦地閉上眼睛。

第六章 王者之尊

拜倫．法瑞爾在王宮外圍一棟建築中不安地等待，這是他一生中，頭一次體驗到鄉巴佬的無力感。

他自小在維迪莫斯堡長大，在他眼裡，那座古堡始終美輪美奐。如今回想起來，它的華麗只配稱爲粗野。那些彎曲的線條、金絲銀線的裝飾、奇形怪狀的塔樓，以及精緻的「假窗」。想到這些，他就忍不住皺起眉頭。

然而此地，則完全不同。

洛第亞王宮並非一堆虛有其表的建築，那些迷你君王才會將王宮建成那副德性；它也毫無衰亡中的世界所表現的天眞，而是亨芮亞德王朝極盛時期的石造宮殿。

每一棟建築都穩健肅穆，一律採用直線構形，所有線條皆延伸至建築物中心，卻能避免尖塔所表現的柔弱氣質。它們看來並不突出，但外人乍看之下，不知不覺就會感到雄偉壯觀。這樣的建築物，只能用含蓄、自足、自豪來形容。

不但每座建築氣勢非凡，整體而言一樣不同凡響。其中，巨大的中央正殿是精華中的精華。由外圍向正殿接近，可發現洛第亞的陽剛格調逐次遞減。假窗雖是一種極重要的裝飾，但在一座擁有人工照明與通風設備的建築內，它根本不具實際用處。因而此地完全捨棄，卻未造成任何遺憾。

純粹藉由直線與平面，這些抽象的幾何結構，將人的目光一路引到天空。

那名太暴少校從內間出來後，在他的身邊站了一下。

「執政者現在要接見你。」他說。

拜倫點了點頭。一會兒後，一個身穿深紅與黃褐色制服的壯漢，在他的面前「啪」地一聲立定。拜倫突然產生很深的感慨：眞正有權力的人不需要炫耀外表，即使穿青灰色制服也足夠了。而身爲一位牧主，一生都要過著誇張且徒具形式的生活，一想到這種毫無意義的作風，他便不自覺地咬住嘴唇。

「拜倫．瑪蘭？」那名洛第亞衛士問道，拜倫便起身跟他走了。

前面停著一節微微發亮的單軌車廂，它藉著反磁性作用力，巧妙地懸浮在一條紅色金屬軸上方。拜倫從未見過這種交通工具，在進入車廂前，他先停下了腳步。

那節車廂並不大，頂多只能容納五、六個人。此時它正隨風搖曳，好像一顆線條優美的水滴，在洛第亞燦爛的陽光下閃閃生輝。底下那條單軌十分細小，幾乎跟一條電纜差不多，車廂從頭到尾浮在上面，兩者沒有任何接觸。拜倫彎下腰來，還能從車廂底部的空隙看到藍天。他正在這樣做的時候，突然有一陣風將車廂抬起來，車廂便飄在軌道上方一吋之處，彷彿急著想飛走，拚命扯著拉住它的隱形力線。不久車廂又搖搖晃晃地下降，變得越來越接近軌道，但始終未曾與之接觸。

「進去。」他身後的衛士不耐煩地說，拜倫便爬上兩級階梯，走進車廂中。

等到衛士也鑽了進來，階梯立即平穩無聲地向上升起。在階梯完全收起後，車廂光滑的外表沒有留下任何痕跡。

拜倫直到現在才發覺，原來車廂的不透明外殼是個假象。進入車廂後，他竟然像坐在一個透明泡泡中。在簡易的操作下，車廂騰空而起，輕易地向上爬升，撞擊著呼嘯而過的大氣。在車廂達到軌道最高點的一瞬間，拜倫見到了整座王宮的全貌。

向下望去，建築群變成一個絢爛的整體結構（他們最初的構想，不就是爲了一個壯觀的鳥瞰圖嗎？）周圍鑲著許多閃亮的銅線，其中一兩條上急馳著外形優雅的車廂。

他突然感到身體向前衝，車廂在一陣晃動中停下來，整個車程前後還不到兩分鐘。

大門在他面前敞開，他走進去後，隨即又在他身後關上。那是個又小又空的房間，屋內沒有任何人。現在沒什麼人在後面推他，但他仍感到很不自在。這不是他的妄想，從那個要命的夜晚開始，他的行動一直受到他人左右。

鍾狄將他安置到太空船上，太暴行政官又將他送到此地。每一步行動，都使他的絕望更上一層樓。

那個太暴人沒有上當，這點拜倫心知肚明，自己太過輕易就擺脫了他。那行政官至少該給地球領事打個電話，也可以用超波與地球聯絡，或者對照他的網膜圖樣。這些都是例行公事，他們不可能疏忽遺漏。

他還記得鍾狄對整個情勢的分析，其中有些應該仍舊成立。太暴人不會公然殺害他，否則只會製造另一名烈士。但亨瑞克是他們的傀儡，下達一個處決人犯的命令，他能做得跟他們一樣好。這樣一來，他就等於被自己人殺害，而太暴人只是清高的旁觀者。

拜倫用力捏緊拳頭，他高大強壯，可惜如今手無寸鐵。那些要來抓他的人，通通會帶著手銃與神經鞭。想著想著，他發現自己已退到牆邊。

他一聽見開門聲，立刻轉頭向左方望去。進來的是個身著制服、手持武器的人，但他身邊還站著一名少女。他稍微鬆了一口氣，那只是個少女而已。換成另一個場合，他也許會好好打量這名女子，因爲她實在值得欣賞，但在此時此刻，她只不過是個少女罷了。

兩人向他走近，在大約六呎遠的地方站定。他的眼光始終停留在衛士的手銃上。

那少女對衛士說：「我先跟他談談，副隊長。」

當她轉身面對他時，她的眉心出現一道細細的縱紋。她說：「聲稱知曉行刺執政者陰謀的人，就是你嗎？」

拜倫說：「我以爲可以見到執政者。」

「那是不可能的，如果你有什麼話要說，就對我說吧。倘若你的情報屬實且有用，我們不會虧待你的。」

「我能否請問你是什麼人？我又怎麼知道你有權代表執政者發言？」

那少女似乎有點不高興。「我是他的女兒，請回答我的問題，你是從另一個行星系來的？」

「我是從地球來的。」拜倫頓了一下，又補充道：「郡主。」

後面那句尊稱將她逗樂了。「那在哪裡？」

「天狼星區的一個小型行星，郡主。」

「你叫什麼名字？」

「拜倫．瑪蘭，郡主。」

她若有所思地瞪著他。「從地球來的？你會駕駛太空船嗎？」

拜倫幾乎笑了出來，知道她是在測驗自己。她心裡非常清楚，在太暴人控制的世界，太空航行是禁止研習的科學之一。

他說：「我會駕駛，郡主。」若是進行實地測驗，他便能證明這點，只要他們能讓他活到那個時候。在地球上，太空航行並非遭禁的科學，前後四年的時間，他可以學到很多了。

她說：「很好，你的情報是什麼？」

他突然拿定主意，假使只有衛士一人前來，他絕不敢那麼做。但這位卻是一名女子，而且她若沒說謊，假如她眞是執政者的女兒，她還有可能幫他講話。

他說：「根本沒有什麼行刺的陰謀，郡主。」

少女吃了一驚，不耐煩地對衛士說：「你來接手好嗎，副隊長？叫他吐出實情來。」

拜倫向前走出一步，卻撞上衛士悍然遞出的手銃。他急忙道：「慢著，郡主，聽我說！這是唯一能見到執政者的辦法，難道你不了解嗎？」

他提高音量，衝著她漸行漸遠的身形叫道：「至少請你轉告殿下，說我是拜倫．法瑞爾，前來請求政治庇護，好不好？」

那是他最後一線微弱的希望。封建時代的慣例已漸趨式微，甚至在太暴人來臨前便已如此，它們算是一種過時的傳統。可是他再也沒有別的辦法，再也沒有了。

她轉過身來，雙眉彎成兩道鉤。「現在你又自稱屬於貴族階級？一會兒前你的姓氏還是瑪蘭。」

一個新的聲音出其不意地響起：「正是如此，但後來那個姓才正確。你的確是拜倫．法瑞爾，老兄。你當然就是，你們父子長得一模一樣，絕對錯不了。」

門口站著一個面帶微笑的矮小男子。他的雙眼生得很開，目光炯炯有神，精明中帶著幾分玩世的意味，將拜倫從頭到腳打量了一遍。他抬起狹窄的臉孔，以便與高大的拜倫面對面，又頭也不回地對少女說：「你認不出他來嗎，艾妲密西婭？」

艾妲密西婭連忙向他走去，以不安的口吻問道：「吉爾伯父，你來這裡做什麼？」

「看顧我自己的權益，艾妲密西婭。別忘了，如果眞有行刺事件，在所有亨芮亞德家族成員中，要屬我最有資格成爲繼位者。」吉爾布瑞特．歐思．亨芮亞德意味深長地眨了眨眼睛，又說了一句：「喔，把副隊長請走吧，不會有任何危險的。」

她不理會他的話，卻對他說：「你又在竊聽通話器了？」

「是啊，你要將我這點樂趣也剝奪嗎？監聽他們的談話是很好玩的事。」

「給他們抓到就不好玩了。」

「危險正是遊戲的一部分，親愛的姪女，而且是最有趣的部分。畢竟，太暴人從不放棄竊聽這座王宮，我們的一言一行，幾乎沒有他們不知道的。哈，這是以牙還牙，你懂吧。你不爲我介紹嗎？」

「不，我不要。」她冷淡地說：「這裡沒你的事。」

「那麼讓我來爲你介紹吧。我一聽到他的名字，就再也聽不下去，忍不住馬上跑來。」他繞過艾妲密西婭，朝拜倫走過去，帶著公式化的微笑打量著他，並說：「這位是拜倫．法瑞爾。」

拜倫道：「我自己已經說了。」他的注意力大半集中在副隊長身上，後者仍舉著手銃瞄準他。

「可是你沒有說，你是維迪莫斯牧主之子。」

「要不是被你打斷，我早就說出來了。無論如何，現在你們已經知道實情。情勢很明顯，我必須逃離太暴人的掌握，而且不能讓他們知道我的眞名。」說完拜倫便開始等待，他感到這是生死關頭。假如下一步不是立即逮捕他，他就還有一線希望。

艾妲密西婭說：「我懂了，你是爲了執政者而來。所以說，你確定沒有任何陰謀。」

「完全沒有，郡主。」

「很好，吉爾伯父，請你陪著法瑞爾先生好嗎？副隊長，你跟我來好嗎？」

拜倫感到虛弱無力，很想要坐下來。吉爾布瑞特卻沒有做這種建議，他仍用近乎臨床醫生的態度，不斷仔細打量著拜倫。

「牧主的兒子！眞有趣！」

拜倫放鬆了警覺性。他厭倦了小心謹慎的簡短對答，突然一口氣說：「是的，是牧主的兒子，我生來就是如此。除此之外，我還有什麼能爲你效勞的嗎？」

吉爾布瑞特沒有生氣，他的笑容反而更加燦爛，一張瘦臉變得更皺了。他說：「你應該能滿足我的好奇心，你眞是來尋求庇護的？來這裡？」

「我寧可跟執政者討論這件事，閣下。」

「喔，別指望了，年輕人。你將會發現，跟執政者談不出什麼來。你知道剛才爲什麼得跟他女兒交涉？如果你仔細思量，想來還眞有趣。」

「你覺得凡事都很有趣嗎？」

「有什麼不對？就人生觀而言，這是個很有趣的態度，它是唯一適用的形容詞。好好觀察這個宇宙，年輕人，假如你無法從中找出一點樂趣，還不如割斷自己的喉管算了，因爲宇宙眞他媽的不怎麼可愛。對啦，我還沒自我介紹，我是執政者的堂兄。」

拜倫以冷淡的口氣說：「恭喜啦！」

吉爾布瑞特聳了聳肩。「你說得對，這沒什麼了不起。而我很可能永遠保持這種身分，因爲，畢竟沒有什麼眞正的暗殺行動。」

「除非你自己炮製一個。」

「親愛的老兄，你可眞幽默！你很快就會發現，根本沒有人把我當一回事。我說的話，別人只當是玩世不恭的冷嘲熱諷。你不會認爲執政權如今還值什麼錢，對不對？你當然無法相信亨瑞克始終像這樣？他的腦袋一直不靈光，可是他一年比一年更沒救。我忘啦！你還沒見過他，不過馬上就會見到了！我聽到他的腳步聲了。當他對你說話的時候，記住他統領著泛星雲王國中最大的一個，那樣想想會很有趣。」

亨瑞克將王者之尊表現得相當熟練。拜倫吃力地向他行九十度鞠躬禮，他僅以適度的虛僞謙遜答禮。然後，他突然冒出一句：「你要跟我們交涉什麼，先生？」

艾妲密西婭站在她父親身邊，拜倫現在才注意到她相當漂亮，這不禁令他有幾分驚訝。他說：「殿下，我是爲家父的名譽而來，您一定知道，他遭到的處決並不公正。」

亨瑞克將臉別向一旁。「我跟令尊的交情淺薄，他只來過洛第亞一兩次。」他頓了一下，聲音開始有點發顫。「你長得跟他很像，非常像。可是他曾受到審判，這你應該知道，至少在我想像中如此，而且是依法審判。眞的，我不知道詳情。」

「一點都沒錯，殿下。但我卻想知道那些詳情，我確信家父不是叛徒。」

亨瑞克連忙插嘴道：「身爲他的兒子，當然，你爲令尊辯護情有可原。可是，眞的，如今想要討論這種政治問題，實在有很大的困難。事實上，這是嚴重犯紀。你爲何不去找阿拉特普？」

「我不認識他，殿下。」

「阿拉特普！那個行政官！那個太暴行政官！」

「我已經見過他，而他把我送到這兒來。當然，您應該了解，我不敢讓太暴人……」

亨瑞克卻開始緊張，他的手移到唇邊，彷彿想要制止嘴唇的顫抖，因此他的話變得含糊不清。

「你是說，阿拉特普送你到這裡來？」

「我覺得有必要告訴他……」

「別重複你告訴他的話。我只知道，」亨瑞克說：「我無法幫你任何忙，牧主——喔——法瑞爾先生。這超出我的司法管轄權，行政會議——別再拉我，艾妲，你這樣子分我的神，我怎能集中注意力——必須諮詢行政會議的意見。吉爾布瑞特！你負責招呼法瑞爾先生好嗎？我會看看能做點什麼。是的，我會去諮詢行政會議。這是法律形式，你該知道。非常重要，非常重要。」

他轉身就走，一面走還一面咕噥。

艾妲密西婭又逗留了一會兒。她碰了碰拜倫的袖子，對他說：「問你一句話，你聲稱自己會駕駛太空船，是不是眞的？」

「千真萬確。」拜倫向她微微一笑，而她遲疑一下之後，回報了一個現出酒渦的笑容。

「吉爾布瑞特，」她道：「待會兒我有話對你說。」

說完她迅速離去，拜倫一直望著她的背影，直到吉爾布瑞特用力拉扯他的衣袖，他才終於回過神來。

「我想你大概餓了，或許也感到口渴，想不想洗個澡？」吉爾布瑞特問道。「我想，生活中普通的享受不該放棄吧？」

「謝謝你，沒錯。」拜倫緊繃的神經幾乎全部放鬆。片刻之間，他完全鬆懈下來，感到人生十分美妙。她很漂亮，她實在很漂亮。

但亨瑞克則未鬆懈，在自己的寢宮中，他的思緒如脫韁野馬般奔騰。不論他怎樣努力，也無法掙脫一個必然的結論。這是個陷阱！阿拉特普故意送來他，而這是個陷阱！

他將頭埋在雙手中，想要減輕內心受到的重擊。然後，他明白了自己該怎麼做。

第七章 心靈樂師

在所有可住人行星上，夜晚遲早都會降臨。不過，晝夜的間隔也許並非十分理想，因爲根據紀錄，各行星的自轉周期差異極大，從十五小時到五十二小時不等。這使得在各行星間旅行的人，需要以最大的毅力來做心理調適。

在許多行星上，居民一律主動調適，也就是調整作息周期來配合自然周期。在更多的行星上，由於幾乎全面使用大氣調節機制，以及人工照明設備，因而日夜問題變得次要，只不過農業面貌也因此改變。在少數行星上（那些走極端的世界），則根本無視白晝與黑夜的明顯事實，而任意畫分日夜的間隔。

但不論社會規約如何制定，夜晚的降臨一向伴隨著心理上恆常的、深刻的意義，這可回溯到樹棲猿人的生活習性。夜晚總是恐懼與不安的時段，人心一律隨著夕陽一塊沉落。

在中央正殿裡，沒有任何能讓人感知夜晚降臨的機制。然而，拜倫藉著深藏於大腦內未知角落的無名直覺，卻能感到白晝已經結束。因此他知道，在戶外漆黑的夜空中，僅有微弱的星光點綴其間。此外他還知道，每年到了特殊的日子，那個鋸齒狀的「太空洞口」，也就是所謂的「馬頭星雲」（泛星雲眾王國的人對它都十分熟悉），會將原本清晰可見的星辰遮掩一半。

他又開始覺得沮喪。

與執政者做過簡短的晤談後，他再也沒有見到艾妲密西婭，而他發覺自己很不喜歡那種滋味。他本來期望在晚餐時，也許能再跟她說幾句話。結果，他卻被安排單獨用餐，只有兩名懷著敵意的衛士在門外走來走去。就連吉爾布瑞特也走掉了，想必也是去進餐，但既然在亨芮亞德的宮廷中，他進餐時總會有人在旁作陪。

因此，當吉爾布瑞特重新出現，對他說：「艾妲密西婭和我一直在討論你。」他立刻表現出興奮的反應。

吉爾布瑞特給逗樂了，他也坦然承認，接著又說：「首先，我要帶你參觀我的實驗室。」他揮了揮手，兩名衛士便離開了。

「什麼樣的實驗室？」拜倫的興致立時消失無蹤。

「我自己做些小玩意。」他答得很含糊。

乍看之下，這不像一間實驗室。它其實更接近一間圖書館，角落處擺著一張華麗的書桌。

拜倫緩緩打量著這個房間。「你就在這裡做些小玩意？什麼樣的小玩意？」

「這個嘛，一些特殊的竊聽設備，以嶄新的方法刺探太暴人的間諜波束，他們根本查不出來。因此阿拉特普第一句話傳來後，我就知道你是什麼人。此外我還有其他一些有趣的小東西，比如說我的聲光儀。你喜歡音樂嗎？」

「還好。」

「好，我發明了一種儀器，只是我不知道稱爲音樂是否恰當。」他隨手一碰，一個放置影視書的架子便向一旁滑開。「這不是眞正適合藏東西的地方，不過沒人把我當一回事，所以他們絕不會搜查。眞有趣，你不這樣想嗎？不過我忘記了，你對任何事都不感興趣。」

那是個粗製的箱型物體，表面根本沒有打磨，也沒有任何光澤，一眼便能看出是手工製品，其中一面鑲著些微微發亮的鍵鈕。他將它放下來，讓有鍵鈕的一面朝上。

「它不怎麼美觀，」吉爾布瑞特說：「可是時空之中誰在乎呢？把電燈關掉，不，不！不必靠開關或按鍵，只要心中希望電燈熄滅，盡力這樣想！決心讓它們熄滅。」

電燈果然暗下來，只剩下屋頂上微弱的珍珠色光輝，在黑暗中將他們照成兩張鬼臉。拜倫忍不住驚呼一聲，立刻換來吉爾布瑞特一陣輕笑。

「這只是聲光儀的功能之一，它能像私人信囊一樣跟心靈契合，你懂我的意思嗎？」

「不，我不懂，如果你想聽坦白的答案。」

「好吧，」他說：「你這樣想好了。你的大腦細胞所產生的電場，會在這個儀器中感應出另一個電場。就數學理論而言，這是個相當普通的現象，可是據我所知，從未有人將所有電路塞進這麼小的箱子。通常，需要一棟五層樓高的發電廠才行。它也能逆向操作，我可以控制這裡的電路，將它的電場直接映到你的大腦。這樣一來，你不必藉著眼耳作媒介，便能產生視覺和聽覺。注意看！」

起先什麼都看不見，不久，在拜倫的眼角處，似乎有什麼模糊的東西開始閃動。接下來，它變成飄浮在半空中的一個淡藍紫色球體。當他轉頭時，那球體也跟著他旋轉，甚至當他閉上眼睛，它也依然徘徊不去。此外，還有個清晰的音調伴著它，或說是它的一部分，或說那個音調就是它。

那球體漸漸脹大，漸漸擴張，拜倫發覺它竟然在自己腦中生根，心中感到有些不安。它並非一團眞正的色彩，而是個有色的聲音，卻不具實質的空氣振盪；它代表著一種觸感，但不是眞正的生理感覺。

當音調逐漸升高時，它開始不停地旋轉，同時散發出一團暈彩，就這樣一路來到他的頭頂，像是一股飄散的絲線。然後，它突然間爆裂，五彩團塊立時飛濺到他身上，所有的色彩瞬間燃燒起來，卻沒有引起任何痛覺。

接著，許多翠綠色泡泡開始上升，伴隨著一個沉靜、柔和的呻吟。拜倫慌慌張張伸手去抓，卻發覺看不到自己的雙手，而且感覺不到手臂的動作。他沒有任何其他的知覺，只有那些小泡泡占滿他的心靈。

他發出無聲的巨吼，那些幻覺立即無影無蹤。室內重新大放光明，吉爾布瑞特又出現在他面前，正對著他哈哈大笑。拜倫感到極度暈眩，他抬起發顫的手，擦了擦冰冷潮濕的額頭，再猛然坐了下來。

「發生了什麼事？」他以盡可能強硬的口氣質問。

吉爾布瑞特說：「我不知道，我沒有捲入其中。你難道不了解嗎？這是你的大腦從未有過的經驗，它直接捕捉這個感覺，卻無法詮釋如此的現象。因此，當你集中注意力在這種感覺上，你的腦子只好強迫將它導入熟悉的方向，也就是說，試圖將它同時分別詮釋為視覺、聽覺和觸覺。對啦，你有沒有察覺到什麼氣味？有時我好像會聞到些什麼。假如用狗來做實驗，我猜想感覺幾乎全會被轉成嗅覺，改天我眞想拿動物試試。

「反之，如果你不理會它，不主動攫取它，它就會逐漸消失。當我想要觀察他人的反應時，我就會那麼做，其實沒有什麼困難。」

他將浮著青筋的手掌放在那台儀器上，隨手撥弄上面的鍵鈕。「有時我會想，如果有人好好研究這玩意，就能譜出一種新媒體上的交響樂，達到單純聲光得不到的效果。不過，只怕我自己沒這個能力。」

拜倫突然說：「我想問你一個問題。」

「請便。」

「你爲何不將科學天分用在有價值的方面，反而……」

「浪費在無用的玩具上？我也不知道。或許它並非毫無價值，其實這是犯法的，你知道吧。」

「什麼東西？」

「這個聲光儀，我的監聽裝置也一樣。要是給太暴人知道了，很容易會被判死罪。」

「你一定是在開玩笑。」

「絕對不是。你顯然是在牧地長大的，年輕人都不記得過去那段日子，我懂了。」他忽然別過頭去，雙眼瞇成兩道細縫，又問道：「你反對太暴的統治嗎？儘管說。我坦白告訴你，我自己就反對。我還可以告訴你，令尊當初也一樣。」

拜倫以平靜的口吻說：「是的，我反對。」

「爲什麼？」

「他們是陌生人，是異邦人，他們有什麼權利統治天霧星和洛第亞？」

「你一直那樣想嗎？」

拜倫沒有回答。

吉爾布瑞特哼了一聲。「換句話說，直到他們將令尊處決，你才認定他們是陌生人和異邦人。然而，畢竟他們有權那樣做。喔，聽我說，別發火，理智地想一想。相信我，我站在你這邊。可是想想看！令尊是牧主，他手下的牧人又有什麼權利？如果有人偷了一頭牛，不管是自己吃掉或賣給別人，他將受到什麼樣的懲罰？會被當作竊賊關起來。倘若他圖謀殺害令尊，不論原因爲何，也許在他看來理由充分，他又會有什麼樣的下場？毫無疑問會被處決。令尊究竟有什麼權利制定法律，將懲罰施加於他的同類？對他們而言，他就是他們的太暴人。

「在令尊自己心目中，以及我的心目中，他都是個標準的愛國者，但這又有什麼意義？對太暴人而言，他是個不折不扣的叛徒，因此他們除掉了他。你能無視自衛的必要性嗎？在亨芮亞德家族掌權的時代，同樣也是一片腥風血雨。好好讀一讀歷史，年輕人。不論什麼樣的政府，殺人都是一件自然的事。

「所以說，找個更好的理由來恨太暴人吧。別以爲只要換上另一批統治者，這種小小的改變就能帶來自由。」

拜倫以右拳奮力擊向左掌。「這些客觀的哲理聽來都不錯，對於事不關己的人很有安撫作用。但假使是令尊遭到謀殺，你又會做何感想？」

「哼，難道不是嗎？家父是前任執政者，他的確是被害死的。喔，並非公然的行動，而是巧妙的陰謀。他們令他精神崩潰，就像他們現在刺激亨瑞克一樣。家父過世後，他們不讓我繼任執政者，因爲我有點難以捉摸。亨瑞克長得既高大又英俊，最重要的是他相當順從。然而，他顯然還不夠順從。他們不斷迫害他，將他捏成一個可憐的傀儡，確定他在沒得到許可前，連搔癢的膽量都沒有。你見過他，應該看得出來。現在他的情況逐月惡化，他的持續恐懼狀態是種可悲的精神病。可是這一點——我剛才說的一切——都不是我想推翻太暴人統治的眞正理由。」

「不是？」拜倫說：「你創造了一個嶄新的理由？」

「應該說是個很古老的理由，太暴人摧毀了兩百億人參與人類發展的權利。你受過教育，應該學過什麼是經濟周期。在一顆行星開拓之初，」他開始扳著手指計數，「首要的問題是自給自足，因此必定是個農業和畜牧世界。然後，它開始挖掘地底的礦藏，外銷未經提煉的礦石，並將過剩的糧食賣到別處，以換取奢侈品和機械設備，這是第二階段。接下來，當人口逐漸增長，外資慢慢累積後，工業文明便開始萌芽，這就是第三階段。最後，它會變成一個機械化世界，糧食一律依靠進口，對外則輸出機械裝置，並投資後進世界的發展等等，這是第四階段。

「機械化世界一向人口最稠密、權勢最大、軍事力量也最強，因爲戰爭完全仰賴機械。而在它們周圍，通常會圍繞著一些獨立的農業世界。

「可是我們的情形又如何？我們本來處於第三階段，擁有正在成長的工業。而現在呢？這個成長被迫中止、凍結，甚至倒退，否則，它會妨礙太暴人對我們工業必需品的控制。對他們而言，這只是一項短期投資，因爲我們終將被榨乾，那時就會變得無利可圖。但在此之前，他們將一直榨取最高的利潤。

「此外，我們若進行工業化，就可能會製造戰爭武器。因此工業化必須停止，科學研究也因此遭禁。久而久之，人民終於變得習以爲常，甚至根本不覺得失去什麼。所以當我告訴你，我可能因製造聲光儀而被處死，你才會感到那麼驚訝。

「當然，總有一天我們會擊敗太暴人，這幾乎是必然的結果。他們不能永遠統治下去，沒有任何人辦得到。他們會變得越來越軟弱，越來越懶惰；他們會跟其他人通婚，失去許多獨有的傳統；他們還會變得腐敗墮落。可是這需要好幾世紀的時間，因爲歷史的發展一向從容不迫。而在那許多世紀後，我們仍將是農業世界，休想能有什麼工業或科學遺產。而我們四面八方的鄰居，那些未曾被太暴人統治的世界，將變得富強及高度都會化。我們這些王國永遠會是次殖民地，永遠無法趕上別人。在人類文明發展的偉大舞台上，我們將始終是一群旁觀者。」

拜倫說：「你說的有些也是老生常談。」

「自然如此，因爲你是在地球受的教育。在人類社會的發展中，地球占了一個很特殊的地位。」

「眞的嗎？」

「想想看！自星際旅行發明後，整個銀河始終處於不斷擴張的狀態。我們一向是個成長中的社會，因此是個尙未成熟的社會。顯然，人類社會僅有一次、一處臻於成熟，那就是在地球上，在它遭逢大難之前。那個社會暫時失去任何地理擴張的可能，因此開始面對諸如人口過剩、資源匱乏等等問題。而這些問題，銀河其他各處則從未出現過。

「因此，他們不得不盡力研究社會科學。但他們留下的文化遺產，已有許多甚或全部亡佚，這實在太可惜了。不過有件很有趣的事，當亨瑞克年輕的時候，他是個狂熱的原始主義者。他擁有一間圖書館，裡面收藏的地球資料獨步銀河。而他成爲執政者後，就將原先的一切都拋棄了。不過就某種程度而言，我繼承了那間圖書館。它所收藏的文獻，那些斷簡殘篇，實在太迷人了。地球文化有一種特殊的內省風格，我們外向的銀河文化中完全見不到，這是最有趣的一點。」

拜倫道：「你這樣說我才終於放心。你剛才嚴肅得太久，使我不禁開始懷疑，你是不是喪失了幽默感。」

吉爾布瑞特聳了聳肩。「我現在也覺得輕鬆多了，這種感覺眞好。我想，這是幾個月來的第一次。你知道作戲是什麼滋味嗎？一天二十四小時，都故意將你的人格一分爲二？甚至在朋友面前？甚至獨處的時候，這樣才不會無意間忘了作戲？做個半吊子的人？做個永遠有趣的人？做個無足輕重的人？顯得既無能又可笑，讓認識你的人都深信你毫無價値？這樣你的性命才有保障，只不過這種日子幾乎不値得活下去。可是，即使如此，我還是偶爾會跟他們對抗。」

他抬起頭來。「你會駕駛太空船，我卻不會，這是不是很奇怪？你提到我具有科學天分，但我連單人太空小艇都不會駕駛。可是你會啊，所以說，你必須離開洛第亞。」他的聲音聽來很認眞，幾乎像是在懇求對方。

這些話無疑是在求他，拜倫卻冷冷地皺起眉頭，問道：「爲什麼？」

吉爾布瑞特繼續迅速說下去：「我剛才說過，艾妲密西婭和我一直在討論你，我們全都安排好了。你離開這裡後，直接前往她的房間，她正在那裡等你。我已經幫你畫了一張簡圖，所以你在穿過迂迴的走廊時，完全不必停下來問路。」他將一張帶有金屬光澤的小紙片塞進拜倫手中，「假如你被任何人攔住，就說執政者要召見你，然後繼續前進。只要你不顯得遲疑不定，就不會有任何麻煩……」

「慢著！」拜倫不願類似事件再度重演。鍾狄將他趕到洛第亞，又害他被帶到太暴人面前；然後，在他還來不及溜進王宮時，那個太暴行政官便將他趕到中央正殿，讓他在絲毫沒有準備的情況下，面對一個精神恍惚的傀儡，聽了一大串瘋言瘋語。可是到此爲止了！他今後的行動或許將有重重限制，然而，他對時空起誓，一切行動都要出於自願，他認爲沒什麼好商量的。

他說：「我來到這裡，是爲了一件對我而言非常重要的事。閣下，我是不會離開的。」

「什麼啊！別做個年輕白癡。」一時之間，原來的那個老吉爾布瑞特再度出現。「你以爲你在這裡能辦成什麼事嗎？你以爲等到明天太陽升起時，你還能活著離開王宮嗎？哈，二十四小時內，亨瑞克一定會召來太暴人，而你就會成爲階下囚。他所以會等一陣子，是因爲他不論做任何事，都要花那麼久的時間才能下定決心。他是我的堂弟，我了解他，我告訴你。」

拜倫說：「眞要是這樣，跟你又有什麼關係呢？你爲何這麼關心我？」他絕不要再被人驅趕，再也不要做四處逃竄的木偶。

吉爾布瑞特卻站起來，雙眼直視著他。「我要你帶我一起走，我關心的其實是我自己，我再也無法忍受太暴人統治下的生活。要不是艾妲密西婭和我都不會駕駛太空船，我們早就逃之夭夭。我們的性命也危在旦夕。」

拜倫感到決心有點軟化。「執政者的女兒？她跟這件事有什麼關係？」

「我相信在我們三人當中，要數她的情況最絕望。對女性而言，還有另一重特殊的地獄。執政者的女兒年輕、貌美又未婚，她除了變成一個年輕、貌美的已婚婦人，還能有什麼其他的選擇？而這個年頭，誰會是那個喜氣洋洋的新郎呢？哈，一個又老又色的太暴宮廷高官，他前後已經埋葬三個老婆，如今還指望在少女的臂彎中，重新尋回青春的火花。」

「執政者當然不會答允這種事！」

「執政者會答允任何事，沒人需要等他點頭。」

拜倫想起上回見到艾妲密西婭的情景。她的長髮由前額往後梳，直直地披在背後，在肩頭附近微微向內捲曲。她有著潔白、細膩的皮膚，黑色的大眼睛，紅色的櫻唇！高䠷、年輕、笑容可掬！然而整個銀河中，這種模樣的少女也許超過一億，他要是因此決心動搖，那就實在太可笑了。

但他卻說：「太空船準備好了嗎？」

吉爾布瑞特突然綻放出笑容，將一張老臉擠得滿是皺紋。但他還來不及開口，大門就響起重擊聲。那並非光電能束截斷後的輕柔聲響，而是武裝人員凶猛的敲門聲。

敲門聲再度響起時，吉爾布瑞特說：「你最好把門打開。」

拜倫依言照做，兩名衛士立刻衝進來。前面那人先俐落地向吉爾布瑞特敬禮，再轉身面對拜倫說：「拜倫．法瑞爾，奉太暴常駐行政官與洛第亞執政者之命，我現在將你逮捕歸案。」

「什麼罪名？」拜倫質問。

「叛亂罪。」

在這一剎那，吉爾布瑞特臉上掠過無限絕望的神情，他連忙將頭撇向一側。「亨瑞克這次動作眞快，比我預料中快得多。想想可眞有趣！」

他又變回老吉爾布瑞特，漠不關心地微笑著。他微微揚起兩道眉毛，彷彿在以稍帶悔恨的心情，檢視這個令人不快的事實。

「請跟我來。」那衛士說，此時，拜倫才注意到對方手中緊握著神經鞭。

第八章 石榴裙

拜倫突然感到口乾舌燥。在公平的情況下，他能擊敗其中任何一名衛士。他相當清楚，並渴望有這種機會。他甚至可能大展神威，同時打倒兩個人。問題是他們都帶著神經鞭，他只要舉起一隻手，他們便會讓他知道厲害。他在心裡已經投降了，因爲簡直就無計可施。

吉爾布瑞特卻說：「讓他先去拿披風，兩位。」

拜倫吃了一驚，迅速望了小老頭一眼，便立刻打消投降的念頭。因爲，他知道自己根本沒有披風。

那名掏出武器的衛士併攏腳跟，響起「啪」的一聲，表示尊重吉爾布瑞特的吩咐。然後他用神經鞭指著拜倫，說道：「你聽見侯爺的話了，去把你的披風拿來！」

拜倫盡量放大膽子慢慢後退。退到書架旁邊後，他便蹲下來，在一張椅子後面作勢摸索。他一面抓著空氣中一件不存在的披風，一面緊張地等待吉爾布瑞特發難。

對兩名衛士而言，聲光儀只是個長滿鍵鈕的怪東西，當吉爾布瑞特輕巧地撥弄那些鍵鈕時，他們根本不當一回事。拜倫則全神貫注地盯著神經鞭發射口，讓它占據整個心靈。當然，他（自以爲）看到或聽到的任何其他事物，都絕不能讓它們鑽進腦海。

可是要等多久呢？

那手持武器的衛士說：「你的披風在那張椅子後面嗎？站起來！」他不耐煩地向前走去，卻突然間停下腳步。他感到萬分訝異，瞇起雙眼，猛然向左方望去。

機會來啦！拜倫馬上站起來，迅速向前衝，在那衛士面前彎下腰來，緊緊抱住他的雙膝，然後用力一拉。只聽得「砰」的一聲，那衛士已倒地不起，拜倫伸出巨掌，從他手中搶過神經鞭。

此時，另一名衛士已將武器握在手中，不過現在毫無用處，他另一隻手正在眼前瘋狂揮舞。吉爾布瑞特發出高亢的笑聲。「你還好嗎，法瑞爾？」

「什麼都沒看到，」他咕噥道，然後又說：「除了這柄已經到手的神經鞭。」

「好的，那就趕緊走吧。他們絕對無法阻止你，他們心中充滿不存在的影像和聲響。」吉爾布瑞特躲開兩個扭打在一塊的軀體。

拜倫的手臂掙脫對方的糾纏，高高舉起來，然後猛力擊向對方的肋骨。那衛士的臉孔因痛苦而扭曲，身子立時縮成一團，還不停抽搐著。拜倫隨即起身，手中緊握著神經鞭。

「小心。」吉爾布瑞特叫道。

不過拜倫還是慢了一步，當他轉身的時候，另一名衛士已向他撞來，將他再度壓倒。那其實是個盲目的攻擊，衛士究竟以為自己抓到什麼，別人根本不可能知道。不過有一點可以肯定，就是此時他眼中完全沒有拜倫。他的粗嘎呼吸聲在拜倫耳邊響起，喉嚨中還不時在咯咯作響。

拜倫用力掙扎，想要動用搶到手的武器。從對方空洞的眼神中，他看出那人必定見到什麼可怕的幻象，令他自己心中也為之一凜。

拜倫吃力地起身，左右來回移動重心，試圖將那衛士掙脫，但幾乎沒什麼作用。前後總共三次，他感到對方的神經鞭撞向自己的臀部，每次都嚇得他膽戰心驚。

衛士發出的咯咯聲突然轉成言語，他吼道：「一個都跑不掉！」說完，他便發射了神經鞭。在能束經過的路徑上，游離的空氣冒出暗淡、幾乎不可見的閃光。那道光芒掃過一大片區域，拜倫一隻腳正擋在能束路徑上。

那種感覺就像踩進一鍋沸騰的鉛汁，又彷彿被一塊花崗岩砸個正著，也好像他的腳給鯊魚一口咬掉。事實上，根本沒有發生任何有形的變化，只是主司痛覺的神經末梢受到全面而徹底的刺激，踏進煮沸的鉛汁也不過如此。

拜倫的慘叫幾乎將喉嚨扯破。他癱在地上，甚至沒想到打鬥已經結束。除了越來越厲害的痛楚，現在其他事都不再重要了。

然而，拜倫雖未察覺，那衛士卻的確已經鬆手。幾分鐘後，當拜倫勉強能睜開眼睛，並將眼淚擠出來的時候，他發現那衛士靠著牆壁，一雙虛弱的手正推著一樣不存在的物體，還發出吃吃的傻笑聲。前一名衛士仍躺在地上，四肢大剌剌地攤開，他仍有知覺，卻沒發出任何聲音。他的眼光循著一個怪異的軌跡移動，身體則微微顫抖，嘴唇上還沾著白沫。

拜倫硬著頭皮站起來，拖著跛得厲害的步伐走到牆邊，用神經鞭的握柄猛力一擊，靠牆的衛士立即倒下。接著拜倫又來收拾前一個衛士，那人也未做任何抵抗，在他失去知覺的前一瞬間，眼光還繼續默默地移動。

拜倫重新坐下，準備照料一下傷處。他將那隻腳的鞋襪脫掉，吃驚地瞪著完好如初的皮膚。他一面搓揉，一面發出哼聲，那種感覺就像火燒一樣。他抬起頭來時，看到吉爾布瑞特已放下聲光儀，正用手背摩挲著瘦削的面頰。

「謝謝你，」拜倫說：「多虧你的儀器幫忙。」

吉爾布瑞特聳了聳肩，說道：「很快會有更多的衛士趕來，到艾妲密西婭的房間去吧。拜託！快點！」

拜倫明白這話很有道理，他的腳傷已稍微好轉，變成陣陣的抽痛，可是他覺得又腫又脹。他將襪子重新穿上，將那隻鞋挾在腋下。他原來已經握著一柄神經鞭，現在將另一柄也奪過來，小心翼翼地插進皮帶裡。

他轉身向大門走去，又帶著噁心的反感問道：「你讓他們看見了什麼，閣下？」

「我也不知道，我無法控制這點。我只是盡量將功率調到最大，其他的便取決於他們心中的情結。請別淨顧著講話，我那張地圖還在你身上吧？」

拜倫點了點頭，便沿著走廊向前走去，一路上沒見到任何人。他試著走快一點，步伐卻變得蹣跚不堪，只好放慢腳步。

他看了看腕錶，才想起一直沒空將它調爲洛第亞當地的計時系統。腕錶上顯示的仍是星際標準時間，也就是太空客船上使用的系統，其中每小時有一百分鐘，一千分鐘等於一天。如今冰冷的金屬錶面，閃耀著粉紅色的876三個數字，根本一點意義也沒有。

然而無論如何，現在一定已是深夜，或者說，早就是這顆行星的睡眠期（假若兩者不盡相同）。否則，這些大廳不會如此空蕩，牆上的淺浮雕也不會孤寂地發出磷光。當他經過那些浮雕時，隨手摸了摸其中一件，那是一個加冕典禮的場景，結果發現它只是個二維結構。可是不管怎麼看，它都給人一種突出牆壁的立體感。

他竟然停下腳步，研究這種奇特的效果，對他而言是很不尋常的事。他想起目前的狀況後，又趕緊加快了腳步。

走廊的空蕩是洛第亞衰微的另一個象徵，他突然有這樣的感慨。既然成了叛逆份子，他對這些沒落的象徵變得份外敏感。王宮是一個獨立王國的權力中心，夜間也該一直有人站崗，而且每道門都該有人看守。

他依照吉爾布瑞特畫的粗略地圖，在前面向右轉，再沿著一個寬大、蜿蜒的坡道向上走。過去這裡或許舉行過遊行活動，現在卻什麼也沒有留下。

走到目的地後，他俯身靠著那扇門，按下光電訊號鈕。大門先開了一道縫，隨即全部打開。

「進來，年輕人。」

應門的正是艾妲密西婭。拜倫趕緊溜進去，大門迅疾無聲地重新關上。他望著這個女子，什麼話也沒說。他知道他的襯衫肩部被撕破了，因此一邊的袖子鬆垮垮地垂下，而且他全身髒兮兮的，臉也被打腫了，這使他感到狼狽萬分。他又想起腋下還挾著一隻鞋，趕緊將它丟到地上，讓那隻腳笨拙地鑽進去。

然後他才說：「不介意我坐下吧？」

她跟他一起走向一張椅子，站在他的面前，顯得有點心慌意亂。「發生了什麼事？你的腳怎麼了？」

「受傷了。」他冷淡地答道。「你準備離開了嗎？」

她立刻高興起來。「這麼說，你會帶我們走？」

拜倫卻沒心情對她好言好語，那隻受傷的腳仍感到刺痛，於是他又搓揉一番。然後他說：「聽好，帶我到那艘太空船去。我要離開這顆該死的行星，如果你要一道走，那我也不反對。」

她皺起眉頭。「你應該和顏悅色一點，你剛才跟人打架了？」

「是的，沒錯，跟令尊的衛士打了一架。他們要以叛亂罪名逮捕我，這就是我得到的庇護。」

「喔！我很遺憾。」

「我也很遺憾。怪不得少數太暴人能統領五十個世界，我們都在幫助他們。令尊那種人爲了保有權勢，可以做出任何事，他們忘了一個君子的基本責任——喔，算啦！」

「我說過我很遺憾，牧主大人。」她以高傲的口氣稱呼他的頭銜，「請別板起臉孔審判家父，你不清楚其中的內情。」

「我沒興趣討論這個問題，我們必須盡快離開這裡，否則令尊那些了不起的衛士都會趕來。好吧，我不是故意要讓你難過，別放在心上。」拜倫的暴戾之氣與歉意剛好抵消。可是，他媽的，他以前從沒挨過神經鞭，這可一點都不好玩。而且，太空啊，他們的確有義務給他政治庇護，至少該做到這一點。

艾妲密西婭很不高興，當然不是生她父親的氣，而是氣這個愚蠢的年輕人。他實在很年輕，根本還是個大孩子，她這麼判斷。即使他比自己大，也絕對大不了多少。

此時通話器突然響起，她趕緊說：「請等一下，然後我們就走。」

那是吉爾布瑞特的聲音，聽來相當微弱。「艾妲？你那裡還好嗎？」

「他在這裡。」她悄聲答道。

「很好，什麼都別說，光聽著就好。別離開你的房間，把他留在那裡，他們將要大肆搜索王宮，沒人能阻止這個行動。我會試著想想辦法，可是此時此刻，千萬不要輕舉妄動。」他並未等待回答，便逕自切斷通話。

「現在可好。」拜倫也聽到了他們的通話，「我到底是該留下來，把你也拖下水，還是該走出去投降？我想，我不能指望在洛第亞找到任何庇護了。」

她氣沖沖地面對著他，壓低聲音吼道：「喔，閉嘴，你這個醜怪的笨蛋。」

兩人互相怒目而視，拜倫感到十分傷心。換個角度來說，他也是在試圖幫助她，她沒有理由這樣侮辱人。

結果她說了一句：「對不起。」就將頭別過去。

「沒關係，」他冷冷地答道，根本口是心非。「你有權表示自己的意見。」

「你實在不該那樣批評家父，你不知道身為執政者的難處。他一直在為百姓做事，不論你心裡怎麼想。」

「喔，當然啦。為了他的百姓，他必須將我出賣給太暴人，這非常合理。」

「就某方面而言，的確如此，他得向他們表現自己的忠誠。否則，他們可能會罷黜他，直接接管洛第亞。那樣難道會更理想嗎？」

「如果連一名貴族都得不到庇護……」

「喔，你只想到自己，這是你最大的問題。」

「我不認為不想死是個特別自私的想法，至少不該平白無故送死。在我走前，我還得跟他們鬥一門，家父就和他們奮戰過。」他知道自己開始變得慷慨激昂，但這都是受到她的影響。

她說：「令尊那樣做又有什麼好處？」

「我想什麼都沒有，他遇害了。」

艾妲密西婭感到相當同情。「我一直在說我很遺憾，這次我是眞心誠意的，我實在心亂如麻。」然後，她又爲自己辯解：「但我自己也有麻煩，你該知道。」

拜倫想起了她的處境。「我知道。好吧，讓我們重新開始。」他設法露出微笑，至少他的腳覺得好多了。

她試著以輕描淡寫的口吻說：「其實你並不醜。」

拜倫感到不知所措。「喔，這個——」

他陡然打住，艾妲密西婭則舉起手掩住嘴巴。然後，兩人突然不約而同轉頭望向門口。外面走廊忽然響起輕微的腳步聲，那是許多規律的步伐，踩在富於彈性的塑膠拼花地板上。大多數人都走了過去，可是在大門外，卻傳來一下細弱而訓練有素的立定聲。接著，夜間叫門訊號便嗚嗚作響。

吉爾布瑞特必須迅速行動，首先，他得將他的聲光儀藏起來。這是他生平第一次，希望能有個較隱密的收藏地點。亨瑞克眞該死，這次竟然那麼快下定決心，竟然未等到天亮。他必須逃走，這種機會也許再也沒有了。

然後，他又通知了衛隊長。兩名衛士昏迷不醒，還有一名重犯脫逃，不論他如何裝瘋賣傻，也無法對這種事不聞不問。

衛隊長看到這種狀況，臉色變得陰沉無比。等到不省人事的衛士被抬走後，他便緊緊盯著吉爾布瑞特。

「侯爺，根據您的敘述，我還是不大清楚究竟發生了什麼事。」他說。

「就是你看到的這些。」吉爾布瑞特說：「他們前來逮捕人犯，那年輕人卻不肯投降。結果給他逃走了，太空才曉得他跑到哪裡去。」

「沒什麼大不了的，侯爺。」隊長說：「今晚王宮有貴客蒞臨，因此不論什麼時候，都一律有嚴密的警戒。他絕對逃不出去，我們會將搜索網慢慢收緊。但他到底是怎麼逃走的？我的手下都有武裝，而他卻手無寸鐵。」

「他像猛虎一樣拳打腳踢，我躲在那張椅子後面……」

「我很遺憾，侯爺，您竟然沒想到幫助我的手下，共同對抗一個被控叛亂的人。」

吉爾布瑞特現出輕蔑的表情。「多有趣的想法啊，隊長。你的手下以二敵一，手中還握有武器，竟然需要我幫忙，我看你徵募新人的時候到啦。」

「很好！我們會搜索整個王宮，把他找出來，看看他能否再重施故技。」

「我跟你一同去，隊長。」

這回輪到隊長揚起眉毛。他說：「我以爲這樣不妥，侯爺，難免會有些危險。」

不論是對亨芮亞德家族任何一份子，隊長都不該這樣說。這點吉爾布瑞特心知肚明，但他只是微微一笑，讓皺紋布滿瘦削的老臉。「我知道，」他說：「可是有時我發現連危險都有趣。」

集合一伙衛士總共花了五分鐘。在這段時間中，吉爾布瑞特單獨留在房裡，與艾妲密西婭通了一次話。

聽到輕微的「嗚嗚」訊號聲，拜倫與艾妲密西婭都愣住了。在它響了兩次之後，又傳來一下謹慎的敲門聲，接著就聽見吉爾布瑞特的聲音。

「拜託讓我來試試吧，隊長。」然後聲音就變大了，「艾妲密西婭！」

拜倫鬆了一口氣，微微咧嘴一笑，向前走出一步。可是少女突然伸出手按住他的嘴，喊道：「等一下，吉爾伯父。」同時她向牆壁拚命猛指。

拜倫只得傻傻望著那道牆，那裡根本什麼也沒有。艾妲密西婭向他做個鬼臉，迅速繞過他，逕自向牆邊走去。她伸出手按向牆壁，一片牆便無聲無息向一側滑開，裡面出現一間更衣室。她做了個「快進去！」的嘴型，同時雙手開始摸索她右肩的飾針。拔下了飾針，她衣裳內的微小力場隨之消失，整件衣服的隱形接縫自動裂開，她便趕緊從衣服中鑽出來。

拜倫踏進那間更衣室，立刻轉頭向外望去。牆壁雖然很快恢復原狀，他還是看到了她套上一件白毛皮睡衣的動作，那件深紅色衣裳則在椅子上皺成一團。

他打量著四周的環境，心中一直在嘀咕，不知道他們會不會搜查艾妲密西婭的房間。若是進行搜查，那他就插翅難飛了。除了他剛才進來的那道密門，更衣室沒有任何別的出口，裡面也沒什麼更幽密的地方可供躲藏。

他看到一列睡袍掛在牆邊，前方的空氣發出非常暗淡的閃光。他的手可以輕易穿透那道光芒，只有手腕被照到的部分產生輕微的刺痛。不過這種裝置的目的並非防盜，而是爲了逐退灰塵，讓後面的空間保持無菌的清潔狀態。

他或許能躲在裙子後面，其實，如今他正在這麼做。在吉爾布瑞特的幫助下，他對付了兩名衛士，才得以來到這裡。可是接下來，他卻拿石榴裙當擋箭牌，事實上，還眞是躲在她的裙子後面。

他突然開始胡思亂想，竟然希望在牆壁合攏前，自己能早些轉過頭來。她有一副相當吸引人的胴體，剛進門的時候，他的激烈態度實在太幼稚、太可笑了。無論如何，也不該爲她父親的過錯而責怪她。

現在他唯一能做的，就是一面瞪著空洞的牆壁，一面耐著性子等待。等待房間中傳來腳步聲；等待牆壁重新拉開；等待數柄武器再度指著自己，這回卻沒有聲光儀相助。

他屏息等待，雙手各握著一柄神經鞭。

第九章 太上皇的褲子

「怎麼回事？」艾妲密西婭的不安根本不用假裝。這句話她是對吉爾布瑞特說的，他跟衛隊長一同站在門口，還有六名武裝衛士在門外謹愼地梭巡。然後，她又迅速問道：「父親沒什麼事吧？」

「沒有，沒有，」吉爾布瑞特安慰她說：「沒發生任何需要你操心的事。你睡著了嗎？」

「正要睡，」她答道：「幾小時前，我的女僕就各忙各的去了。除了我自己，沒人能來應門，你們幾乎把我嚇死了。」

她突然轉向隊長，以強硬的態度說：「要我怎麼樣，隊長？快點，拜託，現在並非適宜晉見的時間。」

隊長剛張開嘴巴，吉爾布瑞特便搶著說：「這是件再有趣不過的事，艾妲。那個年輕人，他叫什麼來著——你知道的——他匆匆逃跑，途中還打壞兩名衛士。如今，我們以勢均力敵的兵力追捕他，一隊官兵對付一名逃犯。我自己也親自上陣，加入搜索的行列，以我的熱情和勇氣鼓舞我們的好隊長。」

艾妲密西婭裝出一副完全茫然的表情。

隊長嘴裡咕噥出一個髒字，嘴唇幾乎沒有動作。然後他說：「對不起，侯爺，您沒說清楚，我們是在浪費寶貴的時間。郡主，那個自稱前維迪莫斯牧主之子的人，原本已經因叛亂罪被捕，但他設法逃脫，現在正逍遙法外。我們必須搜索整座王宮，每個房間都不放過。」

艾妲密西婭退了一步，皺起了眉頭。「包括我的房間在內？」

「假如郡主允許。」

「啊，但我就是不允許。若有陌生人在我的房間，我當然會知道。如果你懷疑這麼晚的時候，我竟然還跟這種人有來往，或跟任何陌生人有瓜葛，那是極爲不宜的想法。請給予我的地位適當的尊重，隊長。」

這番話的確很有效，隊長只好欠著身說：「絕對沒有這個意思，郡主。請原諒我們這麼晚還來打擾您，只要您說未曾見到那名逃犯，當然就足夠了。在這種情況下，我們必須確定您安然無事，他是個危險人物。」

「他再怎麼危險，你和你這批手下也不可能對付不了。」

吉爾布瑞特高亢的聲音再度插入。「隊長，好啦——好啦。你和我的姪女客客氣氣交換觀感的時候，我們的目標已有時間搶軍火庫了。我建議你在艾妲密西婭郡主的門口留下一名衛士，這樣她下半夜的睡眠就不會再受干擾。除非，親愛的姪女，」他一面說，一面對艾妲密西婭擺動手指，「你也想加入我們的行列。」

「我只想鎖上房門，」艾妲密西婭冷冷地說：「然後就寢，謝謝你的好意。」

「挑一個大塊頭，」吉爾布瑞特大聲說：「就要那位吧。我們的衛士都穿著帥氣的制服，艾妲密西婭。你只要看到這身制服，就能認出他是我們的衛士。」

「侯爺，」隊長不耐煩地說：「沒有時間了，您是在延誤時機。」

他做了個手勢，一名衛士便從隊伍出列。那衛士先向正在掩門的艾妲密西婭敬禮，然後又向隊長敬禮。接著，規律的腳步聲便沿著兩個方向逐漸消失。

艾妲密西婭等了一下，再悄悄將大門推開一兩吋。那名衛士站在外面，雙腳打開，脊背挺直，右手握著武器，左手放在警鈴按鈕上。他正是吉爾布瑞特建議的那名衛士，一個高頭大馬的傢伙。他跟維迪莫斯的拜倫差不多高，卻沒有拜倫那麼寬闊的肩膀。

此時她突然想到，拜倫雖然很年輕，因此某些觀點相當不講理，但他至少身材魁梧，又有一身結實的肌肉，這點十分有用，自己那樣罵他實在很傻。而且，他長得也相當好看。

她重新關上大門，朝更衣室的方向走去。

當更衣室的門再度滑開時，拜倫全身神經緊繃。他屏住呼吸，抓著武器的十指也變得僵硬。

艾妲密西婭瞪著那兩柄神經鞭。「小心點！」

他長長吁了一口氣，將兩柄武器分別塞進兩個口袋。那樣實在很不舒服，但他沒有合適的皮套。他說：「只是防備進來的是要抓我的人。」

「出來吧，說話要壓低聲音。」

她仍穿著那件睡袍，它由光滑的纖維織成，拜倫從來沒有見過那種布料。睡袍裝飾著幾簇銀色的毛皮，藉著本身的微弱靜電力附著人體，根本不需任何扣子、鉤子、扣環或縫合力場，艾妲密西婭美妙的曲線也因而若隱若現。

拜倫感到自己面紅耳赤，但他非常喜歡這種感覺。

艾妲密西婭頓了一下，然後用食指做了個轉圈的小動作，並且說：「你不介意吧？」

拜倫抬起頭來望著她。「什麼？喔，對不起。」

他立刻轉過身來背對著她，卻一直注意聽著更換外衣發出的颯颯聲。他並未納悶她為何不用更衣室，或為何不乾脆換好衣服再開門。女性的心理簡直是個無底洞，沒有經驗的人根本無從分析。

他再轉過來的時候，她已經換了一身黑色。那是兩件式的衣裙，膝蓋以下沒有任何遮掩。這套服裝看來不像舞會的禮服，似乎僅適合戶外活動穿著。

拜倫自然而然地說：「那麼，我們現在要走了？」

她搖了搖頭。「你自己也得打點一番，你需要換一套衣服。躲到大門旁邊去，我把衛士叫進來。」

「什麼衛士？」

她淺淺一笑。「應吉爾伯父的建議，他們在門口留下一名衛士。」

通向走廊的大門平穩地沿著滑軌拉開一兩吋，那名衛士仍一動不動地站在那裡。

「衛士，」她悄聲道：「進來一下，快點。」

對於執政者之女的吩咐，一名普通士兵毫無遲疑的理由。他走進漸漸打開的大門，恭敬地說：「聽候您的差遣，郡……」他的雙肩突然感到一股大力，令他的膝蓋被迫下彎，他的喉頭則被一隻臂膀猛然勒住，將那句話硬生生切斷，連掙扎的聲音都來不及發出。

艾妲密西婭趕緊關上大門，看到這種纏鬥的場面，令她幾乎感到一陣昏眩。亨芮亞德王宮中的生活相當平靜，與沒落貴族差不了多少，她從來沒見過這種畫面——一個人的臉漲成紫紅色，張大嘴巴，由於窒息而拚命吐氣。她趕緊將頭別過去。

拜倫齜牙咧嘴，用手臂緊緊纏住那人的喉頭，同時不斷收緊肌肉。前後有一分鐘左右，衛士雙手試圖拉扯拜倫的手臂，可是力氣越來越小，根本起不了作用，他的兩條腿則亂踢一通。然後拜倫將他舉到半空中，不過絲毫未曾放鬆。

衛士的雙手終於軟軟垂下，雙腿變得鬆垮垮，胸部的痙攣性起伏也開始消退。拜倫將他輕輕放到地板上，他的四肢鬆軟地攤開，彷彿是個被掏空的袋子。

「他死了嗎？」艾妲密西婭以恐懼的細聲問道。

「沒有吧。」拜倫說：「用這種方法殺人，需要四、五分鐘的時間，但他會有一陣子不省人事。你有什麼東西可以捆綁他嗎？」

她搖了搖頭，一時之間，她感到相當無助。

拜倫說：「你一定有些纖維絲襪，用它們就行了。」他已取走那衛士的武器，並脫下他的制服。「我想洗個澡，事實上，我非洗不可。」

踏進艾妲密西婭的浴室，置身潔身霧中，令他感到無比舒暢。他也許會沾上過重的香氣，但他希望出去後就會在空氣中散開。至少他現在一身潔淨——暖和的蒸氣重重噴在他身上，他只要迅速穿過這團細微的懸浮液滴，便能將全身污垢即刻除盡。這樣洗澡不需要乾燥室，當他走出那團霧氣時，全身已經沒有絲毫水氣。不論是在維迪莫斯或地球上，都沒有這麼方便的設備。

那衛士的制服有點緊，而不甚美觀的錐形軍帽蓋在拜倫的頭上，令他實在有點不敢領教。他很不以為然地照著鏡子，問道：「我看來怎麼樣？」

「挺像個軍人。」

他又說：「你得帶著一柄神經鞭，我一個人無法用三柄。」

她用兩根指頭夾起那件武器，丟進隨身袋中。那個袋子藉著微力場貼在她的寬皮帶上，好讓她的雙手騰出來。

「我們最好現在就走。假如我們碰到任何人，你一個字都別說，由我負責開口。你的口音不對，而且在我面前，除非有人直接跟你說話，亂開口是不禮貌的舉動。記住！你只是一名普通的士兵。」

躺在地板上的衛士開始緩緩蠕動，眼睛也在四處張望。他的手腕與腳踝被扯到腰際，用絲襪緊緊綁成一團，那種絲襪的抗拉強度超過等量的鋼鐵。由於嘴巴塞了東西，他的舌頭怎麼動也發不出聲音。

他已被推到一旁，這樣他們就不必踏在他身上去開門。

「走這邊。」艾妲密西婭低聲道。

在第一個轉彎處，他們身後傳來腳步聲，然後一隻手輕輕按向拜倫的肩頭。

拜倫迅速閃到一旁，轉過身來，一隻手抓向那人的手臂，另一隻手趕緊去取神經鞭。

他卻聽到吉爾布瑞特的聲音：「別緊張，老弟！」

拜倫立刻鬆開手。

吉爾布瑞特一面搓著自己的手臂，一面說：「我一直在等你們，但沒有理由拆我的骨頭。讓我好好欣賞你一番，法瑞爾。這套制服穿在你身上似乎縮了水，但還是不錯，相當不錯。有了這身行頭，沒人會看你第二眼。這就是制服的好處，大家都理所當然地以爲，穿著軍人制服的人一定就是軍人，絕不會有任何例外。」

、

「吉爾伯父，」艾妲密西婭焦急地悄聲道：「別說那麼多了，其他衛士呢？」

「每個人都反對我說上幾句。」他不悅地說：「其他的衛士都上塔樓去了。他們判定我們這位朋友不會在較低的樓層，所以只留下一些人守在主要出口和坡道旁，並將警報系統開啓。我們可以輕易過關。」

「他們不會想念你嗎？」拜倫問。

「我？哈，隊長看到我走，高興還來不及，雖然他表面上很捨不得。他們不會找我的，我向你保證。」

他們原本一直壓低聲音講話，現在卻完全閉上嘴巴。因爲前方出現一名衛士，站在一個坡道的起點，此外還有另外兩名衛士，守在兩扇高大的雕花門旁，這道門直接通向戶外。

吉爾布瑞特叫道：「有沒有那逃犯的消息，戰士們？」

「沒有，侯爺。」最近的那名衛士一面回答，一面併攏腳跟向他行禮。

「好吧，把眼睛放亮點。」說完三人便向前走去，當他們穿過那道門的時候，守門衛士之一暫時關上那段警報系統。

外面果然是黑夜，天空晴朗而繁星密布，參差不齊的「暗星雲」將地平線附近的星光盡數遮蔽。中央正殿成了他們身後一團黑霧，廣場則在前方不到半哩之處。

他們沿著幽靜的小徑走了五分鐘，吉爾布瑞特忽然變得惴惴不安。

「有個地方不對勁。」他說。

艾妲密西婭問道：「吉爾伯父，你沒忘記把太空船準備好吧？」

「當然沒有，」他雖仍壓低聲音，卻以盡可能凶巴巴的口氣說：「可是廣場塔台爲何會有燈光？它應該一片黑暗。」

他抬手向樹叢指去，透過濃密的樹葉，塔台看來像個白光構成的蜂窩。在通常的情況下，那代表廣場在正常作業：有船艦升空或著陸。

吉爾布瑞特喃喃道：「今晚沒有任何預定的行程，這點絕對可以肯定。」

等到他們再走近些，便發現了事情的眞相，至少吉爾布瑞特明白了。他突然停下腳步，伸出雙臂將另外兩人擋了回去。

「完啦，」他近乎歇斯底里地傻笑，「這回亨瑞克做得眞好，把事情全搞砸了，這個白癡。他們在這裡！那些太暴人！你們難道不了解嗎？那是阿拉特普的私人武裝巡弋艦。」

拜倫也看見了，它在燈光下閃著暗淡的光芒。擠在其他毫無特色的船艦之間，這艘巡弋艦份外顯眼，比那些洛第亞的航具更流線、更纖細、更陰鷙。

吉爾布瑞特說：「那隊長說今天要招待『貴客』，我當時沒留意。現在什麼辦法都沒啦，我們總不能跟太暴人鬥。」

拜倫突然忍不住爆發。「爲什麼？」他忿忿地說：「爲什麼我們不能跟他們鬥？他們沒有理由懷疑會出問題，而且我們還有武器。讓我們去搶行政官的船艦，讓我們把他的褲子偷走。」

他繼續向前走去，走出相當幽暗的樹叢，來到毫無遮掩的地方，其他兩人也跟了出來。他們沒有理由躲藏，他們是兩名王室成員與一名護駕的衛士。

但他們現在的敵人卻是太暴人。

多年前，當太暴人賽莫克·阿拉特普第一次見到洛第亞王宮時，心中興起一種嘆為觀止的激情。但他隨即發現那只是個空殼子，裡面只剩一些發霉的陳跡。兩代以前，洛第亞立法廳便在這裡集會，大多數行政機構也設立於此。當時，那座中央正殿是十幾個世界的心臟。

然而，如今立法廳（它依舊存在，因為大汗從不干預地方政治）每年僅集會一次，以追認過去十二個月的行政法令，那幾乎只是一種形式。行政會議名義上還是常年召開，但它僅有的十幾個成員，十週有九週待在自己的屬地上。各級行政機關一直有人辦公，因為這些單位若不存在，不論是執政者或大汗，都無法獨力統治一個世界。不過這些行政機關已分散行星各處，對執政者的依存度早已減低，對新主子太暴人的意識則顯著升高。

王宮依然是一座富麗堂皇的金石建築，卻也僅止於此。那裡面住著執政者一家人，以及幾乎不敷使用的一群僕傭，還有兵力絕對不足的一隊本地衛士。

阿拉特普在這個空殼子裡感到很不舒服，也很不高興。現在時候已經不早，他累了，雙眼好像火燒一般疼痛，他很想摘下隱形眼鏡。更糟的是，他感到失望透頂。

根本找不出一個模式！他不時望著身邊的副官，那位少校卻呆然地聽著執政者說話。至於阿拉特普自己，則幾乎沒聽進幾個字。

「維迪莫斯牧主的兒子！真的？」他只是心不在焉地說道。過了一會兒，他又說了一句：「因此你逮捕了他？相當正確！」

但這對他沒有什麼意義，因為這些事並未經過詳細籌畫。阿拉特普有個有條不紊的心靈，無法忍受各種獨立事件散成一團、欠缺絲毫優雅的秩序。

維迪莫斯牧主是個叛徒，他兒子則企圖會見洛第亞執政者。他首先祕密進行，計畫失敗後，他狗急跳牆，竟試圖利用行刺陰謀的荒謬情報，公然要求晉見執政者，那當然是個模式的端倪。

現在它又亂成一團，亨瑞克慌慌張張放棄了這個孩子，看來，他甚至不敢等到天亮。這點實在說不通，也可能是阿拉特普尚未知曉全部事實。

他又將注意力集中在執政者身上。亨瑞克開始反覆說著同樣的話，阿拉特普覺得同情心油然而生。此人被改造成這樣一個膽小鬼，甚至令太暴人都感到不耐煩。但這是唯一的法門，唯有恐懼才能確保絕對忠誠，除此之外別無他法。

維迪莫斯牧主始終未曾恐懼，雖然他自身的利益與太暴人的統治息息相關，他仍選擇了造反。亨瑞克卻一直心存畏懼，因此結果完全不同。

由於亨瑞克畏懼不已，現在他坐在那裡，不知不覺變得語無倫次，拚命想要得到一點認可的表示。少校當然不會有所回應，阿拉特普很清楚，那傢伙沒什麼想像力。他嘆了一聲，希望自己也完全沒有。政治是一種醜惡的勾當。

因此，他帶著幾分鼓勵說：「相當正確，我對你的迅速決定，以及你對大汗的服務熱誠表示嘉許。你放心，他一定會知道這件事的。」

亨瑞克顯得興高采烈，而且顯然鬆了一口氣。

阿拉特普又說：「那麼，把他帶進來吧，讓我們聽聽這個問題青年有什麼話說。」他強忍住一個呵欠，那個「問題青年」究竟有什麼話說，他其實一點興趣也沒有。

亨瑞克正準備按鈕召喚衛隊長，卻發現根本沒這個必要，那名隊長未經通報便已來到門口。

「殿下。」他高聲叫道，然後不等執政者許可，便逕自向內走來。

亨瑞克睜大眼睛，瞪著那隻距離訊號鈕還有幾吋的手，彷彿懷疑自己的意念化成了足夠的力量，足以取代按下訊號鈕的實際行動。

他一頭霧水地說：「什麼事，隊長？」

隊長答道：「殿下，人犯逃跑了。」

阿拉特普感到困倦頓時消失幾分。這是怎麼回事？「詳情稟上，隊長！」他命令道，同時在座椅中正襟危坐起來。

隊長向他們做了極精簡的報告，他的結論是：「殿下，請您准許我發布全面警戒令，他們還沒逃得太遠。」

「對，當然要，」亨瑞克結結巴巴地說：「當然要。全面警戒，的確需要。就這麼辦，快點！快點！行政官，我無法了解怎會發生這種事。隊長，動員你手下每一個人。我們會好好調查一番，行政官。有必要的話，當班的衛士一律免職，免職！免職！」

他近乎歇斯底里地重複這兩個字，隊長卻仍站在原處，顯然還有什麼話要說。

阿拉特普問道：「你還在等什麼？」

「我能否向殿下私下稟報？」隊長突然說。

亨瑞克以驚恐的目光，迅速望向和藹可親、毫不動容的行政官。然後，他帶著一絲憤慨說：「在大汗的將士面前，根本沒有任何祕密，他們是我們的朋友，我們的……」

「你要說什麼就說吧，隊長。」阿拉特普溫和地插嘴道。

隊長猛然立定站好，開口道：「既然殿下有令，我就照實說了。殿下，我以遺憾的心情向您稟報，艾妲密西婭郡主和吉爾布瑞特侯爺兩人，跟那名人犯一同逃走了。」

「他竟敢綁架他們？」亨瑞克站了起來，「你們這些衛士卻袖手旁觀？」

「他們不是被綁架的，殿下，他們是自願跟他走的。」

「你怎麼知道？」阿拉特普突然大樂，也完全清醒過來。畢竟，現在模式開始成形了，還是比他預料中更好的模式。

「我們有好多人證，包括一名被他們擊倒的弟兄，以及數名不知情而放走他們的衛士。」隊長猶豫了一下，又綳著臉補充道：「當我在郡主寢宮門口，晉見艾妲密西婭郡主時，她告訴我她正準備睡覺。直到後來我才想到，當她那麼說的時候，她臉上還化著濃妝。我轉身回去查看，卻已經太遲了。這件事我的處置不當，我願接受任何責罰。今晚過後，我將請求殿下批准我的辭呈。但現在我先要確定，您是否仍准許我發出全面警戒令？沒有您的授權，我不能驚擾王室成員的安寧。」

但亨瑞克連站也站不穩，只能茫然瞪著他。

阿拉特普說：「隊長，你最好先照料一下執政者的身子，我建議你把他的醫生召來。」

「全面警戒！」隊長重複了一次。

「不會有什麼全面警戒，」阿拉特普說：「你聽不懂我的話嗎？沒有全面警戒！別再追捕逃犯！這個意外事件已經結束！叫你的人回到寢室或正常崗位，趕快照顧你的執政者。走吧，少校。」

他們離開中央正殿後，那名太暴少校立刻緊張兮兮地說：「阿拉特普，我猜你知道自己在做什麼。基於這個猜測，我才一直沒開口。」

「謝謝你，少校。」阿拉特普很喜歡滿是綠色植物的行星入夜後的氣氛，太暴星本身雖更加美麗，卻是岩石與山脈構成的可怕美感。它太乾燥，太乾燥！

他繼續說：「你不懂如何掌控亨瑞克，安多斯少校。要是落在你手中，他就會萎縮和崩潰。他很有用，但想讓他維持這種狀態，卻需要以懷柔的方式對待。」

少校不再理會這個問題，他說：「我指的不是那個。為何不發布全面警戒令？你不想抓到他們嗎？」

「你想嗎？」阿拉特普停下腳步，「讓我們在這兒坐一下，安多斯，坐在一塊草坪旁邊的長椅上。還有什麼地方比這裡更美麗，而且更能避免間諜波束？你為什麼想抓那個年輕人，少校？」

「我為什麼想抓每一個叛徒和陰謀份子？」

「是啊，為什麼呢，如果你只能抓到一些工具，而無法找出眞正的禍源？你會抓到什麼人呢？一個小伙子，一個傻丫頭，再加一個高齡白癡？」

附近有座人工瀑布，不時濺出少許水花。那個瀑布很小，純粹是種裝飾，卻是阿拉特普心中一個眞正的疑惑。想想那些噴出來的水，不停地衝激岩石，又沿著地面流走，就這樣白白糟蹋掉。他從未學會心平氣和看待這種事，總是難免感到幾分義憤塡膺。

「這樣的話，」少校說：「我們就毫無斬獲。」

「我們掌握了一個模式。那個年輕人剛抵達時，我們認為他跟亨瑞克有牽連，所以我們困惑不已，因為亨瑞克是——就是那個樣子，但那是我們所能做的最佳猜測。現在我們知道，其實根本不是亨瑞克，我們被誤導了。他的目標是亨瑞克的女兒和堂兄，這樣也更有道理。」

「他為什麼不早點叫我們來呢？竟然一直等到三更半夜。」

「因為無論是誰先利用他，他都會變成那人的工具。我確定這是吉爾布瑞特的建議，說在半夜召開緊急會議，可以顯示他極大的熱誠。」

「你的意思是，我們是被故意叫來的？來見證他們的逃亡？」

「不，不是為那個緣故。問問你自己，那些人想要逃到哪裡去？」

少校聳了聳肩。「洛第亞地方很大。」

「若只考慮小法瑞爾的話，沒錯。可是在洛第亞上，兩名王室成員走到哪裡不會被人認出來？尤其是那個女孩。」

「所以說，他們會離開這顆行星？對，我同意。」

「又要從哪裡出發呢？他們只要走上十五分鐘，就可以到達廣場。現在你明白我們被叫來的目的了嗎？」

少校說：「我們的艦艇？」

「當然，太暴艦艇似乎是理想的交通工具。否則，他們就得在太空貨船中選一艘。法瑞爾曾在地球接受教育，我確定他會駕駛巡弋艦。」

「這就是個問題，我們為何准許那些貴族將他們的兒子送到四面八方？這些子民的太空旅行知識，只要足以進行局部貿易就夠了，為什麼需要懂得更多？我們是在培養與我們為敵的戰士。」

「然而，」阿拉特普巧妙地避過對方的問題，「此時此刻，法瑞爾已經受過外界的教育。讓我們客觀地將這點納入考量，不要因此火冒三丈。無論如何，我確定他們已奪取了我們的巡弋艦。」

「我無法相信。」

「你帶了腕上呼叫器，試試能否跟艦艇聯絡。」

少校試了一下，結果毫無回音。

阿拉特普說：「試試廣場塔台。」

少校依言而行，微型接收器中便傳出細微的聲音，帶著些許不安說道：「可是，尊貴的閣下，我不了解——一定有什麼誤會，您們的駕駛員十分鐘前便升空了。」

阿拉特普露出微笑。「你看對不對？一旦找出模式，每個細節都會變得理所當然。現在，你看出結果了嗎？」

少校的確看出來了，他拍了拍大腿，又大笑幾聲。「當然！」他說。

「好，」阿拉特普說：「他們當然不可能知道，可是他們將走上絕路。假使他們肯將就一下，即使選擇廣場上最粗製濫造的洛第亞太空貨船，他們也一定逃脫得了，那樣的話——該怎麼比方呢？今晚我將措手不及，連褲子都來不及穿。如今，我的褲子緊緊繫在腰際，他們是絕對沒救了。等到我自己的大好時機來臨，我把他們拉回來的時候，」他得意地加強了語氣，「我也會掌握這個陰謀的其他部分。」

他嘆了一口氣，發覺自己又睏極欲眠。「好啦，我們運氣很好，現在還不必著急。呼叫中心基地，叫他們派另一艘艦艇來接我們。」

第十章　或許！

拜倫·法瑞爾在地球上接受的太空航行訓練，大多數只是紙上談兵。大學中有關太空工程各方面的課程，雖有半學期花在超原子發動機理論上，可是等到學生登上太空船，在太空中實地操作時，那些理論卻派不上什麼用場。最優秀、最有經驗的駕駛員，他們的技藝並非來自課堂，而是在太空中磨練出來的。

他勉強讓那艘巡弋艦升空，沒有眞正發生意外，不過這主要是出於運氣，並非他的技術精良。「無情號」對操縱系統的回應，比拜倫預料中迅速許多倍。在地球的時候，他曾駕駛幾艘太空船飛向太空，然後再重返地面，但那些都是老舊而穩重的太空船，僅供學生實習之用。它們的動作溫和，而且非常、非常疲軟，起飛時需要花費很大力氣，還得在大氣層中緩緩向上盤旋，最後才能到達太空。

反之，無情號毫不費力便騰空而起，然後垂直上升，呼嘯著穿越大氣。拜倫從座椅中跌了出來，肩膀差點脫臼。艾妲密西婭與吉爾布瑞特由於毫無經驗，因此反而更加謹愼，將自己緊緊綁在安全帶中，卻被附有襯墊的安全帶勒得到處紅腫。那個被俘的太暴人則緊靠艙壁躺著，他猛力拉扯身上的繩索，同時口中咒罵不停。

拜倫搖搖晃晃地站起來，將那個太暴人踢得沉默不語，再以雙手輪流抓著艙壁的欄杆，克服了加速度產生的力量，一步步走回自己的座位。他打開逆向噴射口，巡弋艦立刻開始發顫，加速度隨即遽減，終於達到人體堪能忍受的程度。

此時，他們來到洛第亞大氣層的外圍，天空呈現一片深紫色。艦身由於空氣摩擦而產生高熱，連艙內都感覺得到。

又過了好幾小時，巡弋艦才進入一條環繞洛第亞的軌道。拜倫不懂如何計算克服洛第亞重力的必要速度，只好以嘗試錯誤的方式摸索，一面輪流向前後噴氣，以改變艦艇的速度，一面緊盯著質量計的數據。質量計是藉著測量重力場強度，指示艦艇與行星表面距離的儀器。他的運氣不錯，那個質量計已根據洛第亞的質量與半徑校準。否則，除非經過無數次實驗，拜倫根本無法自行調整這個裝置。

最後，質量計的數據終於穩定下來，在兩小時內，幾乎未曾顯現任何變化。這時拜倫才稍微放鬆，另外兩名乘客則從安全帶中爬出來。

艾妲密西婭說：「你的動作可不怎麼溫柔，牧主大人。」

「我讓它飛起來了，郡主。」拜倫沒好氣地答道：「如果你能做得更好，歡迎你來試試，但我自己要先下去。」

「安靜，安靜，安靜，」吉爾布瑞特說：「我們不能在這麼窄的艦艇裡賭氣。還有一點，既然我們將擠在這個飛奔的牢籠中朝夕相處，我建議我們省略許多『大人』、『郡主』之類的頭銜，否則我們的交談會囉唆得無法忍受。我是吉爾布瑞特，你是拜倫，她是艾妲密西婭，我建議我們記住這些稱呼，或喜歡用其他簡稱也行。至於駕駛這艘艦艇嘛，何不請我們這位太暴朋友幫忙？」

那太暴人狠狠瞪著他們，拜倫則說：「不，我們絕對無法信任他。等我摸熟了這艘艦艇後，我自己的駕駛技術就會進步。我沒有令你們墜毀，對不對？」

由於剛才那一下撞擊，他的肩膀現在還痛，疼痛照例使他心浮氣躁。

「好吧，」吉爾布瑞特說：「我們該拿他怎麼辦？」

「我不想做冷酷無情的劊子手，」拜倫說：「而且那樣對我們沒有幫助。那樣做只會加倍刺激太暴人，殺害統治階級成員是不可饒恕的罪行。」

「但有什麼別的辦法嗎？」

「我們把他放下去。」

「好吧，可是放到哪裡？」

「放到洛第亞上。」

「什麼啊！」

「那是他們唯一不會搜尋我們的地方。而且無論如何，我們也得盡快降落。」

「為什麼？」

「聽我說，這是行政官的艦艇，他用它在這顆行星表面飛來飛去，它不是為星際旅行準備的。我們在前往任何地點前，必須先準備好各種補給品，至少要確定我們有足夠的食物和清水。」

艾妲密西婭猛點著頭。「沒錯，很好！我自己就想不到這一點，你實在很聰明，拜倫。」

拜倫做了個「沒這回事」的手勢，心中卻感到又溫暖又高興。這是她第一次叫他的名字，只要她願意嘗試，她會相當討人喜歡。

吉爾布瑞特說：「但他會立刻以無線電報告我們的行蹤。」

「我不這麼認為，」拜倫說：「首先，我猜想，洛第亞有些荒涼的地區。我們不必將他丟到某個城市的商業區，或是太暴駐軍的軍區中心。此外，他也許不像你想像的那樣，會那麼急著聯絡他的長官……喂，阿兵哥，如果一名戰士，讓大汗麾下行政官的私人巡弋艦遭竊，他會有什麼樣的下場？」

那名俘虜沒有回答，但他的嘴唇變得煞白。

拜倫心知這位戰士的處境不妙。其實，他根本不該受到責罰。他所做的事，僅是對洛第亞王室成員客客氣氣，沒有理由疑心會惹禍上身。當初他嚴格奉行太暴軍令，由於沒有指揮官的許可，他拒絕讓他們登上這艘艦艇。他曾堅稱，即使執政者自己要求登艦，他一樣會嚴加拒絕。可是，就在這個時候，他們已經貼近他，當他發現自己奉行軍令還不夠徹底，應該早將武器掏出來的時候，一切都太遲了，一柄神經鞭已抵在他的胸口。

甚至在那種情況下，他也沒有輕易就範。直到胸部挨了一記鞭擊，他才終於停止抵抗。雖然如此，他唯一的下場仍是面對軍法審判，而且一定會被定罪。沒人懷疑這一點，尤其是這位戰士本人。

兩天後，他們在南方市外緣降落。這是他們刻意選擇的地點，因爲它遠離洛第亞的主要人口中心。在此之前，他們先將那名太暴士兵綁在反彈裝置上，讓他隨風飄落地面，落在距離最近的城鎮約五十哩處。

艦艇在一個空曠的海濱著陸，沒有產生太大的衝擊。拜倫是三人中最不容易被認出來的，因此負責必要的採買。吉爾布瑞特百忙中仍未忘記攜帶的洛第亞貨幣，勉強可以買到基本的必需品，因爲拜倫將許多錢花在一輛雙輪小拖車上，這樣才能把補給品一件件運回來。

「你應該可以買到更多東西，」艾妲密西婭說：「如果你沒浪費那麼多錢，買那麼多太暴漿糊的話。」

「我認爲沒有別的食物可以取代，」拜倫激動地說：「你也許認爲它是太暴漿糊，但它是營養均衡的食物，比我能找到的其他食物更符合我們的需要。」

他十分惱怒。將那些貨品從城中運出來，再搬到艦艇上，根本就是裝卸工人的工作。他是在太暴人經營的一家軍需店買的，這就代表那是件很危險的工作，他本來希望能獲得讚賞。

而且，他根本沒有選擇的餘地。由於太暴人使用小型艦艇，太暴軍方爲了配合這點，發展出一整套特殊的補給科技。他們不能像別的艦隊那樣，擁有巨大的貯物空間，可以容納許多動物的全屍，將它們整整齊齊掛在一起。他們必須發展出一種標準的濃縮食品，內含必需的熱量與養分，卻無法顧及食物的色香味。與天然肉類比較之下，這種濃縮食品占的空間只有前者的二十分之一，而且能存放在低溫貯藏室中，像磚塊一樣堆起來。

「哼，它的味道難吃極了。」艾妲密西婭說。

「哼，你會慢慢習慣的。」拜倫回嘴道，還故意模仿她嗔怒的口氣。她氣得滿臉通紅，怒沖沖地別過頭去。

拜倫心中很清楚，眞正令她心煩的是空間不足，以及隨之而來的各種不便。除了每一立方吋的食物都得盡量容納熱量，因而必須忍受食物的單調無味之外，還有其他種種問題，例如沒有隔離的睡房。這艘艦艇有數間輪機室與一間駕駛艙，這就占了大部分空間（拜倫心想，這畢竟是一艘戰艦，而不是休閒用的太空遊艇）。此外，還有一間貯藏室，以及一間小寢艙。小寢艙兩側各有三個雙層臥鋪，廁所則是緊鄰寢艙的一個小空間。

這就表示十分擁擠；表示毫無隱私可言；表示艾妲密西婭必須自我調適，以適應這種沒有換洗的女裝、沒有鏡子、沒有盥洗設備的環境。

嗯，她一定得學著適應。拜倫覺得自己爲她做得夠多了，已經大大超出他的原則。她爲什麼還不高興，不肯偶爾微笑一下？她擁有美麗的笑容，他必須承認她實在不賴，只有她的脾氣例外。可是喔，那種脾氣！

好啦，何必浪費時間思量她呢？

缺水的問題是最糟的一環。首要的原因是，太暴星是一顆沙漠行星，水是異常珍貴的資源，大家都知道應當珍惜，因此艦艇上完全沒有洗滌用水。每當登陸某顆行星後，官兵才有機會洗澡，以及清洗個人的衣物、用品。在太空的時候，一點點塵垢、汗水沒什麼關係。即使是飲用水，在長途旅程中也僅僅勉強夠用。畢竟，水既不能濃縮又無法「脫水」，必須原封不動地裝載。由於濃縮食品中的水分相當少，缺水的問題因而更加嚴重。

艦艇上備有蒸餾裝置，可回收人體流失的水分。但拜倫在了解它的作用後，卻感到十分噁心，決定將排泄物直接處理掉，不願回收其中的水分。就化學觀點而言，循環是個合理的程序，但一個人必須經過長久的學習，才能接受那種事情。

比較之下，第二次起飛可算平穩的典範。升空後，拜倫花了不少時間研究操縱裝置。這艘艦艇的控制面板極爲特殊，袖珍化的程度相當驚人，與他在地球上接觸過的僅有些微類似。每當拜倫判斷出某個開關的作用，或是某個儀錶的功能，便將簡單的說明寫在紙上，然後貼在面板的適當位置。

此時，吉爾布瑞特走進駕駛艙。

拜倫回過頭來說：「我猜，艾妲密西婭在寢艙中吧？」

「只要她還在這艘艦艇內，就不可能待在別的地方。」

拜倫說：「你碰到她的時候，告訴她我會在駕駛艙搭個臥鋪，我建議你也這樣做，好讓她獨享那間寢艙。」然後，他又喃喃道：「眞是個幼稚任性的女孩。」

「你自己有時候也一樣，拜倫。」吉爾布瑞特說：「別忘了她一向過的是什麼生活。」

「好吧，我的確記得，那又怎麼樣？你以爲我一向過的又是什麼生活？你也知道，我並非生在某個小行星帶的礦區中，我是在天霧星最大的牧地長大的。可是一旦身陷困境，你就必須盡量適應。他媽的，只恨我無法將艦身拉長，它只能裝這麼多食物和飲水。對於缺乏淋浴設備這個事實，我也根本沒什麼辦法。她卻一直找我的碴，好像這艘艦艇是我親自建造的。」對吉爾布瑞特大吼一頓是一種發洩，對誰大吼一頓都是一種發洩。

艙門突然再度打開，艾妲密西婭站在門口，以冰冷的口氣說：「如果我是你，法瑞爾先生，我會盡量避免大吼大叫。在艦艇每個角落，你的聲音都能聽得清清楚楚。」

「這一點，」拜倫說：「倒不會令我困擾。你如果對這艘艦艇不滿，別忘了一件事實：若非令尊想把我給殺掉、把你給嫁掉，我們兩個誰也不會待在這裡。」

「別將家父扯進來。」

「我高興將誰扯進來都行。」

吉爾布瑞特雙手掩住耳朵。「拜託！」

這場爭辯因此暫時休兵，吉爾布瑞特趁機說：「我們現在是否應該討論一下目的地？照這種情形看來，我們若能早些抵達某個地方，盡快走出這艘艦艇，大家就能少受點罪。」

「我同意這句話，吉爾。」拜倫說：「我們隨便到哪裡都行，只要我不必再聽她嘮叨就好。太空船上最難伺候的就是女人！」

艾妲密西婭根本不理他，完全對著吉爾布瑞特說：「我們何不乾脆離開星雲區域呢？」

「我不知道你怎麼打算，」拜倫立刻說：「但我必須回到我的牧地，爲家父的冤死盡點心力，我要留在眾王國內。」

「我的意思又不是永遠不回來，」艾妲密西婭說：「只要等到密集搜索結束就行了。反正，我看不出你想爲你的牧地做些什麼。除非太暴帝國土崩瓦解，否則你根本不能回到那裡，但我卻看不出你在做任何努力。」

「你別管我打算做什麼，那是我自己的事。」

「我可否提個建議？」吉爾布瑞特溫和地問。

沒有人答腔，於是他將沉默解釋爲同意，繼續說：「那就讓我來告訴你，我們應該到哪裡去，以及我們究竟該怎麼做，才能促使太暴帝國土崩瓦解，如同艾妲說的那樣。」

「哦？你有什麼樣的計畫？」拜倫問道。

吉爾布瑞特微微一笑。「親愛的孩子，你現在採取的態度非常有趣。你不信任我嗎？你這樣望著我，彷彿認爲我醉心的任何謀略，都注定是愚蠢的想法。無論如何，我將你救出了王宮。」

「我知道，我絕對願意聽你說說。」

「那就好好聽著。我等待一個逃出他們掌握的機會，已經等了二十多年。假使我是個普通平民，我老早就成功了，可惜我投錯了胎，令我一直離不開公眾的耳目。可是，若非生爲亨芮亞德家族的一員，我也不會去參加當今太暴大汗的加冕大典。要不是那個機會，我也不可能撞見一個祕密，總有一天會毀掉那個大汗的祕密。」

「繼續說。」拜倫催促道。

「由洛第亞到太暴星的行程，當然由太暴戰艦負責，而回程也一樣。那艘戰艦跟這艘類似，我敢這麼說，不過大了許多。去程一路平靜無事；待在太暴星的時候，的確有些有趣的經歷，但跟我們現在的話題無關，所以也等於平靜無事。然而，在回程中，卻有一顆流星撞上我們。」

「什麼？」

吉爾布瑞特舉起一隻手。「我很清楚這是極不可能的意外。太空中出現流星的機率實在太小，尤其是恆星際太空，流星跟船艦相撞的機會更是微乎其微。不過你也知道，這種事故仍會發生，而在那次航行中，就眞被我們遇上了。當然啦，一旦流星眞的撞上船艦，即使它只有針頭般大小（其實大多數流星都是這麼大），那麼除非是擁有最厚重裝甲的戰艦，否則一律會被流星貫穿。」

「我知道，」拜倫說：「那是由於它的動量很大，而動量等於質量乘以速度。雖然質量很小，但它的高速足以彌補過來。」他神情嚴肅地背誦公式，像是在學校上課一樣，卻發覺自己還在偷偷望著艾妲密西婭。

她坐在一旁聆聽吉爾布瑞特的敘述，跟拜倫的距離很近，兩人的身體幾乎接觸。拜倫突然注意到，坐著的她輪廓十分美麗，雖然她的頭髮變得有點髒。她沒穿那件小外套，而即使已過了四十八小時，她身上那件雪白、蓬鬆的外衣仍毫無皺褶，他很想知道她是如何做到的。

他相信，只要她學得乖巧些，這趟旅程會很有意思。然而，從來沒有人好好管教她，問題就出在這裡。她的父親當然沒有，才使她變得如此任性。假如她生在普通人家，她會是個很可愛的女人。

他正要滑進一場小小的白日夢中，夢見自己將她管教得服服貼貼，讓她對自己既尊重又感激。此時她突然轉過頭來，與他的目光默默相交。拜倫趕緊別過頭去，將注意力集中在吉爾布瑞特身上，結果發現自己漏掉幾句話。

「戰艦的螢幕為何失靈，我連一點概念也沒有。天底下有許多像這樣的事，沒有人找得出答案，反正它就是失靈了。總之，那顆流星向戰艦攔腰撞來。它只有小鵝卵石那麼大，當它穿透艦身後，速度變慢了些，剛好使它無法再從另一側鑽出去。假使它眞飛了出去，也只會造成輕微損傷，因爲艦身可以立即暫時補好。

「然而，事實並非如此。它衝進駕駛艙，又從艙壁反彈回來，然後在兩側艙壁間撞來撞去，直到完全停下爲止。整個過程不會超過幾分之一秒，但它原來的速度大約是每分鐘一百哩，一定已在艙中穿梭不下百次。兩個艦員的身體被打得稀爛，而我還能活著，只因爲我當時在寢艙中。

「流星剛鑽進艦身的時候，我聽見一個微弱的叮噹聲，接著是它撞來撞去的一陣劈哩啪啦，還有兩名艦員發出的短暫而可怕的慘叫。當我衝進駕駛艙時，只見一片血肉模糊。後來發生的事，我只有模糊的記憶，可是許多年來，我不斷在惡夢中重溫那些恐怖的經歷。

「空氣外洩的細微聲響，將我引到那個破洞去。我拿了一個金屬盤，將它『啪』地一聲貼上去，艙內氣壓馬上將破洞好好封住。我在地上找到那顆撞爛的太空鵝卵石，它摸起來還熱呼呼的，但我用扳手將它敲成兩半後，暴露出來的部分立刻結上一層霜。換句話說，它仍維持著太空中的低溫。

「我在兩具屍體的手腕各套一條纜繩，又在兩條纜繩上各綁了一塊拖曳磁石。準備好後，我把兩具屍體由氣閘丟出去，隨即聽到鏗鏘一聲，代表磁石已經吸住，我就知道不論戰艦航向何方，那兩具凍僵的屍體也會跟來。懂了吧，我知道一旦回到洛第亞，我必須拿他們的屍體當證據，證明他們是被流星打死的，而不是我殺害的。

「可是我要怎麼回去？我相當無助。我一點也不會駕駛那艘戰艦，而陷在星際太空深處，我根本不敢隨便亂試。我甚至不懂如何使用次乙太通訊系統，所以無法發出求救訊號。我唯一能做的，就是讓戰艦循著既定的航線前進。」

「但你不可能僅僅那樣做，對不對？」拜倫懷疑這些都是吉爾布瑞特虛構的，若非出於單純的浪漫幻想，便是爲了某種極爲實際的目的。「超空間躍遷又是怎麼進行的？你一定設法做到了，否則你不會在這裡。」

「太暴人的船艦，」吉爾布瑞特說：「一旦操縱系統設定妥當，就能自動進行無限多次躍遷。」

拜倫露出不敢置信的目光，難道吉爾布瑞特把自己當成傻瓜？「這都是你胡謅的。」他說。

「我沒有胡謅，那是他們先進的軍事科技之一，我們就是敗在那些該死的科技上。不論人口或資源，五十個行星系都超出太暴星數百倍，他們並非靠兒戲征服這些世界，你該知道。他們當然是採取各個擊破的戰略，並巧妙利用內奸，但他們也絕對占有軍事優勢。人人都知道他們的戰術優於我們，部分原因正是由於自動躍遷技術。這代表他們的船艦機動性大增，可以研擬出極精緻的戰鬥計畫，我們根本望塵莫及。

「我承認那是他們的最高機密之一，我是說那種科技。本來我一直不知道，直到我單獨困在『吸血鬼號』中——太暴船艦都用不好的字眼命名，這是最討人厭的一種習慣，不過我想它也是很好的心理戰。總之，直到那時我才有幸目睹，看到它在無人操縱的情況下，完全自動進行躍遷。」

「你的意思是，這艘艦艇也能這樣做？」

「我不知道，即使可以我也不會驚訝。」

拜倫轉向控制面板，上面還有好幾十個開關，他尚未推敲出用途為何。沒關係，以後再說！

他又轉身面對吉爾布瑞特。「結果那艘戰艦把你帶回家了？」

「不，沒有。當那顆流星在駕駛艙中穿梭不已時，控制面板也未能倖免，如果不是這樣，那才是最不可思議的事。儀錶都被打碎了，外殼也被打得破破爛爛、凹凸不平。我無法判斷設定好的操縱系統怎樣改變，但它一定有了變動，因爲它始終沒將我帶回洛第亞。

「當然啦，後來它終於開始減速，我就知道，理論上這趟旅程即將結束。我無法看出身在何處，但我設法啓動了顯像板，因此看到附近有顆行星，在艦上的望遠鏡中，它已經是一個圓盤。那實在是誤打誤撞的好運，因爲那圓盤漸漸變大，戰艦正朝那顆行星飛去。

「喔，當然並非不偏不倚，誰要是那樣希望，就太不切實際了。假使我讓戰艦一直漂移，它和那顆行星的差距至少會有一百萬哩。但在那種距離下，已能使用普通的乙太電波通訊，而我的確知道如何使用。在這個事件告一段落後，我才開始自修電子學。我下定決心，如果再有這種情況發生，我絕不要再那麼無助，那可不是什麼十分有趣的經驗。」

「所以你使用了通訊設備。」拜倫連忙把話頭拉回來。

吉爾布瑞特繼續說：「正是這樣，結果他們便出動了，將我攔截下來。」

「什麼人？」

「那顆行星上的人，那是一顆住人行星。」

「好啊，好運接二連三。那究竟是哪顆行星？」

「我不知道。」

「你是說他們沒告訴你？」

「很有趣，是不是？他們沒說，但它一定在星雲眾王國之間。」

「這點你怎麼知道？」

「因爲他們知道我乘坐的是太暴戰艦。他們光憑目視就認得出來，還差點把它轟掉，幸好我及時說服他們，讓他們相信我是艦上唯一的生還者。」

拜倫將一雙巨掌放在膝蓋上，一面揉搓一面說：「等一下，退回去一點，我還沒搞懂。如果他們知道那是一艘太暴戰艦，而且準備轟掉它，這不就是最好的證據，證明那個世界不屬於星雲眾王國？不論它在哪裡，反正不會在那裡，不是嗎？」

「不，我向銀河發誓。」吉爾布瑞特雙眼閃著光芒，聲音變得越來越興奮。「它的確在眾王國之間。他們將我帶到地面，那個世界簡直難以想像！我從他們的口音便能判斷，那裡有來自各王國的人馬，而他們都不怕太暴人。那地方是個軍火庫，你無法從太空中看出來。表面上它像個荒廢的農業世界，但該行星的活動全在地底。它位於眾王國之間某處，孩子，那顆行星如今還在那裡。它不怕太暴人，而且準備摧毀太暴帝國，就像假使當時兩名艦員還活著，他們必定會摧毀我那艘戰艦一樣。」

拜倫感到心臟怦怦亂跳，一時之間，他幾乎要相信了。

畢竟，或許，或許是眞的！

第十一章　或許不！

然而，也或許不是那麼回事！

拜倫說：「你怎麼知道它是個軍火庫？你在那裡待了多久？你看到些什麼？」

吉爾布瑞特有點不耐煩。「並非我眞正看到些什麼，他們沒有帶我做任何參觀，或是諸如此類的活動。」他勉強讓自己不再那麼激動，「好吧，注意聽，事情的經過是這樣的：他們將我從戰艦上弄出來的時候，我的情況有些不妙。由於驚恐過度，我在艦上一直吃不下什麼東西——那是很可怕的事，被放逐在太空中。而我看起來，一定比實際狀況更糟。

「我表明了自己的身分，多少說了些，他們就將我帶到地底。當然，那艘戰艦也被帶了下去。我想他們對戰艦一定比對我更有興趣，他們可以藉這個機會，仔細研究一下太暴的太空工程技術。他們帶我去的地方，我想一定是一間醫院。」

「可是你究竟看到了什麼，伯父？」艾妲密西婭問。

拜倫突然打岔道：「他以前從來沒有告訴你這件事？」

艾妲密西婭說：「沒有。」

吉爾布瑞特補充道：「在此之前，我從未告訴過任何人。我被帶到醫院去，正如我剛才所說。在醫院裡，我經過一些研究實驗室，它們一定比我們洛第亞的實驗室先進許多。在前往醫院的途中，我還經過許多工廠，裡面正在進行某種金屬加工。而那些攔截我的船艦，它們的形式絕對是我前所未聞的。

「到了那個時候，我終於恍然大悟，而這許多年來，我從未懷疑自己的猜測。我在心中將它稱爲『叛軍世界』，我知道總有一天，會有大批戰艦從那裡蜂擁而出，前去攻打太暴人。而各個藩屬世界將群起響應，團結在叛軍領袖的旗幟下。年復一年，我一直在等待這一刻的到來。每當新的一年來臨，我就在心中對自己說：也許就是今年。可是每一次，我又有幾分希望別那麼快發生，因爲我渴望在此之前能先逃走，加入他們的陣營，親自參與這場偉大的聖戰。我不希望在我加入前，他們就展開這個攻擊行動。」

他發出了顫抖的笑聲。「我想，如果將我心中的打算公諸於世，大多數人都會感到十分有趣。我心中的打算！沒人把我當一回事，你也知道。」

拜倫說：「這些都是二十多年前的事，爲何他們至今尚未發動攻擊？沒有他們存在的任何跡象？沒有不明船艦的報告？也沒有任何意外事故？而你仍認爲……」

吉爾布瑞特猛然答道：「是的，我的確還這麼認爲。想要組織一場武裝起義，打倒一個統治五十個行星系的世界，二十年的時間不算長。我到那裡的時候，他們的準備工作才剛起步，這點我也知道。從此以後，他們一定在地底積極備戰，將那顆行星內部挖成蜂巢，發展新式的戰艦和武器，訓練更多的軍隊，爲大舉做最充分的準備。

「只有在驚悚片中，戰士才會一聲令下立即進攻；哪天需要什麼新武器，第二天就會發明出來，第三天就能大量生產，第四天便用在戰場上。這些事都需要時間，拜倫，而叛軍世界上的那些人，一定知道必須做好萬全準備，才能展開攻擊行動，他們沒有發動第二次攻擊的機會。

「而你所謂的『意外事故』是什麼意思?的確曾有太暴船艦無故失蹤，再也沒有找回來。你可以這麼說，太空廣闊無邊，他們也許只是迷航，然而，萬一他們被叛軍抓去了呢?兩年前，就發生了『無倦號』的失蹤事件。它曾報告有個不明物體逐漸接近，已經觸發艦上的質量計，後來就再也沒有音訊。那可能是顆流星，我猜，不過眞的是嗎?

「搜索進行了幾個月，卻一直沒找到它，我想八成是叛軍將它擄走了。無倦號是一艘新式戰艦，是個實驗型，那正是他們需要的。」

拜倫說:「當時你既然已經著陸，何不乾脆留下來?」

「你以為我不想嗎?我是沒有機會。他們以為我昏迷不醒時，我偷聽到他們的談話，又多知道了些事。那時他們剛開始籌畫，那裡便是根據地，當時他們絕不能被發現。他們知道我是吉爾布瑞特·歐思·亨芮亞德，艦上有不少身分證件，即使我不說也一樣，何況我已自動表明身分。他們知道我要是不回到洛第亞，就會引發一場全面性的搜索，而且不知道會持續多久。

「他們不能冒這種險，因此必須確保我能回到洛第亞，而他們眞把我送了回去。」

「什麼!」拜倫吼道:「但是那樣做，一定得冒更大的危險。他們是怎樣做到的?」

「我也不知道，」吉爾布瑞特用細瘦的手指梳過泛灰的頭髮，他的雙眼似乎正在窺探遙遠的記憶，卻顯然毫無所獲。「我想，他們是將我麻醉了。那一部分完全空白，從此我就不省人事。我只記得當我睜開眼睛的時候，我又回到吸血鬼號，又在太空中飄蕩，而且已經在洛第亞附近。」

「那兩個死去的艦員，仍繫在兩塊磁石上嗎?他們在叛軍世界沒被解下來?」拜倫問道。

「他們仍在那裡。」

「究竟有沒有任何證據，顯示你曾經到過叛軍世界？」

「沒有，除了我的記憶之外。」

「你又怎麼曉得到了洛第亞附近？」

「我不知道，只知道戰艦靠近某顆行星，是質量計告訴我的。我又利用無線電呼叫，這回出現的是洛第亞的船艦。我把經過對當年的太暴行政官講了一遍，當然做了適度的修改，沒有提到叛軍世界。我還說，是在最後一次躍遷剛完成後，才遭到流星的撞擊，我不想讓他們懷疑我知道太暴船艦能自動躍遷。」

「你認爲叛軍世界是否發現了這點？你有沒有告訴他們？」

「我沒告訴他們，因爲沒有機會。我在那裡的時間不長，我是指清醒的時候。但我不知道自己昏迷了多久，還有他們自行發現了什麼。」

拜倫緊盯著顯像板。若根據螢幕呈現的僵固畫面判斷，這艘艦艇簡直就像釘死在太空中。無情號正以每小時一萬哩的速率航行，但對廣袤的太空而言，這種速率又算什麼？群星看來清晰、明亮且完全靜止，彷彿帶有一種催眠的力量。

他說：「那我們要去哪裡？我想直到如今，你仍不知道叛軍世界位於何處。」

「我不知道，不過我猜得出誰會知道，我幾乎可以肯定。」吉爾布瑞特熱切地說。

「誰？」

「林根的獨裁者。」

「林根？」拜倫皺起眉頭。他以前好像聽過這個地名，卻忘記是在何時何處聽來的。「爲什麼是他？」

「林根是最後一個被太暴人擄獲的王國，我們可以說，它不像其他王國那般順服。這樣推論難道不合理嗎？」

「目前爲止還好，但你還能推出些什麼？」

「假如你想要另一個理由，那令尊也跟這件事有關。」

「家父？」一時之間，拜倫忘記父親已經去世，他心中看見父親站在面前，高大的身形強健如昔。但他立刻想到了，隨之而來的是一股生離死別的悲痛。「家父怎麼會和這件事有關？」

「六個月前，他來到我們的宮廷。至於他的目的，我也獲悉了一點概念，因爲他和我堂弟亨瑞克的談話，被我偷聽到一部分。」

「喔，伯父。」艾妲密西婭不耐煩地說。

「親愛的姪女？」

「你無權竊聽父親私下的談話。」

吉爾布瑞特聳了聳肩。「當然沒有，但那樣做很有趣，而且也很有用。」

拜倫插嘴道：「等等，慢著。你說六個月前，家父到過洛第亞？」他感到越來越激動。

「是啊。」

「告訴我，他在那裡的時候，有沒有見到執政者收藏的原始時期文物？你曾經跟我說，執政者蒐集了大量有關地球的資料。」

「我想應該有，那座圖書館相當有名氣，通常都會歡迎重要訪客參觀，只要他們有興趣。不過很少有人感興趣，而令尊卻是例外。沒錯，我記得非常清楚，他在那裡幾乎待了一整天。」

那就對了，父親第一次要他幫忙，正是半年前的事。拜倫說：「我猜，你自己對那座圖書館也很了解。」

「當然。」

「裡面有沒有任何資料，提到地球上有一份文件，具有重大的軍事價值？」

吉爾布瑞特一臉茫然，顯然內心也同樣茫然。

拜倫說：「在地球史前時代最後幾世紀間，一定曾有一份那樣的文件。我只能告訴你，家父認爲它是銀河中最有價值的一樣東西，而且也是最具威力的。我本來應該幫他找到，但我過早離開地球，而且無論如何，」他的聲音開始發顫，「他也死得太早了。」

吉爾布瑞特卻仍顯得一片茫然。「我不知道你在說些什麼。」

「你不了解，六個月前，家父首次對我提起這件事，他一定是在洛第亞的圖書館發現的。如果當時你一直在場，難道你就不能告訴我，他發現的究竟是什麼嗎？」

吉爾布瑞特卻只是猛搖著頭。

拜倫說：「好吧，繼續說你的故事。」

於是吉爾布瑞特說：「令尊和我的堂弟談到林根的獨裁者。雖然令尊措詞十分謹慎，拜倫，但我還是聽得出來，獨裁者顯然就是這個密謀的發起人和領導者。

「後來，」他顯得有些猶豫，「有個林根使節團來訪，由獨裁者親自率領。我……我將叛軍世界的事對他說了。」

「你剛才明明說，你從未告訴過任何人。」拜倫道。

「只有對獨裁者例外，我必須弄清楚眞相。」

「他對你說了什麼？」

「幾乎什麼也沒說，可是當時他也得謹愼行事。他能信任我嗎？我可能在爲太暴人工作，他又怎麼知道呢？但他並未全然迴避，那是我們唯一的線索。」

「是嗎？」拜倫說：「那就讓我們到林根去。我想，反正去哪裡都一樣。」

由於提到了父親，使他感到意志消沉。現在似乎什麼都不重要了，要去林根就去吧。

要去林根就去吧！這話說來容易，可是，如何讓艦艇瞄準三十五光年外的一個小光點呢？那等於兩百兆哩的距離，是二的後面加上十四個零。以每小時一萬哩的速率航行（無情號目前的巡航速率），兩百萬年後都還無法抵達。

拜倫翻閱著《標準銀河星曆表》，心中泛起近乎絕望的情緒。《星曆表》中列有數萬顆恆星的詳細資料，每顆恆星的位置以三個數字標示，用希臘字母ρ、θ、φ作代號，這些數字總共占了好幾百頁。

其中ρ代表恆星與銀河中心的距離，以秒差距爲單位；θ代表在銀河透鏡形成的平面上，恆星與標準銀河基線（銀河中心與地球之陽的連線）的角度差；φ則代表在垂直於銀河透鏡的平面上，恆星與基線的角度差，這兩個角度皆以弳爲單位。只要知道這一組三個數字，就能在廣大無邊的太空中，找到任何一顆恆星的準確位置。

前提是，必須明確指定日期。由於所有數據都根據某個「標準日」計算，因此除了恆星在該標準日的位置，還需要知道恆星自行的速率與方向。比較之下，恆星自行僅提供微小的修正，不過仍有必要。與星際距離相比，一百萬哩簡直不算什麼，但對一艘船艦而言，那卻是一段極長的航程。

此外，當然還要定出艦艇本身的位置。要做到這點，拜倫可根據質量計的讀數，計算艦艇與洛第亞的距離，更準確地說，是與洛第亞之陽的距離，因爲在這麼遙遠的太空中，那個太陽的重力場已將每顆行星的重力場完全掩蓋。而較難判斷的一點，則是他們的行進方向相對於銀河基線的角度。除了洛第亞之陽，拜倫必須再找出兩顆已知恆星，根據兩者的視位置，以及本身與洛第亞之陽的已知距離，他才能畫出目前的準確位置。

雖然只是大略的估算，但他確信已足夠準確。在求出本身的位置，以及林根之陽的位置後，他唯一需要做的，便是調整操縱系統，設定正確的方向與超原子推力的強度。

拜倫感到孤單和緊張，但並非害怕！他拒絕接受這個字眼。不過，緊張是絕對無法否認的。他所計算的躍遷參數，時間故意設在六小時後。他希望有充裕的時間，用來檢查他的計算結果，或許還能有機會小睡片刻。他早已從寢艙拖出一套寢具，在駕駛艙中打地鋪。

另外兩位想必正在寢艙安睡。他對自己說，這是個好現象，因爲他不想有任何人在旁打擾。然而，當他聽見外面傳來輕軟的腳步聲，他仍帶著幾分殷切抬起頭來。

「嗨，」他說：「你怎麼還不睡覺？」

艾妲密西婭出現在門口，顯得有點遲疑。她小聲說：「我進來你介不介意？會不會打擾你？」

「那要看你做些什麼。」

「我會盡量規矩。」

她似乎太過低聲下氣，拜倫心中難免猜疑，但他立刻知道了原因。

「我害怕極了，」她說：「你不會嗎？」

他想要說「不」，「完全沒有」，可是並未說出口。他露出羞怯的笑容，答道：「有一點。」

眞是奇怪，這句話竟然安慰了她。她在他身旁跪下，看著他面前數本厚厚的書冊，以及旁邊的一疊計算紙。

「這些書都是他們原來的？」

「你在開玩笑，沒有這些資料，他們就無法駕駛這艘艦艇。」

「這些你都看得懂嗎？」

「並不盡然，我倒希望如此。但願我懂得夠多，我們必須躍遷到林根去，你也知道。」

「那很困難嗎？」

「不，只要你知道這些數值，又掌握著操縱系統，並且擁有豐富的經驗，那就不困難。前兩者不成問題，可是我毫無經驗。比方說，本來應該分成幾次躍遷，我卻要試著一次完成，這樣比較不容易有麻煩，雖然這表示要浪費許多能量。」

他其實不該告訴她，告訴她這些根本沒意義。拿這些話嚇她是懦弱的行爲，而且她若是眞被嚇倒，嚇成神經質，將是很難應付的狀況。他不停對自己這樣說，可是一點也沒有用。他想要找個人分憂解愁，想要將心中的重擔卸下一部分。

他又說：「有些影響躍遷航程的因素，我應該知道卻不知道，例如從這裡到林根的質量密度，因爲控制宇宙這一帶曲率的正是它。《星曆表》，就是這本大書，提到在一些標準躍遷中必須進行的曲率修正，根據這些數據，我應該能計算出這次躍遷的修正值。可是話說回來，如果在十光年的範圍內，剛好有顆超巨星，那就注定要倒霉。我甚至不敢肯定，我使用電腦的方法是否正確。」

「可是如果你算錯了，又會發生什麼事呢？」

「當我們重返普通空間時，會過於接近林根的太陽。」

她將這句話咀嚼了一下，然後說：「你不會知道，我現在的心情好了多少。」

「在我說了這些話之後？」

「當然啦，剛才我躺在臥鋪上，只感到全然無助，迷失在四面八方的空虛中。現在我知道我們有個目的地，那種空虛已在我們的控制下。」

拜倫感到很高興，她的態度轉變了那麼多。「我不曉得它已在我們的控制下。」

她不讓他再講下去，搶著說：「的確如此，我知道你能駕馭這艘艦艇。」

拜倫因此信心大增，認爲自己或許眞能做到。

艾妲密西婭彎起一雙裸露的長腿，與他面對面坐下來。她只套了一件薄如蟬翼的內衣，自己卻似乎渾然不覺，不過拜倫絕對沒有忽略。

她說：「你可知道，我睡在臥鋪上，有一種極其古怪的感覺，幾乎就像整個人飄浮在空中，這就是令我害怕的原因之一。每當我翻身的時候，就會莫名其妙向上蹦幾吋，然後慢慢落下來，彷彿空氣中有許多彈簧，將我的背拉住一樣。」

「你該不是睡在上鋪吧？」

「正是這樣，下鋪會使我產生幽閉恐懼症，頭頂上方六吋還有另一個床墊。」

拜倫哈哈大笑。「這就解釋了一切。這艘艦艇的重力指向底部，離底部越遠重力越小。你待在上鋪的時候，體重要比在地板上少個二十到三十磅。你有沒有搭過太空客船？眞正的大型客船？」

「有一次，去年父親和我訪問太暴星那次。」

「好的，在太空客船上，各處的重力都指向船殼，因此不論你身在何處，中央長軸永遠都是『上方』。那些大傢伙的發動機一律沿長軸安裝，排在一個圓柱體內，正是由於這個緣故，因爲那裡沒有重力。」

「要維持這樣的人工重力，一定需要耗費非常多的能量。」

「足以供應一個小城鎭所有的動力。」

「我們不會有燃料短缺的危險吧？」

「別擔心這一點，船艦的能源來自質能的完全轉換。我們最不缺的就是燃料，在燃料用盡前，艦身早就磨爛了。」

她仍面對著他。他注意到她臉上的妝已經清掉，想不通她是如何做到的。也許是用一條手帕，再犧牲一點她自己的飲用水。卸妝後的她毫不遜色，白皙的皮膚在黑頭髮、黑眼珠的襯托下，看來更加完美無瑕。她的眼神也非常溫暖，拜倫這麼想。

沉默持續得稍微久了些，他連忙說：「你不常旅行，對不對？我的意思是，你只搭過一次太空客船？」

她點了點頭。「一次就夠了。我們要是沒去太暴星，我也不會讓那個猥瑣的侍臣看到，那麼——

我不想討論這件事。」

拜倫不再追問，他改口說：「那是正常的情形嗎？我的意思是，不常外出旅行。」

「只怕就是這樣。父親總是飛來飛去，到各地進行正式訪問，或是為農產展覽會主持開幕式，為建築物主持落成典禮。他通常會發表一場演說，都是阿拉特普為他擬的稿子。我們這些王室成員卻不然，我們待在宮中的時間越多，太暴人就越高興。可憐的吉爾布瑞特！他唯一一次離開洛第亞，就是代表父親去參加大汗的加冕大典。從此以後，他們再也不讓他上任何船艦。」

她垂下目光，又抓起拜倫腕邊的衣袖，心不在焉地捏搓著。「拜倫。」

「什麼事……艾妲？」他有點口吃，但還是把話吐了出來。

「你認為吉爾伯父的故事是真的嗎？你想那會不會是他的幻想？這些年來，他一直夢想打倒太暴人，可是，他當然不能有什麼作為，除了裝設間諜波束之外。那樣做只是幼稚的行為，他心裡也明白。他或許為自己編織了一個白日夢，經過了許多年，他卻漸漸信以為真。我了解他，你懂吧。」

「有可能，不過讓我們暫且相信他，反正我們有辦法飛到林根去。」

兩人漸漸越靠越近，他已能伸出手來碰觸她，將她擁在懷中親吻。

他也真這麼做了。

那全然是個突兀之極的變化，拜倫感到根本沒有任何前兆。前一刻他們還在討論躍遷、重力與吉爾布瑞特，下一刻，她卻成了他懷中與唇邊的溫香軟玉。

他第一個衝動是要說「對不起」，要傻傻地向她正式道歉。但是當他稍微後退，能開口說話的時候，她依然沒有掙脫的企圖，仍將她的頭枕在他左臂的臂彎上，她的眼睛也始終沒有睜開。

因此他什麼也沒說，只是再一次親吻她，慢慢地，毫無保留地。如今，這是他能做的最好一件事，此時此刻，他完全了解。

她終於開了口，有點像在夢囈。她說：「你餓了嗎？讓我幫你拿些濃縮食品來，再把它熱一熱。你吃飽後，如果想睡一覺，我可以幫你看顧這些機件。還有……還有我最好多穿點衣服。」

她走到門口，又轉過頭來說：「習慣了後，我覺得濃縮食品也非常好吃，謝謝你費心採買。」

與其說是剛才那一吻，不如說這句話才是他們之間的和約。

幾小時後，當吉爾布瑞特走進駕駛艙時，發現拜倫與艾妲密西婭陶醉在毫無意義的閒話中，但他並未顯得驚訝。至於拜倫的手臂摟著他姪女的腰際，他也完全不予置評。

他只是說：「我們什麼時候進行躍遷，拜倫？」

「半小時後。」拜倫說。

半小時過去了，操縱系統已設定完成，談話聲也逐漸消失。

倒數至零之際，拜倫深深吸了一口氣，便將一根槓桿猛力一拉，從左到右畫出一個完整的弧線。這次的感覺與太空客船躍遷時不同，無情號是一艘小型艦艇，因此躍遷的過程沒那麼平穩。拜倫的身體搖搖晃晃，而在某一瞬間，甚至所有的物體都搖曳不定。

然後，一切又恢復了平穩與清晰。

顯像板中的星像已全部改觀。拜倫令艦身開始旋轉，使星像場不斷上升，在畫面上，每顆恆星都沿著弧線莊嚴地運動。一顆與眾不同的恆星終於出現，它閃耀著明亮的白色光芒，看來不只是一個光點，而是一個微小的球體、一顆燃燒的砂粒。拜倫發現它後，趕緊穩住艦艇，不讓它再逸出畫面。接著，他將望遠鏡對準那顆恆星，並插進光譜分析設備。

他又翻開《星曆表》，查閱「光譜特徵」那一行。然後他從駕駛座站起來，說道：「還是太遠了，我得向它推近些。不過無論如何，林根就在我們正前方。」

這是他生平操作的第一次躍遷，而他成功了。

第十二章 獨裁者登場

林根的獨裁者正陷入沉思，在思緒的衝擊下，他冷靜而訓練有素的面容卻幾乎未曾擠出皺紋。

「你竟等了四十八小時才告訴我。」他道。

瑞尼特壯著膽子說：「沒有理由過早通知你，我們若將大大小小所有事件都向你報告，你一定會感到不勝其擾。我們現在告訴你，是因為至今仍毫無頭緒。這實在非常奇怪，就我們目前的處境而言，我們不能允許任何奇怪的事。」

「把這件事再說一遍，讓我再聽一次。」

獨裁者將一條腿抬到華麗無比的窗台上，若有所思地向外望去。這種窗戶本身的結構，也許就是林根建築最大的特色。它的大小適中，鑲在一個五呎深、呈喇叭狀的凹槽盡頭。窗玻璃極厚、極透明，而且曲度精準，與其說是玻璃，還不如說是一面透鏡。它能匯聚四面八方的光線，因此由室內望出去，可以看到一個具體而微的全景。

獨裁者官邸每扇窗戶都有極佳的視野，放眼望去能從天底一直看到天頂。越接近窗玻璃的邊緣，映出的景物縮得越小，扭曲得也越厲害，不過這倒平添幾許特殊風味：城市中來往的人車被壓扁縮小；新月形的平流層飛機剛從機場起飛，循著密密麻麻的弧形軌道飛行。一旦習慣這種畫面，如果將窗玻璃取下，讓平淡無奇的眞實景觀映入眼底，反倒令人覺得不自然。當太陽到達某些特殊位置，透鏡狀的窗玻璃會自動變成不透明，以免將陽光聚焦成過度的光和熱。這是藉著改變玻璃的偏光特性做到的，因此窗玻璃永遠不必打開。

有一種理論認為，一顆行星上的建築能反映它在銀河中的地位，而林根與它特殊的窗玻璃，正是這個理論的最佳佐證。

就像這些窗戶一樣，林根雖小，卻能俯視星際社會的全景。它是個「行星邦」，而如今的銀河早已度過這種政經發展階段，大多數政治單位都是包含眾多恆星系的政治體。但林根現存的狀態，一個單一的住人世界，卻維持了好幾世紀。這種情形並未阻礙它的富庶繁榮，事實上，幾乎難以想像林根會有其他的面貌。

一個處於這種地位的世界，是否會有許多躍遷路線以它為樞紐中途站，甚至為了經濟考量而不得不經過它，則是難以預料的一件事，主要取決於該星域的發展模式。若是追根究柢，這又牽涉到天然可住人行星的分布、這些行星殖民與發展的順序，以及它們擁有的經濟體系等等。

林根很早就發現了自身的價值，那是它歷史上最大的轉捩點。既然具有重要的戰略地位，有能力認識與開發這個地位，便成了最重要的一件事。林根邁出的第一步，是占據附近的一些小行星。這些小行星既沒有資源，也缺乏自給自足的住人環境，選擇它們純粹是因為有助於維持林根的貿易壟斷。他們在那些「岩石」上建了許多服務站，舉凡船艦所需的一切，從超原子發動機的替換零件，到新的影視書卷軸一應俱全。後來，這些服務站發展成大型貿易據點，從各星雲王國湧來了大量的毛皮、礦物、穀類、牛肉、木材等等；而來自內王國的機械設備、電器用品、醫藥與各種成品，則形成一股反方向的洪流。

因此，就像那些玻璃窗一樣，小小的林根可以放眼整個銀河。雖然只是一顆行星，它的成就卻不可小覷。

獨裁者終於重新開口，但視線未從窗外收回。他說：「從那艘太空郵船講起，瑞尼特。它最初是在哪裡遇見這艘巡弋艦的？」

「距離林根不到十萬哩，準確的座標並不重要。自那時開始，他們一直受到監視。問題是，早在那個時候，那艘太暴巡弋艦便已在本行星的軌道上。」

「彷彿它沒有登陸的意圖，卻像是在等待什麼？」

「是的。」

「沒辦法知道他們當時已等了多久嗎？」

「只怕不可能。沒其他人目擊他們，我們做過徹底的調查。」

「很好，」獨裁者說：「我們暫時不追究這點。他們攔下那艘太空郵船，當然妨礙到我們的郵務，也就違反了我們和太暴人的聯合條款。」

「我懷疑他們不是太暴人。他們的行動舉棋不定，看來更像亡命之徒，或是在逃的囚犯。」

「你的意思是，那些在太暴巡弋艦上的人？當然，他們也許故意要我們這麼想。無論如何，他們唯一公然的行動，就是要求直接送一封信給我。」

「直接送達獨裁者，沒錯。」

「沒有其他的事？」

「沒有其他的事。」

「他們始終沒登上郵船？」

「所有的通訊都藉由顯像板進行。郵囊是相隔兩哩從太空射過來，由我們的郵船張網捕捉的。」

「是視訊通訊，還是只有聲訊？」

「全程視訊，這就是重點所在。根據好幾個人的描述，對方的發言者是個年輕人，他『具有貴族氣質』，姑且不論那是什麼意思。」

獨裁者的拳頭漸漸捏緊。「真的嗎？沒將他的面容錄攝下來？那是個錯誤。」

「很可惜，郵船船長沒料到值得那麼做。假如真有什麼重要性！這些對你而言有何意義嗎，閣下？」

獨裁者沒有回答這個問題。「而這就是那封信？」

「正是。真是一封不得了的信，裡面只有一個名字，本來我們應該直接交給你，但我們當然不會那樣做。比方說，它有可能是個裂變囊，以前就有不少人這樣被炸死。」

「是的，還包括不少獨裁者。」獨裁者說：「就只有『吉爾布瑞特』這個名字，就只有『吉爾布瑞特』一個名字。」

獨裁者保持著毫不在意的冷靜，卻漸漸失去幾分信心，而他很不喜歡這種感受。任何使他意識到能力有限的事，他一概厭惡無比。獨裁者應該毫無限制，而在林根的土地上，除自然律外，他的確完全不受規範。

獨裁者並非一開始就存在，早期的林根是由商業王侯所建的朝代統治。最先建立「次行星服務站」的家族，也就成了這個國家的貴族。他們沒有豐富的地產，因而無法與鄰近世界的牧主或農主平起平坐。但他們擁有豐富的現金，能收買操縱那些牧主與農主，而藉著豐厚的財力，這種收買不時發生。

一顆行星以這種方式統治（或亂治），通常不會有什麼好下場，林根同樣難逃這種宿命。政治權力不斷擺盪，從一個家族轉移到另一個家族。不同政治團體輪流遭到放逐，陰謀造反與宮廷革命成了常態。因此，若說洛第亞的執政制度，是該星區穩定與秩序的最佳典範，林根則是動盪與脫序的標準範例。「如林根般無常」是當時的一句俗話。

後來的演變是必然的結果，任何人在事後都能做出這個結論。當鄰近的行星邦國相繼結合成聯邦，勢力變得越來越強時，林根內部的鬥爭卻越演越烈，進而危及行星本身的生存。最後，一般民眾甘願放棄一切，只求能夠換取太平歲月。因此他們揚棄了財閥政治，迎接獨裁政治的來臨，所花的代價僅是失去少許自由。於是本來數人共享的權力，頓時集中於一人之手。而這個人常常會故意對民眾示好，藉著人民的力量對抗那些永不妥協的富商巨賈。

在獨裁政體下，林根逐漸變得國富民強。就連太暴人在三十年前國勢如日中天之際，攻打林根的結果也只落得僵持不下。他們雖然沒有戰敗，卻也並未得逞。即使如此，它造成的震撼也是永久性的。在攻打林根未果後，這許多年來，太暴人再也未曾征服過任何行星。

星雲眾王國其他各顆行星，如今都是太暴人的眞正附庸。然而，林根卻是個「聯合勢力」，理論上而言，等於是太暴人的「盟邦」，它的權利受到聯合條款的周密保護。

獨裁者沒被這種情況唬到。這顆行星上的狂熱愛國份子，也許敢於相信自己完全自由，但獨裁者知道，在過去一代的歲月裡，太暴的威脅始終近在咫尺。就只有那麼遠，一點都不誇張。

現在，他們可能要採取迅速行動，完成延宕多年的最後攻擊。當然，他自己幫他們製造了機會。他建立的那個組織，雖然沒什麼大用，但無論太暴人想要採取何種形式的懲罰行動，它都足以成爲最好的藉口。就法理而言，林根其實是理虧的一方。

而這艘巡弋艦，就是最後攻擊的先遣部隊嗎？

獨裁者說：「有沒有派人盯著那艘艦艇？」

「我說過他們受到嚴密監視。我們有兩艘太空貨輪，」他半邊臉露出微笑，「保持在質量計的有效範圍內。」

「好吧，你推敲出什麼結論？」

「我不知道。在我聽過的吉爾布瑞特裡面，唯一有頭有臉的是洛第亞的吉爾布瑞特・歐思・亨芮亞德。你跟他打過交道嗎？」

獨裁者說：「上次我訪問洛第亞時見過他。」

「你當然什麼都沒告訴他。」

「那當然。」

瑞尼特瞇起雙眼。「我想你也許無意中說溜了嘴，這個吉爾布瑞特同樣犯了無心之失——如今的亨芮亞德家族，都是有名的軟弱無能之輩——而太暴人就成了受惠者。現在這個事件，很可能是個設計好的圈套，引誘你暴露眞正的身分。」

「我不大相信。它來得太巧了，我是說這件事。我離開林根一年有餘，上週才回到這裡，過幾天我又有遠行。而這樣一封信，卻剛好在能送到我手上的時候送過來。」

「你不會認爲這是巧合吧？」

「我可不相信什麼巧合。而只有在一種情況下，這一切才不會是巧合。我要造訪那艘艦艇，一個人去。」

「不可能，閣下。」瑞尼特大吃一驚。他右側太陽穴有個突出的小疤，那疤痕突然間漲紅了。

「你禁止我去？」獨裁者以諷刺的口吻說。

他畢竟是獨裁者，瑞尼特隨即垂頭喪氣地說：「你愛怎麼做都行，閣下。」

在無情號上，等待變成一件越來越無趣的事。兩天以來，他們絲毫未曾離開這個軌道。吉爾布瑞特極嚴肅認眞地望著操縱裝置。「你不認爲他們在移動嗎？」他的聲音帶點火氣。

拜倫很快抬了一下頭。他正在刮鬍子，用的是太暴人的腐蝕性噴霧，因此十二萬分地謹愼小心。

「不，」他說：「他們沒有移動，他們爲何要離去？他們正在監視我們，會一直不斷監視下去。」

他的注意力集中在上唇不易處理的部分，一不小心讓噴霧沾到舌頭，他立刻感到一股淡淡的酸味，於是不耐煩地皺起眉頭。太暴男子能十分文雅地使用這種噴霧，那幾乎是難以想像的事。在所有刮臉修面的方法中，這無疑是最迅速、最徹底的一種，前提是得由專家操作。它本質上是一種極細微的研磨劑噴霧，可將任何毛髮磨除，而不會傷及皮膚組織。在使用過程中，皮膚當然不會有什麼特殊感覺，頂多只覺得有一陣類似氣流的輕微壓力。

然而，拜倫心中感到有些不安。有一則著名的傳說（或故事，或事實，不過這不重要），認爲太暴人面部生癌的機率比其他族群高，就是太暴人使用刮鬍噴霧的緣故。拜倫有生以來第一次想到，不知道將臉部毛囊完全根除會不會更好。當然，銀河某些部分的人的確這麼做。但他立即打消這個念頭，毛囊根除是永久性手術，將來隨時可能會流行八字鬍，或者將兩頰的鬍鬚留長。

拜倫對著鏡子打量自己的面容，想到自己若將側腮鬚留到下顎，不知會是什麼模樣。此時艾妲密西婭突然來到門口，對他說：「我以為你正在睡覺。」

「沒錯，」他說：「後來醒了。」他抬起頭來，對她微微一笑。

她輕輕拍了拍他的臉頰，又用手指溫柔地撫過。「很光滑，你看來像十八歲左右。」

他將她的手拉到唇邊，說道：「別讓它把你給唬到了。」

她又問：「他們還在監視我們？」

「還在監視我們。這些浪費時間、令你坐立不安的無聊插曲，是不是很煩人？」

「我不覺得這是個無聊的插曲。」

「你是站在別的角度講的，艾妲。」

她說：「我們何不擺脫他們，直接降落林根呢？」

「我們想到過，但我認為我們還沒必要冒那種險。我們可以再多等一下，直到清水貯量再少一點的時候。」

吉爾布瑞特高聲道：「我告訴你他們正在移動。」

拜倫繞到控制台前，研究了一下質量計的讀數。然後，他望著吉爾布瑞特說：「你也許說對了。」

他伸出手來，按了一會兒計算器，再仔細盯著顯示器上的結果。

「不對，那兩艘太空船和我們並無相對運動，吉爾布瑞特。使質量計改變的因素，是有另一艘船艦加入它們的行列。根據我所能做的最佳估計，它和我們的距離是五千哩；以我們和行星的連線做基準，它的θ角大約是四十六度，ϕ角大約是一百九十二度——只要我沒猜錯順時針、反時針的規約。否則，那兩個角度就是三一四和一六八度。」

他突然打住，看了看另一個讀數。「我想他們正在接近，那是一艘小型船艦。你認為你有辦法和他們聯絡上嗎，吉爾布瑞特？」

「我可以試試。」吉爾布瑞特答道。

「好的。別送出視訊，保持聲訊聯絡就好，等我們對來人有點概念再說。」

看著吉爾布瑞特操縱控制台上的乙太電波裝置，實在令人感到不可思議，他顯然有這方面的天分。畢竟，使用緊密電波束與太空中某個孤立點聯絡時，控制台所能提供的資訊並沒有多大幫助。他只知道那艘船艦大概的距離，誤差可能有正負一百哩；他掌握了兩個角度，但兩者很可能都有加減五、六度的偏差。

這樣一來，那艘船艦可能的位置，就落在大約一千萬立方哩的空間中。剩下的工作都得由通訊員負責，而他唯一的探測工具就是電波束，可是在有效範圍內，波束橫截面最寬的地方，其直徑也不會超過半哩。據說一個熟練的通訊員，可以光憑控制鍵鈕傳來的感覺，便能判斷波束與目標的差距。就科學觀點而言，這種理論當然是無稽之談，可是常常有些例子，似乎找不到其他的解釋。

還不到十分鐘，電波活動計的指針便開始跳動，無情號已在進行雙向通訊。

又過了十分鐘，拜倫便已完成通訊。他靠在椅背上說：「他們要送一個人過來。」

「我們該答應嗎？」艾妲密西婭問。

「有何不可？一個人？我們有武器啊。」

「但我們若是讓他們的船艦太接近呢？」

「我們這艘是太暴的巡弋艦，艾妲。即使他們那艘是林根最好的戰艦，我們的動力也是他們的三至五倍。根據他們寶貴的聯合條款，他們不能建造太大的船艦。此外，我們還有五尊大口徑霹靂砲。」

艾妲密西婭說：「你知道怎樣使用太暴人的霹靂砲嗎？我不知道你會用。」

拜倫很不願意拒絕這個讚美，不過他還是說：「很可惜，我並不會，至少目前還不會。話說回來，林根的船艦料不到這點，你等著瞧吧。」

半小時後，顯像板上出現一艘船艦。那是一艘粗短的小型飛船，兩側各有四片尾翅，彷彿常被當成平流層飛機使用。

它才出現在望遠鏡中，吉爾布瑞特就興奮地叫道：「那是獨裁者的太空遊艇，」他咧嘴一笑，擠出滿臉皺紋。「那是他的私人遊艇，我可以肯定。我就說嘛，想要引起他的注意，打出我的名號是最穩當的做法。」

那艘林根船艦開始減速，並調整航行速度，直到它在顯像板中變得靜止不動。

一個細小的聲音從收話器傳出來，說道：「準備好了嗎？」

「準備好了！」拜倫乾脆地答道：「只一個人。」

「只一個人。」對方回答。

一條包覆著金屬網的繩索，像盤成一圈的長蛇展身一般，從那艘船艦向外盤旋，再像魚叉那樣朝他們射過來。在顯像板中，繩索變得越來越粗，尾端的磁性圓柱慢慢接近，體積也在逐漸變大。當圓柱體接近到某個程度，便開始偏向錐形視野的邊緣，然後迅速消失無蹤。

當繩索與艦身接觸時，引發一陣濃濁的迴響。磁性圓柱雖已緊緊吸附艦身，但在剛接觸的一瞬間，繩索並未凹成因重力而下垂的曲線，仍舊保有原先的繩結與繩圈，在慣性的作用下，它們繼續向前緩緩運動。

林根的船艦開始向一側移動，動作謹慎而熟練。太空索很快被拉直拉緊，成了掛在太空中的一條細線。它一直延伸到遠方，越遠處越細小，尾端幾乎無法看見，在林根之陽的光芒輝映下，它閃耀著不可思議的美感。

拜倫裝上望遠鏡附件，視野中的船艦立刻膨脹無數倍。現在，他們已能看清全長半哩的太空索，以及正要順著它攏盪過來的一個小小人形。

這不是登上另一艘船艦的常用方式。在一般情況下，兩艘船艦會靠近到幾乎接觸的距離，讓兩者的伸縮氣閘得以接觸，並藉著強力磁場連成一體。如此便在太空中築起一條隧道，任何人想到對方的船艦去，只要身著原先的服裝，根本不必穿戴任何保護裝備。自然，這種方式需要建立在彼此的互信上。

使用太空索就必須藉重太空衣，那個正在接近的林根人也不例外。他的太空衣十分臃腫，是個被空氣撐脹的金屬網，關節處需要很大力氣才能扭動。即使在目前的距離，拜倫也能看到每當他的雙臂用力彎曲，關節處便猛然下陷，接著又產生一個新的凹縫。

兩艘船艦的相對速度必須仔細調整，若是哪艘船艦不慎加速，太空索便會被扯斷，太空人則開始在太空翻滾。他將受到繩索斷裂時的瞬間衝力，以及遠方太陽的引力作用，卻沒有任何摩擦力或障礙物阻止他，因而注定將在宇宙間永遠飄蕩。

那林根人的動作迅速且信心十足，當他再接近一點的時候，他們已經能看清楚，他並非採用雙手交替拉扯的普通動作。每當前面那隻手臂下彎，將他向前拉去的時候，他便鬆開雙手，在太空中飄出數十呎，然後才伸出另一隻手，再重複原先的動作。

這是長臂猿攀藤的太空版，那個太空人是個閃亮的金屬長臂猿。

艾妲密西婭說：「萬一他失手怎麼辦？」

「他看來是個行家，不可能會失手。」拜倫說：「但他萬一眞的失手了，在太陽下他仍會閃閃發光，我們可以馬上把他救回來。」

那林根人越來越接近，終於從顯像板的畫面消失。五秒鐘後，便傳來雙腳踏在艦身上的「卡答」聲。

拜倫立刻拉下一根槓桿，開啓氣閘周圍的指示燈。一會兒後，響起一陣急促的敲門聲，他便將氣閘外門打開。然後，又有個重物著地的聲音，從駕駛艙隔壁的空間傳來。拜倫關上外門，讓一側的艙壁滑開，便有一個人走了進來。

他的太空衣立即結上一層霜，將頭盔的厚實玻璃完全遮掩，使他變成一個雪人，寒氣還從他身上向外輻射。拜倫趕緊調高暖氣，噴出的氣流既溫暖又乾燥。一時之間，太空衣上的冰霜並沒有變化，但不久便開始變薄，最後化成一粒粒的水珠。

那人伸出粗鈍的金屬手指，摸索著頭盔下的扣環，好像急於掙脫眼前白茫茫的一片。整個頭盔很快被舉起來，當厚實柔軟的絕緣材料扯過他頭頂時，還將他的頭髮弄得凌亂不堪。

「殿下！」吉爾布瑞特叫了一聲，又欣喜若狂地說：「拜倫，這是獨裁者本人。」

拜倫卻只能發出茫然若失的聲音，叫道：「鍾狄！」

第十三章　獨裁者在場

獨裁者輕輕將太空衣踢到一旁，逕自在較大的襯墊椅中坐下。

他說：「我已有一陣子沒做這種練習，可是大家都說，學會了一輩子不會忘記，顯然我的情形就是如此。嗨，法瑞爾！吉爾布瑞特侯爺，你好。而這位，要是我沒記錯的話，就是執政者的千金，艾妲密西婭郡主！」

他仔細叼住一根長香菸，使勁一吸，那根香菸便自動點著，空氣中立時瀰漫著加料菸草的香味。

「我沒料到這麼快就再見到你，法瑞爾。」

「或者，也許根本沒料到會再見？」拜倫以挖苦的口氣反問。

「世事難料。」獨裁者表示同意，「當然，我既然收到一封只寫著『吉爾布瑞特』的信；而我曉得吉爾布瑞特不會駕駛太空船；我又曉得自己送了一名青年到洛第亞，他不但會駕駛船艦，而且情急的時候，有足夠的能力竊取一艘太暴巡弋艦；此外，據報這艘巡弋艦上其中一員是個年輕男子，而且具有貴族氣質。綜合以上數點，結論就相當明顯，我見到你並不驚訝。」

「我認為你會，」拜倫說：「我認為你見到我，像見到鬼一樣驚訝。身為一名殺手，你理當如此。你以為我的推理能力不如你嗎？」

「我從沒低估你，法瑞爾。」

獨裁者完全不動聲色，拜倫卻火冒三丈，這令他感到既尷尬又愚蠢。他猛然轉向其他兩人，說道：「這人就是桑得・鍾狄，我跟你們提過的那個桑得・鍾狄。他或許也是林根的獨裁者，或是五十個世界的獨裁者，可是那一點也沒關係，對我而言他就是桑得・鍾狄。」

艾妲密西婭說：「他就是那位……」

吉爾布瑞特用細瘦而顫抖的手按住額頭。「控制住自己，拜倫，你瘋了嗎？」

「他就是那個人！我可沒發瘋！」拜倫吼道。然後他盡力使自己鎮靜，又說：「好吧，我想，大吼大叫沒什麼意義。離開我的艦艇，鍾狄，現在這句話說得夠溫和了，離開我的艦艇。」

「我親愛的法瑞爾，這是爲什麼呢？」

吉爾布瑞特咕噥著一些毫無條理的話，拜倫卻粗暴地推開他，自己與坐著的獨裁者面對面。「你犯了一個錯誤，鍾狄，一個而已。你無法預料到當初在地球上，當我逃出宿舍的時候，我會把腕錶留在裡面。你可知道，我的腕錶錶帶剛好是個放射指示器。」

獨裁者吐出一個煙圈，同時露出愉悅的笑容。

拜倫說：「而那個錶帶一直沒變藍，鍾狄。那天晚上，我的房裡根本沒有炸彈，只有個故意安排的假貨！如果你否認，你就是個騙子，鍾狄，或者該叫你獨裁者，或者你喜歡用什麼稱呼都行。

「還有，放置那個假貨的正是你。是你用催眠瓦斯把我弄昏，再布置好當晚的整齣鬧劇。這相當明顯又合情合理，你該知道。假如沒人管我，我會一覺睡到天亮，絕不會知道有什麼不對勁。所以說，是誰用視訊電話跟我聯絡，直到他確定我醒過來？醒過來，意思就是說，會發現那顆炸彈。它還故意放在計數器附近，因此我不可能忽略。又是誰轟開我的門，好讓我來不及發現炸彈只是假貨？那天晚上你一定玩得很開心，鍾狄。」

拜倫等待對方的反應，但獨裁者只是禮貌性點著頭。拜倫感到更加憤怒，這簡直像拳打枕頭、腳踢空氣、揮鞭抽水的感覺一樣。

他厲聲道：「家父當時即將遭到處決，我遲早會得到消息。我可能會回到天霧星，也可能不會回去。我將根據自己的判斷行事，要不要公開與太暴人爲敵，可以由我自行決定。我將知道自己冒著多大的危險，我會爲一切不測做好準備。

「你卻要我到洛第亞去，去見亨瑞克。可是，在正常情況下，你無法指望我照你的意思行事，我不太可能會向你求教。除非，你能布置出一個適當的情境，而你做到了！

「我以爲有人要炸死我，我想不出任何原因，但你卻有答案。你似乎救了我一命，你似乎知道一切，比如說我下一步該怎麼做。我當時六神無主，一團混亂，只好遵從你的建議。」

拜倫一口氣說到這裡，一面換氣一面等待對方回答。但他一個字也沒聽到，便又吼道：「你沒有對我說明，我離開地球搭的是洛第亞太空船，你還故意讓船長獲知我的眞實身分。你也沒有對我說明，你意圖讓我在抵達洛第亞後，立刻落在太暴人手中。你敢否認這些事實嗎？」

接下來是很長的一段沉默，鍾狄唯一的動作是將香菸按熄。

吉爾布瑞特一面搓著雙手，一面說：「拜倫，你實在太荒唐，獨裁者不可能會……」

此時鍾狄抬起頭來，以沉穩的口氣說：「獨裁者眞會那麼做，這一切我都承認。你說得很對，拜倫，我恭喜你擁有這般的洞察力。那顆炸彈的確是個假貨，是我親手放置的。而且我送你到洛第亞去，目的就是要你被太暴人逮捕。」

拜倫的表情頓時開朗，一部分無力感隨即消失無蹤。他說：「總有一天，鍾狄，我會跟你算這筆帳。此時此刻，看來你眞是林根的獨裁者，有三艘船艦在外面等你，不免使我感到有點礙手礙腳。然而，無情號是我的艦艇，我是它的駕駛。把太空衣穿上，給我滾出去，太空索還在那裡。」

「它並非你的艦艇，你只是個強盜，不是什麼駕駛。」

「占有是這裡唯一的法律，你有五分鐘的時間鑽進太空衣。」

「拜託，我們別演戲了。我們彼此需要，我不打算離開。」

「我不需要你。即使太暴母星艦隊正在逼近，而你能幫我轟掉他們，我也不需要你幫忙。」

「法瑞爾，」鍾狄說：「你如今的言行都不像成年人。我已經讓你把話說完，現在可以換我說嗎？」

「不，我看不出有任何理由該聽你說。」

「現在你看出來了嗎？」

艾妲密西婭立刻尖叫。拜倫稍微動了一動便停下來，全身緊繃卻一籌莫展，挫敗感使他的臉漲得通紅。

鍾狄說：「我的確做了些預防措施。很抱歉，我不得不這麼粗魯，用武器作威脅，但我以爲這樣才能逼你聽我說話。」

他握著的是一柄袖珍手銃，它的功能不是將人打痛或打昏，而是用來殺人的！

他說：「許多年來，我一直在林根進行對抗太暴人的準備。你知道這是什麼意思嗎？這不是簡單的事，甚至幾乎不可能。內王國不會提供任何幫助，根據長期的經驗，我們能確定這點。除了星雲眾王國自己起而抗暴，不會有外人拯救我們。可是要說服各地的領導者，並非一件輕鬆的差事。令尊在這方面相當積極，因而遭到殺身之禍。絕非一件輕鬆的差事，記住了。

「令尊遭到逮捕這件事，是我們的一大危機，關係到我們的生死存亡。他是我們的核心成員，太暴人顯然已經距離我們不遠，我們必須設法擺脫他們。爲了做到這點，我不能囿於榮譽和誠實的原則，它們根本無濟於事。

「我不能直接去找你，對你說：『法瑞爾，我們必須將太暴人引向錯誤的線索。你是牧主之子，因此十分可疑，趕快離開這裡，去投靠洛第亞的亨瑞克，這樣便能誤導太暴人，把他們的注意力從林根轉移開來。這樣做或許有危險，你可能因而喪命，可是令尊爲之捐軀的那些理想，卻比什麼都要重要。』

「也許你會照我的話去做，但我不敢做這種實驗。我將你蒙在鼓裡，引你依照我的計畫行事，這是很不堪的行徑，我願意承認。話說回來，我沒有選擇的餘地。坦白說，我認爲你可能無法倖免；但是我也坦白告訴你，我覺得你是可以犧牲的。如今你倖免於難，我很高興看到這樣的結果。

「此外還有一件事，是關於一份文件……」

拜倫忙說：「什麼文件？」

「你反應太快了。我說過令尊生前爲我工作，因此他知道的我都知道。他要你設法取得那份文件，你當初是個很好的選擇。你在地球合法居留，你又很年輕，不容易遭到懷疑。我是說，當初！

「可是後來，在令尊被捕後，你也變得身陷險境，成了太暴人懷疑的首要對象。我們不能讓你找到那份文件，否則幾乎注定會落在他們手裡。我必須在你完成任務前，就讓你趕緊離開地球。你懂了吧，所有的事都有連帶關係。」

「這麼說，你已經取得那份文件？」拜倫問。

獨裁者說：「不，我沒有。有一份很可能是我們要找的文件，多年前已經從地球失蹤。如果它正是那份文件，我不知道如今它在誰的手上。現在我能收起手銃了嗎？它越來越重了。」

拜倫說：「收起來吧。」

獨裁者立刻這樣做了，然後說：「有關這份文件，令尊都對你說了些什麼？」

「沒有你不知道的，既然他當初爲你工作。」

「很有道理！」獨裁者微微一笑，但笑容中幾乎沒有愉悅的成分。

「你的解釋現在差不多說完了？」

「差不多了。」

「那麼，」拜倫說：「滾出這艘艦艇。」

吉爾布瑞特連忙道：「慢著，拜倫。此時此地，你不該只考慮個人恩怨。這裡還有艾妲密西婭和我，你該知道，而我們也有話要說。在我聽來，獨裁者說的完全合理。我要提醒你，在洛第亞的時候，我曾經救你一命，所以我認爲我的觀點也該受到尊重。」

「好吧，你曾經救我一命，」拜倫吼道。他指著氣閘，又說：「那麼你跟他走，走啊，你也給我滾出去。你想要找獨裁者，現在他就在這裡！我答應帶你來找他，我的責任已經盡了，休想再告訴我該怎麼做。」

他轉向艾妲密西婭，仍有幾分餘怒尚未平息。「你又怎麼說？你也是我的救命恩人，這裡每個人都救過我。你也要跟他一起走嗎？」

她冷靜地說：「別幫我發言，拜倫。如果我要跟他走，我自己會說。」

「不必感到有任何義務，你隨時可以離去。」

她看來很傷心，他則將頭別過去。正如往常一樣，他心中某些清明的部分，明白自己現在的行爲十分幼稚。他曾被鍾狄耍得團團轉，這令他感到怒火中燒，不知該怎樣發洩才好。此外，爲什麼大家都堅決地認定，將拜倫．法瑞爾丟給太暴人，就像拿骨頭引開惡犬，免得那些狗攻擊鍾狄的脖子，是一件絕對正確的事？他媽的，他們把自己當成了什麼？

他又想起那顆假炸彈、那艘洛第亞客船、那些太暴人，以及在洛第亞上狂暴的一夜，他能感到自憐的情緒正在折磨自己。

獨裁者說：「怎麼樣，法瑞爾？」

吉爾布瑞特說：「怎麼樣，拜倫？」

拜倫則轉向艾妲密西婭。「你又怎麼想？」

艾妲密西婭以平靜的口吻說：「我想，他有三艘船艦等在外面，而且，他又是林根的獨裁者，我認爲其實你沒有選擇。」

獨裁者望著她，並點頭表示讚許。「你是個聰明的女子，郡主。這樣悅人的外表下竟有這樣的慧心，眞可謂才貌雙全。」他的眼光在她身上徘徊良久。

拜倫說：「你有什麼提議？」

「讓我借用你們的名號和本事，我會帶你們到吉爾布瑞特侯爺所謂的叛軍世界去。」

拜倫以狐疑的口吻說：「你認爲眞有這樣的世界？」

吉爾布瑞特同時說：「那麼它眞在你的掌握中。」

獨裁者微微一笑。「我認爲正如侯爺所描述的，的確有這樣一個世界存在，不過它不是我的。」

「它不是你的啊。」吉爾布瑞特垂頭喪氣地說。

「如果我能找到它，這又有什麼關係嗎？」

「怎麼做？」拜倫追問。

獨裁者說：「不像你想像中那麼困難。如果我們將那個故事照單全收，我們就必須相信，的確有個反抗太暴人的世界存在。我們還必須相信，它位於星雲星區某個角落，而且過去二十年來，它一直未被太暴人發現。假如情形果眞如此，那麼在這個星區中，只有一處可以容納這樣一顆行星。」

「在哪裡？」

「你不認爲答案很明顯嗎？這個世界只能存在於星雲內，這難道不是必然的結論嗎？」

「在星雲裡面！」

吉爾布瑞特說：「銀河啊，當然是這樣。」

現在，這個答案的的確確既明顯又毫無疑問。

艾妲密西婭心虛地說：「星雲內的世界能住人嗎？」

「有何不可？」獨裁者說：「別誤會了星雲的本質。它是太空中的一股黑霧，卻不是什麼有毒的氣體。其實它是一大團極稀疏的塵埃，其中的星光都會被它吸收遮掩，當然，位於觀測者另一側的星光也一樣。除此之外，它沒有任何害處。誰要是躲在某顆恆星附近，別人根本就偵測不到。

「我向你們道歉，我好像在賣弄學問。可是過去幾個月以來，我一直待在地球大學裡，蒐集有關那個星雲的天文資料。」

「為何要在那裡？」拜倫問道。「這點沒什麼關係，但我是在那裡碰到你的，所以我很好奇。」

「這沒什麼神祕可言。我當初離開林根，本來是為了自己的事，是什麼事並不重要。大約六個月前，我去洛第亞訪問，因為我的手下，維迪莫斯牧主，也就是令尊，拜倫，和執政者的交涉並不成功，我們本來希望勸誘他加入我們。而我雖然親自出馬，結果還是失敗了，因為亨瑞克——這樣說很對不起郡主——並非適合我們那種工作的材料。」

「贊成，贊成。」拜倫喃喃道。

獨裁者繼續說：「不過我遇到了吉爾布瑞特，他也許已經跟你講過。所以我又到地球去，因為地球是人類的發祥地。當年探索銀河未知區域的探險隊，大都是由地球出發，因此大多數紀錄都保存在地球上。而馬頭星雲的探勘做得相當徹底，至少，有許多探險隊曾經穿越。它一直沒被開拓，因為該處無法進行恆星觀測，在那一帶航行是極困難的事。然而，我要找的只是探索紀錄。

「現在注意聽，吉爾布瑞特侯爺乘坐的那艘太暴戰艦，是在第一次躍遷後被流星擊中的。假設那趟從太暴星到洛第亞的旅程，是循著通常的貿易航線——沒有理由做其他的假設，我們便可定出那艘戰艦偏離航線時的位置。因為在頭兩次躍遷之間，船艦幾乎不會在普通空間航行超過五十萬哩，而在太空中，我們能將這段距離視為一個點。

「我們還能再做另一個假設：那顆流星打壞了控制台，的確有可能改變戰艦的躍遷方向，因為只要戰艦的陀螺儀運動發生變化，便會導致這個結果。雖然這種機會不大，但並非不可能。然而，超原子推力的強度若要改變，一定要使戰艦的發動機受損，那顆流星當然沒有碰到任何發動機。

「既然推力沒有改變，其餘四個躍遷的長度就不會變，同理，它們的相對方向也將保持原狀。我們可以做個類比，這就像將一根彎彎曲曲的長鐵絲，在某點隨便折個角度，這個角度的大小未知，方向也是未知數。那艘戰艦最後的位置，落在一個假想球面的某一點，球面的中心是戰艦在太空中受到撞擊的位置，半徑則是其餘各個躍遷的向量和。

「我把這個球面畫了出來，它和馬頭星雲有很大的交集。差不多有六千平方度，也就是球面的四分之一，都位於那個星雲內。你該記得，吉爾布瑞特的戰艦停下之後，是停在某顆恆星附近。因此我們現在需要做的，是在星雲中找出一顆距離那個假想曲面不到一百萬哩的恆星。

「好，你猜猜看在星雲內，我們能找到多少接近那個球面的恆星？別忘了在整個銀河中，共有一千億顆發熱發光的恆星。」

拜倫不知不覺聽得入迷，這實在有違他的本意。「好幾百顆，我猜。」

「五顆！」獨裁者答道：「只有五顆而已，別被一千億那個數字唬到了。銀河的體積大約是七兆立方光年，因此平均而言，每顆恆星占的體積是七十立方光年。遺憾的是，我不知道這五顆中哪些擁有住人行星，否則我們可能將候選者減到只剩一顆。不過很可惜，早期探險者沒時間做詳盡的觀測，他們僅記錄了恆星的位置、自行方式，以及光譜結構而已。」

「所以說，這五個恆星系中的某一個，」拜倫說：「就是那個叛軍世界的所在地？」

「只有這個結論，才和我們所知的各項事實相符。」

「假設吉爾的故事可信。」

「我做了那個假設。」

「我的故事千眞萬確，」吉爾布瑞特激動地搶著說：「我發誓。」

「我正準備出發，」獨裁者說：「去一一調查那五顆恆星。我這樣做的動機很明顯，身爲林根的獨裁者，我能以平等的身分加入他們。」

「再加上兩個亨芮亞德家族成員，以及一個維迪莫斯牧主站在你這邊，你得到平等待遇的機會更要高得多。而且，想必在未來的自由新世界中，你還能擁有堅實鞏固的地位。」拜倫說。

「你的冷嘲熱諷嚇不倒我，法瑞爾，我的答案是顯然如此。如果起義能成功，誰都希望助勝方一臂之力，這點也是明顯的事實。」

「否則，勝方的某位私掠船船長，或是某位叛軍艦長，便會獲得林根的獨裁權作犒賞。」

「或是維迪莫斯的牧權，一點也沒錯。」

「要是起義不成功呢？」

「等我們找到想找的世界後，還有時間判斷這一點。」

拜倫緩緩道：「我跟你去。」

「太好了！那麼，我們來安排你們的換船事宜吧。」

「爲什麼？」

「這樣對你們比較好，這艘艦艇是個玩具。」

「它是一艘太暴戰艦，放棄它是不智之舉。」

「正因爲它是太暴人的戰艦，所以很容易令人起疑。」

「在星雲中不會。很抱歉，鍾狄，我加入你純粹是權宜之計。我也可以坦白對你說，我的確想找到叛軍世界，但我們之間沒有友誼存在，我要保有自主權。」

「拜倫，」艾妲密西婭柔聲道：「對我們三人而言，這艘艦艇太小了。」

「它本身太小了，沒錯。但它可以接上一個拖廂，這點鍾狄和我一樣清楚。只要那樣做，我們就會有足夠的空間，卻仍能掌握自主權。而且這樣的拖廂，還能當作一種有效的僞裝。」

獨裁者考慮了一下。「如果我們之間既沒有友誼，又缺乏信任，法瑞爾，那我就必須保護自己。你可以保有你的艦艇，還能得到一個拖廂，完全依照你的意思備妥。可是我一定要有些保證，確保你絕不會亂來。至少，艾妲密西婭郡主必須跟我走。」

「不！」拜倫說。

獨裁者揚起眉毛。「不？讓郡主自己說。」

他轉身面對艾妲密西婭，鼻孔微微掀張。「我敢保證，你將感到環境極爲舒適，郡主。」

「至少，你自己不會感到舒適，大人。既然確定了這點，」她回嘴道：「我決定留在這裡，以免害得你不舒服。」

「我想你該重新考慮……」獨裁者的鼻樑上出現兩道皺紋，破壞了他沉靜的表情。

「我可不這麼想，」拜倫打岔道：「艾妲密西婭郡主已經做出選擇。」

「這麼說，你支持她的決定嘍，法瑞爾？」獨裁者再度露出微笑。

「完全支持！我們三人都將留在無情號上，這點絕無妥協的餘地。」

「你選擇同伴的標準很奇怪。」

「是嗎？」

「我想是的。」獨裁者似乎全心全意審視著自己的指甲，「你好像對我很惱火，因爲我曾經欺騙你，害你性命危在旦夕。但是論起欺詐，亨瑞克絕對能當我的師父。所以說眞奇怪，不是嗎，你竟和亨瑞克那種人的女兒顯得那麼親密。」

「我了解亨瑞克，你對他的偏見改變不了任何事實。」

「你知道有關亨瑞克的每一件事嗎？」

「我知道得夠多了。」

「你可知道令尊就是被他所害？」獨裁者的手指猛然指向艾姮密西婭，「你可知道，你盡全力想要保護的這名女子，就是你殺父仇人的女兒？」

第十四章 獨裁者退場

一時之間，每個人彷彿都變成雕像。獨裁者正抽著第二根菸，他的神情相當輕鬆，毫無不安之色。吉爾布瑞特蜷曲在駕駛座上，面容扭成一團，眼淚好像隨時會掉下來。駕駛座吸壓裝置的帶子鬆垮垮地垂下，平添幾許悲慘的氣氛。

拜倫的臉色蒼白如紙，他緊握雙拳，面對著獨裁者。艾妲密西婭細緻的鼻孔不停掀動，她沒有望向獨裁者，始終緊緊盯著拜倫的臉孔。

無線電訊號突然響起，在小小的駕駛艙中，輕微的「卡答」聲聽來就像鐃鈸發出的轟然巨響。

吉爾布瑞特猛然坐直，然後在座椅上轉過身來。

獨裁者懶洋洋地說：「只怕我們的談話比我預料中還要囉唆。我告訴過瑞尼特，我若在一小時內沒有回去，他就得趕來救我。」

此時，顯像螢幕上出現了瑞尼特的面容，以及他斑白的頭髮。

然後，吉爾布瑞特對獨裁者說：「他想跟你講話。」說完便起身讓位。

獨裁者從椅子上站起來，走到控制台前，好讓頭部進入視訊傳輸的範圍。

他說：「我安全得很，瑞尼特。」

對方的問話每個人都聽得很清楚：「那艘巡弋艦上的成員是些什麼人，閣下？」

拜倫突然站到獨裁者身邊。「我是維迪莫斯牧主。」他以驕傲的口氣說。

瑞尼特立刻堆滿喜悅的笑容，他的右手進入畫面，行了個俐落的軍禮。「您好，閣下。」

獨裁者插嘴道：「我很快要跟一位小姐一同回去，準備進行氣閘接合。」說完，他便切斷兩艘船艦的視訊聯繫。

他轉向拜倫說：「我曾向他們保證，是你在這艘艦艇上，否則會有些人反對我獨自前來。在我的部下心目中，令尊極有聲望。」

「因此你才能利用我的名號。」

獨裁者聳了聳肩。

拜倫說：「你能利用的也只有這點，你跟你的軍官說的最後一句話並不正確。」

「怎樣不正確？」

「艾妲密西婭．歐思．亨芮亞德將留在我身邊。」

「還要？在我告訴你那些話之後？」

拜倫厲聲道：「你什麼也沒有告訴我，你只不過做了一番陳述，但我不太可能會重視那些毫無佐證的話。我這麼對你說，絕不是想要什麼心機，我希望你能了解。」

「難道你對亨瑞克非常了解，使我的陳述聽來難以置信？」

拜倫有點動搖了，他並未回答。那句話擊中了他的要害，這點很明顯，誰都看得出來。

艾妲密西婭說：「我說事實並非如此。你又有什麼證據？」

「當然，我沒有直接證據。令尊和太暴人進行的會議，我從來不曾在場。不過我可以提出一些已知的事實，讓你們自己推出結論。第一，六個月前，老維迪莫斯牧主曾去拜訪亨瑞克，這我已經說過。現在我還能補充一點，他表現得有些過分熱心，或者說，他高估了亨瑞克的警覺性。總而言之，他本來不該說那麼多，吉爾布瑞特侯爺能證明這一點。」

吉爾布瑞特可憐兮兮地點了點頭，然後轉頭面向艾妲密西婭。她也正好轉過來望著他，雙眼充滿淚水與怒火。他說：「我很抱歉，艾妲，不過這確是事實。我曾經跟你講過，有關獨裁者的一切，我就是從維迪莫斯牧主那裡聽來的。」

獨裁者又說：「侯爺研發出那種長距離機械耳朵，來滿足他活躍的好奇心，偷聽執政者的正式會談，對我而言是很幸運的一件事。吉爾布瑞特第一次找我，就不經意地警告了我，讓我知道隨時會有危險。於是我盡快離開，可是，當然，傷害卻已經鑄成了。

「好，據我們所知，維迪莫斯牧主只有那次說溜了嘴，而亨瑞克當然是出了名的既不獨立又沒勇氣的人。令尊，法瑞爾，在事後半年內就遭到逮捕，若不是亨瑞克告密，不是這名女子的父親告密，還有什麼別的可能呢？」

拜倫說：「你沒警告他嗎？」

「投入我們這種工作的人，都已將生死置之度外，法瑞爾，但他的確接到了警告。後來，他就再也沒有跟我們任何人接觸，哪怕是最間接的接觸，他還把和我們有牽連的證據全部銷毀。我們其中有些人，認為他應該離開這個星區，或者至少該躲起來，可是他拒絕這樣做。

「我想我能了解這是為什麼，假如他改變生活方式，便會證明太暴人得到的情報完全正確，而將危及整個行動。他決定只拿自己的性命作賭注，繼續公然在外活動。

「太暴人等了將近半年的時間，就是為了等待叛變的動作。他們很有耐心，那些太暴人，結果什麼也沒發生。當他們再也等不下去的時候，竟發現網裡只有他一個人。」

「這是謊言，」艾妲密西婭吼道：「全都是謊言。這是個自命不凡、道貌岸然的人說的假話，沒有任何眞實性。假如你說的都是眞的，那麼他們也會監視你，你自己也將身處險境，不會還坐在這裡談笑風生、浪費時間。」

「郡主，我沒有浪費時間。我已盡力使令尊這個情報來源信用破產，我認爲我成功了一部分，他的女兒和堂兄顯然已是叛徒，太暴人將會猶豫該不該再聽他的。而且，即使他們仍願意相信他，哈，我馬上就要消失在星雲中，他們根本找不到我。我倒認爲，我的行動使我的故事更加可信，絕不是什麼反證。」

拜倫深深吸了一口氣，然後說：「讓我們結束這次會談吧，鍾狄。至少我們已經同意跟你走，你也答應供給我們必需的補給品，這就夠了。即使你說的盡皆屬實，和現在的問題仍然毫無關聯，洛第亞執政者的罪惡不該由他女兒繼承。艾妲密西婭·歐思·亨芮亞德將和我一起留在這裡，只要她自己同意。」

「我同意。」艾妲密西婭說。

「很好，我想這句話足以代表一切。此外，我要警告你，你擁有武裝，而我也一樣；你那些船艦或許是戰鬥艦，我駕駛的卻是太暴巡弋艦。」

「別傻了，法瑞爾，我的意圖相當友善。你希望把那名女子留在這裡？那就請便。我可以由接合氣閘離去嗎？」

拜倫點了點頭。「這點小事我們還信得過你。」

兩艘船艦靠得越來越近，直到雙方的伸縮氣閘能接觸到對方為止。兩個氣閘小心翼翼地伸出來，試圖與對方緊密接合。

吉爾布瑞特一直守在無線電旁邊。「他們兩分鐘後會再試一次。」

在此之前磁場已觸發過三次，每一次，向外延伸的兩根圓管雖然接觸到對方，可惜未能完全吻合，兩者的側面都出現了新月形的空隙。

「兩分鐘。」拜倫重複了一遍，開始戰戰兢兢地等待。

在秒針的催促下，磁場第四度「卡答」一聲開啓。由於它突然吸取大量電力，發動機立刻調整轉速，艙內的光線因此暗了下來。氣閘延伸管再度伸出，在不穩定狀態的邊緣游移。隨著一下無聲的振盪，震波一路轟然傳至駕駛艙。這回兩個氣閘完全對準，夾鎖自動緊緊鎖住，形成完全密封的接合。

拜倫的手背緩緩擦過額頭，緊張的情緒頓時減輕幾分。

「好了。」他說。

獨裁者拾起他的太空衣，那上面仍有一層薄薄的水氣。

「謝謝。」他和顏悅色地說：「我手下一名軍官馬上會過來，他將和你安排補給細節。」

然後獨裁者便走了。

拜倫說：「幫我招待一下鍾狄的軍官，拜託，吉爾。等他進來後，馬上切斷氣閘的聯繫。你需要做的只是關掉磁場，這就是你該觸動的光子開關。」

說完他就轉身走出駕駛艙。現在，他需要給自己一點時間，主要是思考的時間。

不料身後卻傳來一陣急促的腳步聲，以及一聲輕柔的呼喚，於是他停了下來。

「拜倫，」艾妲密西婭說：「我要跟你談談。」

他回過頭來面對著她。「如果你不介意，待會兒吧，艾妲。」

她抬著頭，目不轉睛地望著他。「不，現在。」

她舉起雙臂，彷彿想要擁抱他，卻不確定他是否會接受。她說：「他說的那些有關我父親的事，你不會相信吧？」

「這沒什麼關係。」拜倫說。

「拜倫……」她欲言又止，感到很難開口。接著，她又試了一次：「拜倫，我知道我們之間發生的事，有些只是因爲我們很寂寞，又剛好在一起，而且身處險境。可是……」說到這裡她再度打住。

拜倫道：「如果你想要說你是亨芮亞德家族的一員，艾妲，那就沒必要說了。我知道這點，我不會要你做什麼承諾。」

「不，喔，不是這樣。」她抓住他的手臂，將她的臉頰靠在他結實的肩膀上，又急促地說：「根本不是這回事，跟亨芮亞德和維迪莫斯都毫無關係。我……我愛你，拜倫。」

她的眼珠上揚，接觸到他的目光。「我認爲你也愛我。我想，如果你能忘記我姓亨芮亞德，你就會承認這件事。既然我先說出來，或許你也願意坦白。你曾告訴獨裁者，不會因爲我父親的作爲而不理我，所以，也請你別因爲他的顯赫地位而疏遠我。」

她的雙臂纏繞在他的頸際，拜倫感覺得到她胸部的柔軟，唇邊還不時傳來她溫暖的氣息。但他雙手慢慢向上舉，輕柔地抓住她的前臂，輕柔地拉開她的手，又輕柔地後退一步。

他說：「我跟亨芮亞德家族的恩怨尚未了結，郡主。」

她大吃一驚。「你告訴獨裁者說……」

他將頭別過去。「抱歉，艾妲，我告訴獨裁者的話你別認眞。」

她很想大喊大叫：這不是眞的，她父親沒那麼做，無論如何……

他卻轉身進了寢艙，讓她一個人站在走廊上，眼中充滿了傷痛與羞愧。

第十五章 太空中的洞口

拜倫再度走進駕駛艙的時候，泰多．瑞尼特立刻轉過頭來。他的頭髮已經灰白，但身體仍十分強健，他的臉龐寬闊、紅潤，堆滿笑容。

他一個箭步衝到拜倫面前，熱誠地抓住這個年輕人的手。

「我向眾星發誓，」他說：「根本不需要你告訴我，我就知道你是令尊的兒子，這簡直就是老牧主復生。」

「我希望的確如此。」拜倫以陰鬱的口吻說。

瑞尼特的笑容斂去幾分。「我們都這麼希望，我們每個人。對啦，我是泰多．瑞尼特，林根正規軍的一名上校，不過在我們這場遊戲中，我們一律不用頭銜，我們甚至用『閣下』稱呼獨裁者。這倒提醒了我！」他的表情轉趨嚴肅，「在我們林根，沒有什麼侯爺、郡主，甚至連牧主也沒有。如果我偶爾忘記加上適當的頭銜，還希望你們別見怪。」

拜倫聳了聳肩。「正如你所說，我們在這場遊戲中一律沒有頭銜。不過拖廂有沒有問題？我相信，我應該跟你安排這件事。」

有那麼一瞬間，他的目光掃過整間駕駛艙。吉爾布瑞特坐在那裡，默默聽著他們的對話。艾妲密西婭卻背對著他，纖細蒼白的手指茫然撫過電腦的光子開關。下一刻，瑞尼特的聲音又將他拉回來。

那林根人將駕駛艙上上下下環顧一番。「這是我頭一次從裡面觀察一艘太暴航具，我認爲也沒什麼了不起。緊急逃生氣閘在正後方，對不對？我猜推進器則環繞艦身周圍。」

「的確是這樣。」

「很好，這樣就不會有什麼麻煩。有些老式的船艦，推進器位於正後方，因此拖廂必須保持一個角度。這使重力調節變得很困難，大氣中的操作靈活度則趨近於零。」

「要花多久時間，瑞尼特？」

「不要多久，你想要多大的？」

「你能弄到多大的？」

「超級豪華型？沒問題。如果獨裁者這麼說，當然是第一優先。我們能找到一種本身可算太空船的拖廂，甚至還具有輔助發動機。」

「它應該有單人寢艙吧，我想。」

「給亨芮亞德小姐？比你們這裡的好得多……」說到一半他突然打住。

艾妲密西婭聽見有人提到她的名字，便立刻站起來，慢慢地、毫無表情地經過他們，然後走出駕駛艙。拜倫一直目送著她離去。

瑞尼特說：「我想，我不該直呼亨芮亞德小姐。」

「不，不，沒有關係，別理她。你剛才在說……」

「喔，有關那些艙房。至少有兩間大的，中間有相連的淋浴設備。還有跟大型客船一樣的更衣室和廁所，她會住得十分舒適。」

「很好，我們還需要食物和清水。」

「當然。水槽的貯量足夠用兩個月，但你若想在艦上弄個游泳池，恐怕就稍嫌不夠。此外，你們會發現有好些冷凍肉類。你們現在吃的是太暴濃縮食品，對不對？」

拜倫點了點頭，瑞尼特便做了個鬼臉。

「味道和木屑差不多，是嗎？還需要些什麼？」

「全套的女裝。」拜倫說。

瑞尼特前額現出皺紋。「是的，當然。不過嘛，那是她自己的事。」

「不，老兄，不是的。我們會把必要的尺寸告訴你，由你負責把我們要的通通找來，現在流行什麼就拿什麼。」

瑞尼特笑了兩聲，然後搖了搖頭。「牧主，她不會喜歡的。不是她自己挑選的衣物，她就一定不會滿意。即使我們拿來的服裝，剛好都是她自己會挑的，結果也將完全一樣。這不是我的猜測，我領教過女人這一套。」

拜倫說：「我確信你說得對，瑞尼特，但我們必須這樣做。」

「好吧，我警告過你了，反正將來麻煩的是你。還需要些什麼？」

「小東西，小東西，像是一些潔身劑。喔，對啦，還有化妝品、香水，女人需要的那些東西。我們到時再安排吧，讓我們先把拖廂裝好。」

此時，吉爾布瑞特沒打招呼就走了出去。拜倫同樣目送著他，同時感到下顎的肌肉收緊。亨芮亞德！他們都是亨芮亞德！他毫無能力改變這個事實。他們都是亨芮亞德！吉爾布瑞特是一個，她又是另一個。

他說：「還有，當然，需要亨芮亞德先生和我自己穿的衣服，這點倒不太重要。」

「好的，我可否借用你的無線電？我最好待在這艘艦上，直到一切安置妥當。」

當他下達命令時，拜倫在一旁耐心等候。然後瑞尼特在座椅上轉過身來，說道：「我很不習慣見到你在這裡，活生生的，又能說話，又能走動，你實在太像他了。牧主過去三天兩頭提到你，你在地球上求學，對不對？」

「是的，一個多星期前，我本來該畢業了，如果沒發生那件意外的話。」

瑞尼特看來很不自然。「聽我說，你被那樣送到洛第亞，可不能怪到我們頭上，我們也不喜歡這件事。我的意思是——這話絕不能讓第三者聽到——我們有些夥伴根本不喜歡這樣做。獨裁者沒有跟我們商量，這是當然的事，他自然不會。坦白說，其實是他自己在冒險。我們有些人——我不要提他們的名字——甚至在想該不該去攔截那艘客船，把你救出來。要是我們眞那樣做了，自然將是我們犯的最大錯誤。話說回來，我們眞有可能採取那個行動，只不過深思後，我們想到獨裁者一定清楚他在做些什麼。」

「能獲得這樣的信賴實在不錯。」

「我們了解他，這點無可否認，他這裡很不簡單。」他伸出手指輕敲自己的額頭，「他有時採取的一些行動，沒人知道確切的原因，但似乎總是正確無誤。至少他比太暴人高明許多，其他人則不行。」

「比如說，家父就是個例子。」

「嚴格說來，我沒有想到他，但就某個角度而言，你說得沒錯，就連牧主最後也被捕了。然而，他是個不同類型的人，他的思考模式直來直往，從不考慮拐彎抹角的方式，又總是高估了別人的價值。話說回來，這可算是我們最喜歡他的地方，他對每個人一視同仁，你知道吧。

「我雖然是個上校，但我仍是平民。我父親是個金工匠，懂了吧，但在他眼裡沒有任何差別。而且，並非因為我是上校，他才對我另眼相看。如果他在走廊上遇到個見習輪機員，他不但會讓路，還會親切地寒暄一兩句，見習生將因此高興一整天，感覺自己像個輪機長，那就是他待人的方式。

「並不是說他軟弱，如果你需要懲戒，你一定逃不掉，不過絕對適可而止。你受到的處罰，一定是你應得的，而你心裡也很明白。處罰完畢後，他就將一切拋到腦後，不會無緣無故舊帳重提，持續一兩週還沒完沒了。這就是我們的牧主。

「至於獨裁者，就大不相同。他很有頭腦，但你無法和他親近，不論你是誰都一樣。比方說，他其實並沒有幽默感，我跟他說話，不能像現在跟你說話這樣。此時此刻，我說話就是說話，我可以完全放鬆，幾乎是在做自由聯想。而在他面前，你得將心中的話一字不易地說出來，絕不能有任何保留。而且你的措詞要很正式，否則他會罵你散漫。雖然如此，但獨裁者就是獨裁者，沒什麼好說的。」

拜倫道：「有關獨裁者高明的頭腦，我得完全同意你的說法。你可知道，他在登上這艘艦艇前，就已經推論出我在這裡？」

「是嗎？我們都不知道。好啦，你看，這就是我的意思。他當初準備單獨登上這艘太暴巡弋艦，對我們而言，那簡直是自殺，我們都不以為然。但我們假定他知道自己在做什麼，而他果真如此。他本來可以告訴我們，說你或許在這艘艦上。他也一定知道，牧主之子逃脫會是個天大的好消息，但和往常一樣，他卻不願意說。」

艾妲密西婭坐在寢艙某個下鋪，她必須很不自然地彎著身子，以避免上鋪的床架戳到第一節胸椎。但在這個時候，那點不適根本不算什麼。

她一雙手掌幾乎不自覺地摩挲著衣裳，她感到衣衫襤褸、渾身骯髒，而且非常厭倦。

她厭倦了用濕毛巾拍拭雙手與臉部，厭倦了一週未曾更換服裝，厭倦了現在變得潮濕黏膩的頭髮。

此時，她差點就要站起來，準備趕緊轉過身去。她不要見他，她不想再跟他面對面。

不過進來的只是吉爾布瑞特，於是她又無精打采地坐到床上。「嗨，吉爾伯父。」

吉爾布瑞特在她對面坐下，一時之間，他瘦削的臉龐似乎顯得憂慮不堪，隨即又擠出一個滿是皺紋的笑容。「我也覺得在這裡頭待上一週十分沒趣，我希望你能讓我開心。」

她卻答道：「好啦，吉爾伯父，別在我身上施展心理學。如果你認為能夠哄騙我，讓我對你產生一點責任感，那你就錯了，我其實更想揍你一頓。」

「如果那樣會令你感到好些……」

「我再警告你一次，如果你伸出手臂讓我打你，我真的會動手。如果你說：『這樣讓你感到好些嗎？』那我還會再打一拳。」

「不管怎麼說，你顯然跟拜倫吵架了。怎麼回事？」

「我看不出為何需要討論這件事，你別管我就好了。」頓了頓之後，她又說：「他認為父親真像獨裁者指控的那樣，所以我恨他。」

「你父親？」

「不！那個愚蠢、幼稚、道貌岸然的傻瓜！」

「想必是指拜倫吧，好的，你恨他。但你無法在兩種情感間畫出明顯的界線，一種是害你像這樣坐在這裡的恨意，另一種，則是在我這個單身漢看來，似乎相當荒唐的熾熱愛戀。」

「吉爾伯父，」她說：「他會不會眞做過那件事？」

「拜倫？做什麼？」

「不！我父親。父親會不會那樣做過？會不會眞的出賣了牧主？」

吉爾布瑞特顯得若有所思，而且神情非常嚴肅。「我不曉得，」他斜眼望著她，「你也知道，他的確想將拜倫交到太暴人手中。」

「因爲他知道那是個陷阱，」她激動地說：「而且事實正是如此。那可怕的獨裁者就是這樣打算，而他也承認了。太暴人知道拜倫是誰，故意將他送到父親那裡，父親做了他唯一能做的事。對任何人而言，那都是很明顯的決定。」

「即使我們接受這一點，」他又用斜眼望著她，「他也的確曾試圖說服你，要你接受那樁相當無趣的婚姻。如果亨瑞克能做出那種事……」

她打岔道：「那件事他也毫無選擇餘地。」

「親愛的姪女，他爲了討好太暴人而做的每件事，如果你都要解釋爲不得已，哈，那麼，你怎麼知道他沒將牧主的祕密洩露給太暴人？」

「因爲我確定他不會，你對父親的了解不像我那麼深。他恨太暴人，恨之入骨，我明白這點，他不會主動幫助他們。我承認他怕他們，不敢公開反對他們，但他若有辦法避免，就絕不會幫助他們。」

「你又怎麼知道他能避免？」

她卻猛搖著頭，使她的頭髮披散開來，甚至遮住了雙眼，還稍微遮住眼中的淚水。

吉爾布瑞特望了她一會兒，然後無奈地攤開手，默默地轉身離去。

藉著一個走廊，拖廂連接到無情號尾部的緊急逃生氣閘，兩者看來像個細腰的大黃蜂。拖廂的容積比這艘太暴艦艇大幾十倍，不成比例的程度近乎滑稽。

在做最後的檢查時，獨裁者加入拜倫的工作。他說：「你發現還缺些什麼嗎？」

拜倫說：「沒有，我想我們會相當舒適。」

「很好。順便問一句，瑞尼特告訴我艾妲密西婭郡主不大舒服，或至少看來如此。如果她需要醫療照護，送她到我的船艦或許是明智之舉。」

「她好得很。」拜倫隨口答道。

「你這麼說就好。你能在十二小時內完成出發準備嗎？」

「兩小時就行，如果你希望。」

然後，拜倫穿過接合走廊（他得稍微彎下腰來），走進了無情號主體中。

他刻意以平穩的語調說：「後面有間私人套房是你的，艾妲密西婭。我不會打擾你，我大部分時間會留在這裡。」

她卻冷冷地答道：「你不會打擾我的，牧主，你待在哪裡都與我無關。」

兩艘船艦一齊迅疾出發，經過一次躍遷後，便來到星雲的邊緣。然後他們等了數小時，好讓鍾狄的船艦完成最後的計算。進入星雲內部後，就幾乎等同於盲目航行。

拜倫悶悶不樂地盯著顯像板，上面什麼都沒有！整整半個天球都被黑暗占據，根本不見一絲星光。生平第一次，拜倫體會到星辰是多麼溫暖親切，使太空變得多麼充實。

「就好像掉進太空中的一個洞口。」他喃喃地對吉爾布瑞特說。

然後他們再度躍遷，進入了星雲中。

幾乎在同一時刻，賽莫克・阿拉特普——大汗的行政官，十艘武裝巡弋艦的指揮官——正聽完了領航員的報告。他說：「那沒什麼關係，反正跟蹤他們就對了。」

在距離無情號進入星雲的位置不到一光年處，十艘太暴戰艦進行了同樣的躍遷。

第十六章 追獵者！

穿著軍裝的賽莫克．阿拉特普覺得不大舒服。太暴軍裝的質地有幾分粗糙，又一律不會十分合身，但抱怨這種事絕非軍人本色。事實上，輕微的不適正是太暴軍事傳統之一，這樣做有助於維持軍紀。

然而，阿拉特普卻能對這種傳統表示某種形式的抗議，他以可憐的口氣說：「這麼緊的衣領害我的脖子很難過。」

安多斯少校的衣領一樣緊，在他一生中，沒有人見過他脫下軍裝。他說：「獨處的時候，打開衣領絕對合乎軍規。但在任何軍官或士兵面前，穿戴若有任何不合規定之處，都將造成不良的影響。」

阿拉特普嗤之以鼻。這次遠征算是個準軍事行動，軍裝便是隨之而來的另一項改變。除了被迫穿上軍裝，他還必須聽從副官的意見。而那位副官越來越自作主張，這一點，甚至在他們離開洛第亞前便已開始。

安多斯毫不客氣地強調自己的主張。

當時他說：「行政官，我們需要十艘戰艦。」

聽到這句話，阿拉特普抬起頭來，顯然是被惹火了。那時他已準備妥當，要乘一艘戰艦去追捕維迪莫斯少主。他隨手將幾個信囊放在一旁，信囊裡都是他寫給殖民局的報告，萬一發生什麼不幸，他這次遠征有去無回，那些信囊便會轉交大汗的殖民局。

「十艘戰艦，少校？」

「是的，閣下，少一艘都不行。」

「爲什麼不行？」

「我打算維持一個合理的安全標準。那年輕人要到某個地方去，而你說過有個計畫嚴密的陰謀存在，這兩點想必存在著關聯。」

「所以說？」

「所以說，我們必須準備面對可能的大陰謀，一艘戰艦也許會被輕易消滅。」

「十艘、一百艘也有可能，安全標準的上限在哪裡？」

「必須有人做出決定。而在軍事行動中，那是我的職責，我建議十艘。」

在壁光的照明下，當阿拉特普揚起眉毛時，他的隱形眼鏡閃耀著異樣的光采。軍方實在過度膨脹，理論上來說，在如今的太平歲月，應當由文官決定一切。不過軍事傳統很難完全擺脫，這又是另一個例子。

他愼重地回答說：「我會考慮這個建議。」

「謝謝你，如果你決定不接受我的忠告，我的建議到此爲止。我向你保證，」少校突然併攏腳跟，行了個立定禮，但動作中毫無敬意，阿拉特普心裡很明白。「那是你的權利。然而你那樣做，將令我沒有選擇的餘地，我只好辭去這個職務。」

現在得由阿拉特普盡力幫自己找台階，他說：「對於一個純軍事性問題，我絕無意阻撓你的任何決定，少校。若是遇到純政治性事件，不知道你是否也能尊重我的決定。」

「什麼樣的政治性事件？」

「亨瑞克就是個問題。我建議讓他跟我們同行，你昨天卻堅決反對。」

少校以冷淡的口氣說：「我認爲沒那個必要，當我軍行動時，有異邦人在場將嚴重影響士氣。」

阿拉特普輕輕嘆了一口氣，音量剛好在聽力極限之下。無論如何，安多斯算是個很能幹的人，表現出不耐煩根本沒用。

他又說：「這一點，我也同意你的說法，我只是請你考量一下當前局勢的政治面。你也知道，我們將老維迪莫斯牧主處決後，引起了政治的不安，對眾王國做了不必要的驚擾。不論處決多有必要，也該避免讓少主的死記在我們帳上。在洛第亞人民的心目中，維迪莫斯少主綁架了執政者之女，而在亨芮亞德家族的成員中，那個女孩很受民眾愛戴，十足是個公眾人物。所以說，讓執政者領導這趟討伐，是相當合宜、相當合理的做法。

「這將是個引人注目的行動，能充分滿足洛第亞人的愛國心。他自然會請求並接受太暴人的協助，不過那倒可以低調處理。要讓一般人認爲這趟遠征由洛第亞主導，這並不困難，可是必須做到。如果發現了陰謀的內幕，那將是洛第亞人的功勞；如果維迪莫斯少主遭到處決，也將記在洛第亞人的頭上。至少，要讓其他王國都這麼想。」

少校說：「准許洛第亞船艦跟隨太暴遠征軍行動，仍會成爲很壞的先例。在戰鬥中他們會礙手礙腳，那樣一來，它就成了軍事問題。」

「親愛的少校，我可沒有說亨瑞克將指揮一艘戰艦。你對他當然有所了解，不至於認爲他有能力、甚至有心嘗試指揮戰艦。他將和我們在一起，除他之外，艦上不會有任何洛第亞人。」

「這樣的話，我就撤回異議，行政官。」少校說。

將近一週以來，太暴艦隊一直與林根保持二光年的距離，軍心變得越來越不穩定。

安多斯少校主張立即登陸林根。「林根的獨裁者，」他說，「花了很大的力氣作戲，想讓我們認為他是大汗的朋友。但我不信任這些四處旅行的人，他們總是學來一些不安分的想法。他才剛回來，維迪莫斯少主就趕來見他，這實在是很奇怪的事。」

「他每次旅行，不論出發或歸來，都從未試圖掩飾。而且，我們還不知道維迪莫斯少主是不是去見他。他滯留在林根周圍的軌道上，為什麼他不登陸呢？」

「為什麼他要滯留在軌道上？讓我們探討他所做的事，而不是他未做的事。」

「我能提出一個具有某種模式的解釋。」

「我很有興趣聽聽。」

阿拉特普將一根手指伸進領口，想將衣領拉開一點，結果白費力氣。他說：「既然這個年輕人留在軌道上，我們就可以假設，他是在等待某件事或某個人。假如我們認為，他以如此直接而迅速的方式——事實上，僅藉著一次躍遷——來到這裡後，卻由於遲疑不決而無所行動，那實在是很荒謬的想法。所以我說，他是在等一個或一群朋友跟他會合，等增援來到後，他就會出發往別處去。他不直接降落林根這一事實，代表他認為那並非安全的行動。這也表示林根這個世界，以及獨裁者這個人，和那件陰謀並沒有牽連，不過，某些林根人還是有可能個別涉入。」

「我不知道我們能否一直相信那麼明顯的答案。」

「親愛的少校，這不只是明顯的答案，它還是個合乎邏輯的答案，具有一定的模式。」

「也許吧。即使如此，二十四小時內若沒有進一步的發展，我就沒有任何選擇，不得不下令進軍林根。」

少校走後，阿拉特普對著艙門猛皺眉頭。他得同時控制蠢蠢欲動的被征服者，以及眼光短淺的征服者，這實在是件令人頭痛的差事。二十四小時內，有可能發生些變化，否則他也許得想其他辦法制止安多斯。

叫門訊號又響了，阿拉特普惱羞成怒地抬起頭來。當然不可能又是安多斯，他想。結果的確不是，站在艙門口、彎下腰來的，是洛第亞執政者亨瑞克的高大身軀。在他身後還能瞥見一名衛兵，不論他在艦上哪個角落，那名衛兵永遠形影不離。理論上，亨瑞克擁有完全的行動自由，或許他自己也這麼想。至少，他從未注意到身旁的衛兵。

亨瑞克露出含糊的微笑。「我有沒有打擾您，行政官？」

「一點都沒有，請坐，執政者。」阿拉特普繼續站著，亨瑞克卻似乎沒注意到。

「我有件重要的事要跟您討論。」說到這裡亨瑞克突然打住，眼光中透出幾許專注的神情。然後，他以相當不同的口氣說：「好一艘又大又俊的戰艦！」

「謝謝你，執政者。」阿拉特普繃著臉笑了笑。在這支艦隊中，其他九艘都是典型的小型戰艦，但他們坐鎮的這艘旗艦，卻是根據前洛第亞艦隊的設計建造而成，因而體積特別龐大。如今，有越來越多這類戰艦加入太暴艦隊，這也許是太暴軍心逐漸疲軟的最初徵兆。雖然戰鬥體仍是兩人或三人的小型巡弋艦，但有越來越多的高級將領，都找到各種不同的理由，要求將自己的指揮所設在大型戰艦上。

阿拉特普倒不在意這個現象。對某些老兵而言，這種逐漸疲軟的趨勢似乎等於墮落，不過在他看來，則像是漸趨文明的象徵。到了最後（或許還要幾個世紀），太暴這個民族有可能完全消失，與他們征服的星雲眾王國社會融成一體。或許，就連這點也該算是一件好事。

自然，他從未將這種想法公諸於世。

「我來告訴您一件事，」亨瑞克苦苦思索了一會兒，又繼續說：「今天我送了一封電訊回去，告訴我的百姓說我很好，罪犯很快會被捉到，我女兒也將平安歸來。」

「很好。」對阿拉特普而言，這件事不算什麼新聞，那封信其實是他親筆寫的。雖然，現在亨瑞克可能已經說服自己，相信自己才是執筆者，甚至相信這支遠征軍眞由他率領。阿拉特普感到有些痛心，這個人顯然正在迅速崩潰。

亨瑞克說：「那些組織嚴密的匪徒竟敢夜襲王宮，我相信，我的百姓因此深感不安。現在我做出這麼迅速的應變行動，我想他們都會爲執政者感到驕傲，是嗎，行政官？他們將看到亨芮亞德家族還有足夠的力量。」他似乎有點得意忘形。

「我想他們會的。」阿拉特普說。

「我們到了接敵範圍沒有？」

「還沒有，執政者，敵人仍然留在原處，就在林根附近。」

「還在那裡？我想起了我來是要跟您說什麼。」他變得很激動，一口氣說了一大串，「非常重要，行政官，我有件事要告訴您。艦上有人準備叛變，給我發現了。我們必須立刻採取行動，叛變……」他開始壓低聲音。

阿拉特普感到很不耐煩，遷就這個可憐的白癡自然有其必要，但這樣做卻漸漸變成浪費時間。照這樣發展下去，不久之後，人人都能看出他發瘋了，到時他連做傀儡的資格都沒有，這實在很可憐。

他說：「沒有人叛變，執政者，我們的人都既忠誠又可靠。一定是有人令你產生誤解，你太累了。」

「不，不。」亨瑞克推開阿拉特普的手臂，那隻手臂已在他肩頭擱了一會兒。「我們現在在哪裡？」

「啊，就在這裡呀！」

「我的意思是這艘戰艦。我看過顯像板，附近一顆星也沒有，我們是在深太空中。您可知道？」

「啊，當然啦。」

「林根不在附近，您知道這點嗎？」

「它在兩光年外。」

「啊！啊！啊！行政官，沒人在偷聽吧？您確定嗎？」他俯身向前，湊向阿拉特普伸過來的耳朵。「那我們怎麼知道敵人在林根附近？他距離我們太遠，根本偵測不到。我們得到錯誤情報，這就表示有人叛變。」

嗯，這個人或許瘋了，這句話卻很有道理。阿拉特普說：「這是技術人員負責的事，執政者，不是我們這種身分的人該操心的，我自己也不清楚。」

「可是身為這支遠征軍的首領，我應該知道。我是首領，對不對？」他小心翼翼地環顧四周，「事實上，我感到安多斯少校有時不肯貫徹我的命令。他值得信賴嗎？當然，我很少對他下命令。對一個太暴軍官下命令，感覺上似乎怪怪的。話說回來，我必須找到我女兒，我女兒名叫艾妲密西婭，她被人從我身邊帶走，現在我率領整支艦隊，要把她救回來。所以您懂了吧，我一定要知道，我的意思是，我一定要知道我們怎麼知道敵人就在林根。我女兒也該在那裡，您認識我女兒嗎？她的名字叫艾妲密西婭。」

他抬起頭來，以懇求的目光望著太暴行政官。然後又伸出手掩住雙眼，含糊地說了一句，聽來有點像「我很抱歉」。

阿拉特普感到自己咬緊牙關。他幾乎忘記面前這個人，這個白癡的洛第亞執政者，是個失去愛女的父親。即使這種人也仍有父愛，自己不能讓他如此痛苦。

於是他柔聲道：「讓我試著解釋一下。你知道有一種叫作質量計的東西，可以偵測太空中的船艦。」

「是的，是的。」

「它對重力效應很敏感，你懂我的意思嗎？」

「喔，當然，每樣東西都有重力。」亨瑞克將身體傾向阿拉特普，雙手緊張兮兮地互握著。

「那就夠了。你可知道，質量計自然只能在接近某艘船艦時使用，差不多是在一萬哩的範圍內。此外，還需要跟任何行星保持適當距離，因為若非如此，你能偵測到的只有行星，它比船艦大多了。」

「它的重力也大多了。」

「正是這樣。」阿拉特普說，而亨瑞克顯得很高興。

阿拉特普繼續說：「我們太暴人擁有另一種裝置，它是一種發射機，可經由超空間向四面八方輻射訊號。那種訊號並非電磁波，而是空間結構的特殊扭曲形式。換句話說，它不是光波或無線電波，甚至也不屬於次乙太電波，懂了嗎？」

亨瑞克沒有回答，他看來一頭霧水。

阿拉特普很快接著說：「嗯，反正它不一樣，怎麼不一樣倒無關緊要。我們可以偵測到輻射出來的那種東西，所以隨時都能知道任何太暴船艦的位置。即使它遠在銀河另一邊，或是躲在某顆恆星的另一側。」

亨瑞克一本正經地點了點頭。

「好，」阿拉特普說：「如果維迪莫斯少主駕著一艘普通船艦逃亡，想要找到他就非常困難。如今，既然他駕駛的是太暴巡弋艦，我們隨時知道他在哪裡，雖然他自己並不曉得。我們就是利用這種方法，知道他待在林根附近，你懂了吧。此外，他絕對無法擺脫我們，所以我們一定能將令嫒救出來。」

亨瑞克微微一笑。「做得太好了。我恭喜您，行政官，這是個非常高明的策略。」

阿拉特普沒有自欺欺人。他剛才說的話，亨瑞克只能了解一點點，但那並不重要。這番話的結論，是保證能將他的女兒救出來，而在他似懂非懂的理解中，也一定有了一個概念，這一切都是拜太暴科學之賜。

他告訴自己，他花了那麼大的工夫，並非全然因為對方訴諸他的同情。為了明顯的政治理由，他必須防止此人完全崩潰。也許他女兒的歸來會有很大幫助，他衷心希望如此。

叫門訊號再度響起，這次進來的是安多斯少校。亨瑞克的手臂僵在座椅扶手上，臉孔做出一種受迫害的神情。他勉力站起來，開口道：「安多斯少……」

安多斯卻根本不理會這個洛第亞人，立刻開始向阿拉特普報告。

「行政官，」他說：「無情號改變了位置。」

「他當然沒登陸林根。」阿拉特普以精明的口吻說。

「沒有，」少校答道：「他躍遷到距離林根很遠的地方。」

「啊，很好，也許有另一艘船艦跟他會合了。」

「也許是很多艘，但我們只能偵測到他的，這點你應該非常了解。」

「無論如何，我們繼續跟蹤。」

「命令已經下達。我只想指出一點，藉由那次躍遷，他抵達了馬頭星雲邊緣。」

「什麼？」

「在上述方位，沒有重要的行星系存在，這只能有一個合乎邏輯的結論。」

阿拉特普舔了一下嘴唇，趕緊往駕駛艙走去，少校也跟他一塊走了。

在突然騰空的艙房中，只剩下亨瑞克站在正中央，足足盯著艙門一分鐘左右。然後，他微微聳了聳肩，接著又坐下來。他的表情一片茫然，有好長一段時間，他只是坐在那裡。

領航員說：「已經查過無情號的太空座標，長官，他們絕對在星雲內部。」

「那沒什麼關係，」阿拉特普說：「反正跟蹤他們就對了。」

他又轉過頭來，對安多斯少校說：「你明白等待的好處了吧，現在好些事都已經明朗化。除了星雲本身，陰謀份子的大本營還會在哪裡？除了躲在那裡，別處哪裡我們找不到？眞是個很妙的模式。」

於是，整個分遣隊隨後也進入星雲。

阿拉特普又自然而然瞥向顯像板，這已經是第二十次。其實，他這樣做根本沒用，因爲顯像板始終保持一片漆黑，什麼星光也看不到。

安多斯說：「這是他們第三次停下來，可是仍舊沒有登陸，我實在搞不懂。他們的目的是什麼？他們究竟在找什麼？他們每次都停上好幾天，但他們就是不登陸。」

「也許他們得花那麼長的時間，」阿拉特普說：「才能完成下個躍遷的計算，這裡的能見度等於零。」

「你認爲是這樣嗎？」

「不，他們做的躍遷太準確了。每次重返普通空間時，都非常接近一顆恆星。光靠質量計提供的數據，他們無法做得那麼好，除非他們事先確知那些恆星的位置。」

「那他們爲何不登陸？」

「我想，」阿拉特普說：「他們一定是在尋找可住人行星。或許他們自己不知道那個大本營的位置，或者，至少不是十分確定。」他微微一笑，「我們只要跟蹤就行了。」

領航員在阿拉特普面前立定。「長官！」

「什麼事？」阿拉特普抬起頭來。

「敵方已在某顆行星登陸。」

阿拉特普立刻發訊召來安多斯少校。

「安多斯，」當少校進來時，阿拉特普說：「你獲得通知沒有？」

「有的，我已命令降落並追擊。」

「慢著，你也許又操之過急，就像你當初要衝向林根一樣。我想，只有這艘戰艦應當前進。」

「你的理由？」

「假如我們需要增援，有你在這裡，還有你指揮的這些巡弋艦。倘若它的確是個強大的叛軍中心，他們或許會以爲，只是一艘船艦無意中碰上他們。我會設法捎信給你，那時你就能撤回太暴星。」

「撤回！」

「然後帶一支完整的艦隊來。」

安多斯考慮了一下。「很好，反正這艘戰艦是我們最沒用的，太大了。」

在他們盤旋而下的過程中，行星的畫面占滿了顯像板。

「表面似乎相當荒涼，長官。」領航員說。

「你判斷出無情號確實的位置沒有？」

「有的，長官。」

「那麼在盡可能接近之處著陸，但不要被他們目擊。」

現在他們已進入大氣層，當他們掠過晝半球之際，天空正泛著明亮的紫色。阿拉特普望著越來越近的地面，心想：漫長的追獵就要結束了！

第十七章 獵物！

對未曾眞正到過太空的人而言，調查某個恆星系、尋找可住人的行星，似乎是件相當過癮的任務，至少也算很有意思。可是對太空人而言，它卻是最無聊不過的差事。

恆星是一團巨大的火球，其中的氫核不斷融合成氦核，尋找這種天體太簡單了，它本身就在盡力招搖。即使在黑暗的星雲中，也只不過是距離的問題，在五十億哩的範圍內，恆星仍在盡力招搖。

可是一顆行星，無異於太空中一塊小岩石，僅能藉著反射光閃爍，這種天體則另當別論。即使以各種不同的角度，穿過某個恆星系達十萬次，除了極少數的巧合，很有可能始終不曾接近一顆行星，因而根本無法發現它的存在。

因此想要尋找行星，必須採用一個有系統的方法。在調查某個恆星系前，首先應來到距離恆星約等於其直徑一萬倍之處。根據銀河統計資料，行星距離主星比上述距離更遠的機率不到五萬分之一。此外，在與恆星的距離超過其直徑一千倍的太空中，就幾乎沒有任何可住人的行星。

這就代表說，從船艦停駐的位置望去，可住人行星必定位於恆星周圍六度以內，這大約等於整個天空面積的四〇〇分之一。這樣小的一個範圍，少量的觀測便可得到詳盡的結果。

望遠照相機經過微調後，能自動抵消船艦在軌道上的運動。在這種情況下，長時間曝光可拍出恆星周圍星座的清晰影像。當然，前提是必須遮蔽太陽的烈焰，而這點很容易做到。反之，由於行星具有相當程度的自行，因此會在底片上呈現細微的條紋。

假如看不見條紋，總有可能是行星躲在主星後面。此時船艦會換到另一個位置，通常會比原先更接近恆星，然後再重複整個步驟。

這的確是個很枯燥的程序，若是連續在三個恆星系，每一個都重複做上三遍，結果每次都毫無斬獲，對士氣必會產生某種程度的打擊。

比如說，吉爾布瑞特的士氣便已消沉好一陣子。他發現某些事物「有趣」的頻率，也變得越來越低了。

現在，他們正準備躍遷到獨裁者列出的第四顆恆星。拜倫說：「無論如何，我們每次都遇到一顆恆星，至少鍾狄的數字是正確的。」

吉爾布瑞特說：「根據統計，平均每三顆恆星中，就有一顆擁有行星系。」

拜倫點了點頭。這是個老生常談的統計數據，每個小孩都在「初級銀河輿理」中學過。

吉爾布瑞特繼續說：「這就代表，隨機選取三顆恆星，卻找不到任何行星——任何一顆行星，它的機率是三分之二的立方，也就是二十七分之八，或說三分之一弱。」

「所以呢？」

「我們偏偏什麼也沒發現，這裡頭一定有什麼錯誤。」

「你自己看過那些感光板，而且，話說回來，統計數據有什麼用？根據我們的了解，星雲內部的情形很不一樣，也許是粒子霧阻止了行星的形成，或者也有可能，粒子霧本身就是無法聚結的行星材料。」

「你不是說真的吧？」吉爾布瑞特吃了一驚。

「你說對啦，我只不過沒話找話罷了，我完全不懂天文演化學。總之，該死的行星為何要形成？我從未聽說哪顆行星上沒一大堆麻煩。」拜倫顯得形容憔悴，他一面說話，一面印出一些小標籤，並黏貼在控制台上。

他又說：「無論如何，我們已經把霹靂砲全搞懂了，包括測距儀、電力控制系統——所有的一切。」

想不看顯像板是很困難的事。他們即將在黑墨般的太空中再度躍遷。

拜倫隨口說：「你知道他們為何叫它『馬頭星雲』，吉爾？」

「第一個鑽進來的人叫作瑪頭，你要告訴我不是這樣嗎？」

「也許沒錯，但在地球上有不同的解釋。」

「哦？」

「他們聲稱它所以叫那個名字，是因為它看起來像馬的頭。」

「馬是什麼？」

「是地球上的一種動物。」

「這是個很有趣的想法，可是在我看來，這個星雲根本不像任何動物，拜倫。」

「這取決於你觀看的角度，比方說在天霧星上，它看來像伸出三根指頭的手臂。不過我曾在地球大學的天文台看過一次，看起來的確有點像馬的頭部。也許這個名字真是那麼來的，也許根本沒有什麼叫瑪頭的人。誰知道呢？」拜倫感到這個話題已令人生厭，他仍只是沒話找話而已。

沉默顯然維持得太久，因為吉爾布瑞特逮到改變話題的機會。拜倫根本不想討論那個題目，卻又無法強迫自己不去想它。

吉爾布瑞特說：「艾妲在哪兒？」

拜倫馬上望著他說：「反正是在拖廂裡，我又沒有一直跟著她。」

「獨裁者則正在那樣做，他巴不得住在這裡。」

「她多麼幸運啊。」

吉爾布瑞特滿臉的皺紋變得更深，小小的五官似乎扭成一團。「喔，別當傻瓜，拜倫。艾妲密西婭是亨芮亞德家族的一員，你那樣對待她，她當然受不了。」

拜倫道：「別再說了。」

「我偏不，我一直想說這件事。你爲什麼要這樣對她？因爲亨瑞克也許得對令尊的死負責？亨瑞克是我的堂弟！你對我的態度並未改變。」

「好吧。」拜倫說：「我對你的態度並未改變，我仍像往常那樣跟你說話，但我也保持跟艾妲密西婭交談。」

「仍像往常那樣嗎？」

拜倫啞口無言。

吉爾布瑞特又說：「你把她推向獨裁者的懷抱。」

「那是她的選擇。」

「不對，那是你的選擇。聽我說，拜倫，」吉爾布瑞特就像跟自家人說話一樣，將一隻手放在拜倫膝蓋上。「這不是我喜歡插手的事，你該了解。只不過，如今的亨芮亞德家族，只剩下她一個優良產品。如果我說我愛她，你會不會感到有趣？我自己沒有子女。」

「我不質疑你對她的愛。」

「那麼爲了她好，我要勸你一句，阻止獨裁者，拜倫。」

「我以爲你信任他，吉爾。」

「把他當成獨裁者，我信任他；把他當成反太暴的領袖，我信任他。但把他當成一個女人的男人，當成艾妲密西婭的男人，我卻不敢領教。」

「直接告訴她。」

「她不會聽的。」

「你認爲由我告訴她，她就會聽嗎？」

「如果你好好跟她講。」

一時之間，拜倫似乎猶豫起來，伸出舌頭輕輕舔著乾燥的嘴唇。然後他轉過頭去，厲聲道：「我不想再談這件事。」

吉爾布瑞特以悲傷的口吻說：「你會後悔的。」

拜倫沒再答腔。吉爾布瑞特爲什麼要管這件事？他已經想過好多次，想過自己也許會後悔。這樣做其實不容易，可是他又能怎麼辦？根本就沒有安全的退路。

他張大嘴巴大口呼吸，想藉此消除胸口的窒息感。

完成下個躍遷後，艙外的景觀變得很不一樣。在躍遷之前，拜倫根據獨裁者的駕駛員傳來的指示，已將操縱系統設定妥當，並將手動操作交由吉爾布瑞特負責，準備趁這個機會睡上一覺。此時，吉爾布瑞特卻猛搖他的肩膀。

「拜倫！拜倫！」

拜倫在臥鋪上打了個滾，一直滾到地板上，他趴在那裡，雙手緊握著拳。「怎麼回事？」

吉爾布瑞特趕緊後退一步。「喂，別緊張，這次我們發現了一個F2。」

拜倫漸漸領會這句話的意思，他深深吸了一口氣，整個人頓時鬆懈下來。「再也別那樣叫醒我，吉爾布瑞特。一個F2，你是這麼說的嗎？我想你指的是現在那顆恆星。」

「當然是。它看來最有趣不過，我這麼想。」

就某個角度而言，的確可以這麼說。銀河中大約百分之九十五的可住人行星，環繞的恆星都屬於F或G光譜型；直徑在七十五到一百五十萬哩之間；表面溫度從攝氏五千到攝氏一萬度。地球之陽屬於G0型，洛第亞之陽屬於F8型，林根之陽則屬於G2型，而天霧之陽也一樣。F2型稍微熱了點，但也不能算太熱。

他們先前造訪過的三顆恆星，全都屬於K光譜型，它們體積太小，顏色也太紅。即使周圍有任何行星，也很可能不適宜人類居住。

好恆星就是好恆星！在第一天的攝影觀測中，便找到了五顆行星，其中位於最內圍的一顆，與主星的距離爲一億五千萬哩。

泰多．瑞尼特親自帶來這個消息。他跟獨裁者一樣，常常到無情號上來，他的熱誠爲這艘艦艇帶來不少溫暖。現在，他正在大口喘著氣，因爲他是藉著金屬太空索，雙手輪流一路拉扯過來的。

「我不曉得獨裁者怎麼做的，他似乎從不當一回事。我猜，大概因爲他比我年輕。」他突然又說了一句：「五顆行星！」

吉爾布瑞特說：「在這顆恆星周圍？你確定嗎？」

「絕對確定，只不過，其中四顆都屬於木型。」

「另外那顆呢？」

「另外那顆也許還好，至少大氣層含有氧氣。」

吉爾布瑞特發出輕微的歡呼，但拜倫卻說：「四顆都是木型，喔，沒關係，我們只需要一顆。」

他了解這是個合理的比例。銀河中體積龐大的行星，大多擁有含氫化物的大氣層，畢竟，恆星的成分大部分是氫，而它也是組成行星的基本材料。木型行星的大氣層具有甲烷或氨氣，有時還有氫分子，以及爲數不少的氦氣。這類大氣層通常都很厚，而且極爲濃稠。木型行星的直徑幾乎一律大於三萬哩，平均溫度鮮有高於攝氏零下五十度，實在極不適合人類居住。

在地球的時候，他曾聽過一種說法，這些行星所以稱爲木型，是因爲「木」代表太陽系的木星，它是這類行星的典型。也許他們說得沒錯，畢竟，行星類別中還有一種地型，而「地」當然是代表地球。地型行星通常比較小，由於產生的重力微弱，因此無法留住氫氣或含氫的氣體，更重要的原因則是它們通常較接近恆星，因而溫度比較高。這類行星的大氣稀薄，如果上面有生命存在，通常都含有氧氣與氮氣，偶爾還混合著氯氣，但那樣可就不妙了。

「有沒有氯氣？」拜倫問道：「他們的大氣分析做到什麼程度？」

瑞尼特聳了聳肩。「如今在太空中，我們只能判別高層的大氣。如果有任何氯氣，一定集中在地表附近，我們很快就會知道。」

他伸出手來，拍向拜倫寬大的肩膀。「邀我到你的房間小酌一番如何，孩子？」

吉爾布瑞特不安地看著他們的背影。獨裁者正在追求艾妲密西婭，他的左右手又成了拜倫的酒友，無情號變得越來越像一艘林根艦艇。拜倫是否知道自己在做什麼，他心中嘀咕著，然後他又想到那顆新發現的行星，便將其他煩惱拋到腦後。

穿越大氣層的時候，艾妲密西婭也來到駕駛艙中。她臉上掛著淺淺的微笑，似乎相當心滿意足，拜倫不時會朝她的方向望去。她剛進來時（她幾乎不再來駕駛艙，因此他有點不知所措），他曾經說：「你好，艾妲密西婭。」她卻沒有任何回應。

當時，她只是以很高興的口氣，叫了一聲「吉爾伯父」，然後又說：「我們眞的在降落嗎？」

吉爾布瑞特猛搓雙手。「看來沒錯，親愛的姪女。幾小時後，我們大概就能離開這艘艦艇，在堅實的地面上行走。想想可眞有趣，對嗎？」

「我希望它就是我們要找的行星，假如不是，就不會那麼有趣了。」

「另外還有一顆恆星啊。」吉爾布瑞特雖然這樣說，額頭卻在同時皺了起來。

艾妲密西婭這才轉向拜倫，以冷淡的口氣說：「你剛才在說話嗎，法瑞爾先生？」

拜倫再度不知所措，著實吃了一驚。他答道：「沒有，其實沒說什麼。」

「那麼請你原諒，我以爲你說了什麼。」

她經過拜倫身邊的時候，由於兩人太過接近，她的塑質裙邊刷過他的膝蓋，她的香水也飄散在他四周圍，拜倫只好使勁咬緊牙關。

瑞尼特仍跟他們在一起，裝上拖厢的好處之一，就是能留客人過夜。他說：「他們現在獲得了大氣的詳盡資料。其中有大量的氧氣，大約百分之三十，此外還有氮氣和惰性氣體，成分相當正常，沒有氯氣。」他頓了一下，又發出「嗯」的一聲。

吉爾布瑞特說：「怎麼回事？」

「沒有二氧化碳，就沒有那麼好了。」

「爲什麼？」艾妲密西婭追問。她在顯像板旁占了一個有利的位置，能看到畫面上以時速二千哩掠過的行星地表。

拜倫隨口答道：「沒有二氧化碳，就沒有植物。」

「哦？」她望著他，露出親切的微笑。

拜倫也回以一笑，雖然這有違他的本意。不料，她的表情起了幾乎看不出的變化，她的笑容則穿過他，繞到他的身後，顯然她未意識到他的存在。這樣一來，變成他一個人在傻笑，他趕緊將笑容斂去。

他能避開她也好，跟她在一起，他當然無法堅持下去。當他看得見她的時候，他的意志麻醉劑立即失效，痛苦又開始了。

吉爾布瑞特顯得鬱鬱寡歡。此時他們正在地表上空滑翔，由於低層大氣密度濃厚，無情號後面又加上一節拖厢，完全不符合空氣動力學原理，因此變得很難控制，拜倫正在頑強地跟狂野的操縱系統奮戰。

他說：「打起精神來，吉爾！」

他自己並未感到興高采烈，直到目前爲止，電波訊號沒有帶來任何回應。假如這裡不是叛軍世界，繼續等下去就毫無意義。他的行動方針已定好了！

吉爾布瑞特說：「它看來不像是叛軍世界，它是滿布岩石的死星，上面也沒多少水分。」他轉過頭去，「他們有沒有再測定二氧化碳，瑞尼特？」

瑞尼特拉長了紅潤的臉龐。「有的。只有一點點，大約十萬分之一左右。」

拜倫說：「你不能驟下斷語。他們也許故意挑選這樣一個世界，只因爲它看來那麼不可能。」

「可是我當年見到過農場。」

「好吧。我們才繞了幾圈而已，這麼大的一顆行星，你認爲我們能看到多少東西？你心裡他媽的很明白，吉爾，不論他們是什麼人，爲數絕不會太多，不可能布滿整顆行星。他們選擇的或許是某處山谷，那裡蓄積了足夠的二氧化碳，比如說是由於火山的作用，而且附近又有充足的水源。我們可能在距離他們二十哩處呼嘯而過，卻根本沒注意到。他們在未曾調查清楚前，自然不會輕易回答我們的無線電呼叫。」

「想要蓄積夠濃的二氧化碳，不是那麼容易的事。」吉爾布瑞特喃喃道，卻仍專心望著顯像板。

拜倫突然希望這個世界並非眞正的目的地，他認定自己無法再等下去。那件事必須解決，就是現在！

這是一種奇怪的感覺。

人工照明已經關掉，陽光從舷窗毫無阻礙地射進來。其實，這是比較缺乏效率的照明方式，卻能帶來一種受歡迎的新奇感受。事實上，現在舷窗全部開啓，已經可以呼吸到此地的大氣。

瑞尼特曾建議別這樣做，理由是空氣中缺乏二氧化碳，人的呼吸循環會被攪亂，不過拜倫認爲短時間不至有害。

吉爾布瑞特碰見他們兩人的時候，他們正在交頭接耳。看到他來了，兩人趕緊抬起頭，並連忙拉開距離。

吉爾布瑞特哈哈大笑。然後他從開啓的舷窗向外望去，又嘆了一口氣，說道：「盡是岩石！」

拜倫以溫和的口氣說：「我們準備在高地頂端架設一個電波發射機，這樣可以增加通訊的有效距離。至少，我們應該能和整個半球取得聯繫。要是沒有任何結果，我們還能再試另一側。」

「你和瑞尼特討論的就是這件事？」

「正是。獨裁者和我將負責這項工作，那是他的建議，運氣實在不錯，否則我自己也得提出同樣的建議。」他一面說話，一面迅速望了瑞尼特一眼，瑞尼特則毫無表情。

拜倫站了起來。「我想，我最好把太空衣內層解下來穿在身上。」

瑞尼特表示同意。這顆行星陽光普照，空氣中只有一點水蒸汽，天空沒有一絲雲彩，但外面卻相當寒冷。

獨裁者來到了無情號的主氣閘。他的外套由極薄的人工泡綿製成，重量只有一盎司的幾分之一，但絕熱效果近乎完美。他胸前綁著一小罐二氧化碳，滲逸的速率調得很小，用以在他左近維持相當程度的二氧化碳氣壓。

他說：「你想不想搜我的身，法瑞爾？」他舉起雙手等待，瘦削的臉龐帶著沉穩與戲謔的表情。

「不用了，」拜倫說：「你要不要檢查我是否攜帶武器？」

「我連想都沒想過。」

兩人的禮貌與周圍的氣溫一樣冰冷。

拜倫走到強烈的陽光下，與獨裁者一左一右提著一隻手提箱，箱子裡面裝的就是無線電設備。

「不太重。」說完拜倫回過頭來，看到艾妲密西婭正默默站在艦艇入口。

她穿著一件白色衣裳，上面沒有任何花紋圖樣，此時正像一面素色旗幟般隨風飄揚。半透明的袖子緊貼她手臂上，使那雙手臂變成銀白色。

一時之間，拜倫險些要軟化了。他很想立刻折返，跑回去，跳進艦艇裡面，緊緊抓住她，在她的肩頭留下自己的指痕，讓自己的唇接觸到她的……

但他沒有那樣做，只是隨便點了點頭。她回報了一個笑容，還輕輕揮動著手指，不過對象顯然是獨裁者。

五分鐘後，他又回過頭來，在敞開的艙門處，仍能看見一團耀眼的白色。然後，地表的隆起切斷他的視線，除了凹凸赤裸的岩石，地平線上什麼都沒有。

拜倫想到等在前面的一切，不知道自己能否再見到艾妲密西婭──也不知道自己若是一去不返，她究竟會不會在乎。

第十八章 虎口餘生！

艾妲密西婭望著兩個越來越小的身形，他們蹣跚地走在赤裸的花崗岩上，最後沉落地平線之下，消失得無影無蹤。在他們即將消失前，其中一人轉過頭來，她不能確定究竟是誰。就在這一刻，她硬起了心腸。

他們離去的時候，他不曾說一句話，連一個字也沒有。她轉過身來，原先眼前的陽光與岩石，立刻變成艦艇內部侷促的金屬空間。她感到寂寞，寂寞得可怕，有生以來她從未感到如此寂寞。

或許，就是這種感覺使她忍不住打顫。但如果承認這點，而不歸咎於寒冷的氣候，就等於招認自己的軟弱，她絕不肯那麼做。

於是她沒好氣地說：「吉爾伯父！你爲什麼不把舷窗關上？簡直能把人冷死。」溫度表的讀數是攝氏七度，雖然艦艇的暖氣已開到最大。

「親愛的艾妲，」吉爾布瑞特和氣地說：「你要是一直堅持這種可笑的穿著習慣，除了幾塊薄紗什麼也不穿，你就得有心理準備，到哪兒都會冷得要死。」他雖然這麼說，但還是按下幾個開關，隨著細微的「卡答」聲，氣閘便滑到密封的位置，舷窗也一一嵌入原位，使艦身重新成爲光滑閃耀、毫無瑕疵的整體。與此同時，厚實的玻璃開始產生偏光作用，隔絕了外界的陽光，艦內照明隨之開啓，所有的陰影立即消失。

艾妲密西婭坐進鋪有厚重襯墊的駕駛座，信手撫摸著左右的扶手。他雙手常常擺在那裡，當她想到這點時，湧向體內的微溫（她對自己說）只不過是暖氣的作用，因爲現在強風已被阻擋在外。

漫長的幾分鐘過去了，她開始感到坐立不安。她也許應該跟他去！這個叛逆的想法襲上心頭後，她立時做了必要的修正，將單數的「他」改成複數的「他們」。

她說：「他們爲何非架設電波發射機不可，吉爾伯父？」

他正以純熟的指法操縱著顯像板，聽到她的叫喚，他抬起頭來說：「啊？」

「我們在太空中一直試圖跟他們聯絡，」她說：「卻沒有接觸到任何人。行星表面的發射機又會有什麼特別功能？」

吉爾布瑞特顯得很苦惱。「當然啦，我們必須繼續嘗試，親愛的姪女，我們必須找到叛軍世界。」然後，他從齒縫間自言自語道：「我們必須！」

過了一會兒，他又說：「我找不到他們。」

「找不到誰？」

「拜倫和獨裁者。山脊切斷了我的視線，我怎麼調整外視鏡都沒用。看到沒？」

除了陽光下一閃而過的岩石，她什麼都沒看見。

然後吉爾布瑞特將轉動裝置固定下來，又說：「至少，那是獨裁者的船艦。」

艾妲密西婭很快瞥了一眼，它停在山谷更深處，大概一哩外的地方。在陽光照耀下，它發出眩目的光芒。此時此刻，她似乎感到那才是眞正的敵人，是它，而不是太暴人。她突然有一種明確而非常強烈的希望，希望他們從未到過林根，而是一直留在太空中，只有他們三個人。那些日子十分滑稽，那麼不舒適，卻又那麼親切溫暖。如今她卻不得不設法傷害他，有一股力量驅使她這麼做，雖然她其實想……

吉爾布瑞特說：「他要做什麼啊？」

艾妲密西婭淚眼模糊地望著他，因此必須猛眨眼睛，才能將焦距對準。「誰？」

「瑞尼特。我想那是瑞尼特，但他顯然不是朝這裡走來。」

艾妲密西婭湊近顯像板。「把它放大點。」她以命令的口氣說。

「在這麼短的距離？」吉爾布瑞特表示反對，「你會什麼也看不到，那樣不可能將目標保持在正中央。」

「放大一點，吉爾伯父。」

他一面喃喃抱怨，一面插進望遠鏡附件，岩石立刻變成鼓脹的團塊，他便在這些變形的岩石中開始尋找。他以最輕快的方式觸動控制鍵，眼睛根本跟不上岩石跳換的速率。有那麼一瞬間，瑞尼特龐大模糊的身影一閃而逝，而也就在這一瞬間，他的身分變得毫無疑問。吉爾布瑞特狂亂地將鏡頭拉回來，重新捕捉到他，並將畫面固定住一會兒。艾妲密西婭說：「他帶了武器，你看到沒有？」

「沒有。」

「他帶了一柄遠距離長銃，絕對沒錯！」

她站起來，向貯物櫃飛奔而去。

「艾妲！你在做什麼？」

她正在解開另一套太空衣的內層。「我要到那裡去，瑞尼特在跟蹤他們，你難道不了解嗎？獨裁者不是要去架設無線電，那是個陷害拜倫的陷阱。」她一面喘氣，一面奮力鑽進粗厚的太空衣內層。

「停止！這都是你的幻想。」

她雖然瞪著吉爾布瑞特，可是視而不見，她的臉色蒼白，五官皺成一團。她早就該看出瑞尼特討好那個呆子的方式。那個癡心的呆子！瑞尼特極力讚揚他父親，告訴他維迪莫斯牧主有多麼偉大，拜倫便立刻軟化。他的每一項行動都受到父親的思想指揮，一個人怎能讓偏執這樣控制自己？她說：「我不知道氣閘控制鈕是哪個，把它打開。」

「艾妲，不准離開這艘艦艇，你不知道他們在哪裡。」

「我會找到他們的，把氣閘打開。」

吉爾布瑞特卻一直搖頭。

然而，被她剝開的太空衣上掛著一個皮套。她說：「吉爾伯父，我會用它來對付你，我發誓我會。」

吉爾布瑞特發現神經鞭醜惡的發射口正對準自己，他勉力擠出一個笑容。「別亂來！」

「打開氣閘！」她喘著氣說。

他只好遵命，她便立刻走出去，開始在風中奔跑，一溜煙似地奔過許多岩石，一路跑到山脊上。她跑得血氣上湧，耳朵都能聽到脈搏的怦怦聲。過去這些天，她做得跟他一樣過分，在他的面前與獨裁者出雙入對，這樣做沒有什麼目的，只不過爲了滿足她的虛榮心，現在想來多傻啊。在她心目中，獨裁者的人格突然清晰無比，這個人心機那麼深，那麼刻薄寡情，顯得毫無血性、毫無品味，令她厭惡得全身發抖。

她爬到山頂，前面卻什麼也沒有。她木然地繼續前進，仍將神經鞭緊緊抓在胸前。

拜倫與獨裁者途中未曾交談半句話，現在，他們在一處平坦的地方停下來。經過幾千年的風吹日曬，岩石都已出現裂紋。正前方是個古老的斷層，對面的裂口已經崩塌，形成一個一百呎深的絕壁。

拜倫小心翼翼地接近斷層，探頭向下望去。下面是個斜坡，由於年代久遠，再加上少量雨水的侵蝕，因此在他目力所及的範圍內，全都散布著零星的圓石。

「看來，」他說：「像是個毫無指望的世界，鍾狄。」

獨裁者與拜倫不同，他並未對周遭環境顯出任何好奇，也沒走向斷崖旁邊。他說：「這是我們著陸前就找好的地方，就我們的目的而言，它非常理想。」

至少就你的目的而言，它非常理想，拜倫心想。他離開斷崖邊緣，找個地方坐了下來。他聽著二氧化碳罐發出的輕微「嘶嘶」聲，靜靜地等了一下。

然後，他以非常沉靜的語調說：「等會兒你回到你的艦上，要怎麼跟他們說，鍾狄？或是我該猜一猜？」

獨裁者正準備打開他們帶來的那隻手提箱，聽到這句話，他停止了動作，直起身子來說：「你在說些什麼？」

拜倫感到臉部被冷風吹得麻木，便用戴著手套的手揉了揉鼻頭。不過，他卻將裹著身體的泡綿內層解開，強風立刻將它吹得四下飄揚。

他說：「我在說你來這裡的目的。」

「我想趕緊架設好無線電，不想浪費時間討論這種問題，法瑞爾。」

「你不是來架設無線電的，你爲什麼要那樣做？我們在太空中曾試圖和他們聯絡，卻毫無回應，沒有理由指望地面發射機能有更好的結果。並非高層大氣的游離層阻擋了無線電波，因爲我們也試過次乙太電波，結果同樣一無所獲。而且在我們的隊伍中，我們兩個也不是什麼無線電專家。所以說，你來這裡的眞正目的是什麼，鍾狄？」

獨裁者在拜倫對面坐下，信手輕拍著手提箱。「如果你心中有這些疑慮，你爲什麼還要來呢？」

「爲了發現眞相。你的手下瑞尼特當初告訴我，說你正在籌畫這趟行程，並且建議我加入你。我相信你對他所做的指示，是要他告訴我，一旦我加入你的工作，那麼不論你收到任何訊息，我都不會被蒙在鼓裡。這是個很合理的說法，只不過我認爲你根本不會收到任何訊息。但我還是讓自己被說服，因此我跟你來了。」

「爲了發現眞相？」鍾狄取笑道。

「正是如此，我已經能猜到眞相。」

「那麼告訴我，好讓我也發現眞相。」

「你來此地是要殺害我。我單獨跟你在這裡，而我們前面是一座懸崖，掉下去準死無疑。這樣做不會有蓄意動武的痕跡，不會有轟得四分五裂的肢體，或是任何用過武器的聯想。你回到你的船艦時，將帶回一個很完美、很悲傷的故事，大意是說我不愼失足墜崖。你也許還會帶一隊人馬來收我的屍骨，再爲我舉行一個風光的葬禮。這樣做從頭到尾會非常動人，而我也就這樣被你除掉了。」

「你相信是這樣，而你仍舊前來？」

「我既然料到了，你就無法使我措手不及。我們兩人都沒帶武器，我不信你徒手能將我逼下崖去。」一時之間，拜倫的鼻孔不停掀動。他慢慢舉起右臂，一副蓄勢待發的架式。

鍾狄卻哈哈大笑。「既然你現在死不掉了，我們能否開始安裝電波發射機？」

「還不行，我還沒說完，我要你承認你準備殺我。」

「哦？你堅持要我在你自導自演的即興劇中，扮演你爲我寫好的角色？你指望如何迫我就範？準備將我屈打成招嗎？你要了解，法瑞爾，你是個年輕人，所以我從來不願跟你計較，此外也因爲你的名頭和地位對我會有幫助。然而我必須承認，直到目前爲止，你帶來的麻煩比你的幫助還要大。」

「我的確如此，因爲我還活著，雖然你處心積慮要殺我！」

「假如你指的是你在洛第亞遇到的危險，那我已經解釋過了，我不準備再解釋一遍。」

拜倫站了起來。「你的解釋並不正確，其中有個漏洞，從一開始就很明顯。」

「眞的？」

「眞的！站起來聽我說，否則我會把你拽起來。」

獨裁者起身的時候，雙眼瞇成兩道縫。「我勸你別試圖使用暴力，小伙子。」

「聽好，」拜倫提高聲音，他身上的泡綿內層仍敞在風中，他卻毫不理會。「你說你將我送到洛第亞，讓我面對死亡的威脅，只是想把執政者扯入一個反太暴的計畫。」

「那仍是事實。」

「那仍是謊言，你的首要目的是要置我於死地。打從一開始，你就把我的身分通知了洛第亞太空船的船長，你根本沒有理由相信亨瑞克會接見我。」

「假如我眞想殺你，法瑞爾，我會在你的房間放一顆眞的放射線彈。」

「策動太暴人當你的劊子手，顯然是更方便的做法。」

「當我剛登上無情號的時候，也有機會在太空中殺死你。」

「你的確有機會，你帶著一柄手銃，一度曾經瞄準我。你料到我會在艦上，可是你沒告訴你的手下。當瑞尼特和我們通訊，一眼看到我的時候，你就沒有機會轟我了。然後你犯了一個錯誤，你告訴我說，你曾經跟手下講過我可能在艦上。不久，瑞尼特卻說你從未提過這件事。你在說謊後，總是懶得跟手下串通一下嗎，鍾狄？」

鍾狄的臉原本就被凍得蒼白，這時則似乎更無血色。「光憑你指控我說謊，我現在就該殺掉你。可是我問你，瑞尼特在顯像板上看到你之前，又是什麼使我暫時沒扣扳機？」

「政治考量，鍾狄。艾妲密西婭．歐思．亨芮亞德就在旁邊，一時之間，她成了比我更重要的目標。我的確佩服你見風轉舵的本領，倘若在她面前殺死我，便會破壞另一個更大的計畫。」

「這麼說，我對她一見鍾情嘍？」

「鍾情！對方是亨芮亞德家族的一員，有何不可？你沒浪費任何時間。你首先試圖請她改乘你的船艦，計畫失敗後，你又告訴我亨瑞克出賣了我父親。」他沉默了一下，又繼續說：「因此我失去了她，毫無異議地讓你接手。如今，我想她已不必納入考量，她已堅決站在你那邊。你可以著手進行殺害我的計畫，不用擔心因為這樣做，便可能失去繼承亨芮亞德家族的機會。」

鍾狄嘆了一口氣，然後說：「法瑞爾，這裡很冷，而且越來越冷，我相信太陽正在下沉。你是個言語無法形容的笨蛋，你令我感到十分厭倦。在這場無意義的胡鬧結束前，你能否告訴我，我究竟為什麼有興趣殺你？我是說，假如你的明顯妄想也能有什麼理由的話。」

「跟你殺害我父親的理由完全相同。」

「什麼？」

「你以爲當你說亨瑞克是個叛徒時，我曾有一時一刻相信過你嗎？假如他不是一個人盡皆知的可憐懦夫，那他倒還有可能。你以爲我父親笨到那種程度嗎？他有可能將亨瑞克看走眼嗎？即使我父親沒聽說過他的評價，在瞥見他五分鐘後，還看不出他是個全然無望的傀儡嗎？我父親難道那麼傻，會在亨瑞克面前胡亂講話，洩露足以用來指控他背叛的祕密？不，鍾狄，眞正出賣我父親的叛徒，一定是他信得過的人。」

鍾狄後退了一步，將手提箱踢到一旁，然後擺出一個準備抗辯的姿勢。「我聽出了你卑鄙的言外之意，我唯一的解釋，就是你是個精神失常的危險人物。」

拜倫全身顫抖，卻並非由於寒冷。「我父親深受你手下的愛戴，鍾狄，太受愛戴了。在領導統御方面，獨裁者絕不允許有競爭對手。你千方百計使他無法再和你競爭，而你的下一步行動，就是千方百計使我無法再活下去，這樣我就不能取代他，或是爲他復仇。」他的聲音再度提高，吼道：「是不是眞的？」在寒冷的空氣中，這幾個字呼嘯而過。

「不是。」

鍾狄彎下腰來，同時說：「我可以證明你錯了！」他將手提箱猛然拉開，「無線電設備，檢查一下，自己仔細看看。」他將許多零件一一拋到拜倫腳下。

拜倫瞪著那些零件。「這又能證明什麼？」

鍾狄站了起來。「的確不能，不過現在，你仔細看看這個。」

他手中多了一柄手銃，由於抓得太緊，指節都已泛白。他以不再沉著冷靜的聲音說：「我給你煩透了，但是到此爲止。」

拜倫以平板的語調問道：「你將手銃藏在手提箱內？」

「你以爲我不會嗎？你眞指望來到這裡之後，會被我推下懸崖，而且以爲我準備徒手行動，像個裝卸工或煤礦工？我是林根的獨裁者——」他的臉部肌肉開始抽搐，左手做了個橫向砍切的動作。「維迪莫斯兩位牧主的虛僞言行和空虛的理想主義，我已經受夠了。」然後他又悄聲道：「退，向懸崖退去。」他自己則向前走了一步。

拜倫舉起雙手，兩眼緊盯著那柄手銃，一步一步向後退去。「那麼，的確是你殺了我父親。」

「我殺了你父親！」獨裁者說：「我告訴你，好讓你在死前最後幾分鐘，知道那個將你父親送進分解室轟得粉碎的人，現在也要送你去找他——還會把那個亨芮亞德姑娘據爲己有，並得到隨她而來的一切。想一想！我再給你一分鐘想一想！但你的手不准亂動，否則我寧可冒著被部下質疑的危險，也要立刻把你轟掉。」此時此刻，他的冷面具彷彿已經碎裂，只剩下熾烈的怒火暴露在外。

「在此之前你就試圖殺我，正如我所說的。」

「的確如此，你的猜測每一方面都很正確。現在你滿意了嗎？退後！」

「不，」拜倫放下雙手，說道：「如果你準備發射，那就動手吧。」

獨裁者說：「你以爲我不敢？」

「我說請你發射。」

「我會的。」獨裁者故意瞄準拜倫的頭部，在僅僅四呎的近距離，他扣下了手銃的扳機。

第十九章 虎口！

泰多．瑞尼特小心翼翼地繞過一塊小台地。目前他尚未準備現身，但在這個由光禿禿的岩石構成的世界上，想保持隱蔽是很困難的事。而這一片零星散布的晶狀圓石，則能使他產生安全感，於是他奮力向前走去。他偶爾會停下來，用戴著鬆軟手套的手背擦拭臉部，乾冷的空氣簡直像是騙人的。現在，從兩塊形成鋸齒狀的大花崗岩之間，他終於看到他們兩人，遂將長銃架在兩塊岩石的交叉處。太陽曬在他的背上，他感到微弱的熱量逐漸滲入，令他覺得相當滿意。假如他們碰巧向這邊望來，陽光將占滿他們的視野，自己則很不容易被看見。

他們的聲音聽來十分清晰。無線電通訊設備正在運作，他得意地微微一笑。直到目前爲止，一切都按計畫進行。當然，他的出現並不在計畫內，但這樣或許更好。這個計畫實在太過自負，他們的獵物畢竟不是眞正的傻瓜，他的武器也許能派上決定性的用場。

他默默等待。當獨裁者舉起手銃，而拜倫毫不畏懼地站在原處時，他仍木然地凝視著。

艾妲密西婭並未看到獨裁者舉起武器，也沒有看到平坦岩石表面上的兩個人形。五分鐘前，她曾瞥見瑞尼特的輪廓鑲在天空的背景中，從那時候開始，她就一直跟在他後面。

可是對她而言，他的運動速度實在太快。眼前的事物變得模糊而搖曳不定，她還兩度發現自己癱在地上，卻記不得是如何跌倒的。第二次，她跌跌撞撞地站起來的時候，一隻手腕已被尖銳的岩石刮傷，鮮血正從傷口淌出來。

她終於又看到瑞尼特，只好踏著蹣跚的步履追逐他。當他消失在閃爍的圓石林時，她絕望得哭了起來。她倚著一塊岩石，感到全身筋疲力盡，完全沒注意到岩石的肉紅色美麗色澤、如玻璃般光滑的表面，以及它是太古火山時期的古老遺跡這項事實。

她唯一能做的，就是跟蔓延全身的窒息感奮戰。

然後，她再度發現他的蹤跡，此時他正背對著她。置身兩塊交叉的巨岩之間，使他看來像個侏儒。當她腳高腳低地奔過堅硬的地面時，仍將神經鞭抓在胸前。他正端著長銃，專心一意地瞄準目標，看來已經準備就緒。

她絕對來不及了。

她必須分散他的注意力，於是叫道：「瑞尼特！」然後再叫了一聲：「瑞尼特，別發射！」

她一不小心又摔倒了，太陽立刻從她的視線消失。不過她的意識還暫時保持清醒，足以讓她聽見撞向地面引起的巨響，足以讓她還能按下神經鞭的按鈕，也足以讓她知道自己遠在射程外，即使瞄準也無法擊中目標，何況那是根本不可能的事。

不久，她感覺有雙手臂抱住自己，並將她抱了起來。她想看看是什麼人，但就是無法打開眼瞼。

「拜倫？」她發出微弱的聲音。

對方回答的語句相當模糊，但她聽得出那是瑞尼特的聲音。她試圖再說些什麼，突然間卻決定放棄。她失敗了！

所有的一切全部消失。

獨裁者維持一動不動的姿勢，時間大約可以從一慢慢數到十。拜倫同樣一動不動地面對著他，瞪著那柄剛剛向自己直射的手銃。在他的注視下，平舉的手銃漸漸垂下來。

拜倫說：「你的手銃似乎沒上膛，檢查一下。」

獨裁者毫無血色的臉孔輪流望著拜倫與那柄武器。剛才，他在四呎近的距離向拜倫射擊，照理說，現在一切應該結束了。他突然掙脫封固自己的驚恐，開始以迅速的動作分解手銃。能量囊不翼而飛。本來應該放置能量囊的地方，現在只剩一個空洞。獨裁者用力將這塊沒用的廢鐵拋到一旁，同時發出充滿怒意的嗚咽。手銃不停向外滾去，在陽光下變成個小黑點，最後在一塊岩石上撞得粉碎，並激起一陣微弱的聲響。

「一對一單挑！」拜倫說，顫抖的聲音聽來已迫不及待。

獨裁者向後退了一步，什麼也沒說。

拜倫慢慢向前走出一步。「我有很多方式可以殺你，但有些不能讓我洩恨。如果我將你轟掉，那代表在百萬分之一秒內，就會令你從活人變成死人，你將無法意識到死亡的來臨，那樣很沒有意思。不過讓我洩恨的方式也不少，比如說赤手空拳慢慢打死你。」

他雙腿蓄勢待發，但在尚未衝出之際，動作便被一聲纖弱而尖銳的叫聲打斷，那叫聲中還充滿驚恐。

「瑞尼特！」叫聲傳了過來，「瑞尼特，別發射！」

拜倫及時轉過頭來，看到百碼外的岩石後面出現的動作，以及太陽照在金屬上的反光。然後，突然有人撲到他背上，突如其來的重量立刻將他壓倒，令他雙膝著地。

獨裁者落地時拿捏得恰到好處，他的膝蓋緊緊扣住拜倫腰部，拳頭則猛力擊向他的後頸。拜倫痛得拚命吐氣，發出口哨般的呻吟。

拜倫感到眼前發黑，但他奮力振作，未曾昏死過去，終於掙脫了對方的壓制。獨裁者跳開來，拜倫還癱在地上的時候，他已站穩了身形。

當獨裁者再度衝來時，拜倫剛好來得及彎曲雙腿，及時將對方踢出老遠。這一次，他們同時站了起來，兩人臉頰上的汗水都已變得冰涼。

他們慢慢繞著圈子。拜倫將他的二氧化碳氣罐丟到一旁，獨裁者也解下他的氣罐，但他抓著包覆著金屬網的氣管，然後猛然踏前一步，同時將氣罐甩了出去。拜倫連忙臥倒，聽見並感到氣罐從頭頂呼嘯而過。

拜倫很快站了起來，在獨裁者尚未站穩前，就趕緊向他撲過去。他一隻巨掌抓向對方的手腕，另一隻手握拳擊向對方臉部。獨裁者應聲倒地，拜倫則向後退了幾步。

拜倫說：「站起來，我會讓你再嘗嘗厲害，沒什麼好急的。」

獨裁者用戴著手套的手摸摸自己的臉，然後瞪著沾在手套上的血跡，露出陰沉無比的神情。他的嘴角扭曲著，一隻手伸向被拋在地上的氣罐。拜倫立刻重重踏在那隻手上，獨裁者馬上痛得大吼大叫。

拜倫說：「你距離懸崖邊太近了，鍾狄。不可再朝那個方向移動，站起來，讓我把你丟到另一邊去。」

此時卻響起瑞尼特的聲音：「慢著！」

獨裁者隨即尖聲叫道：「射擊這個人，瑞尼特！立刻開火！先射他的雙臂，再射他的雙腿，然後我們就把他留在這裡。」

瑞尼特緩緩舉起武器，架在他的肩頭上。

拜倫說：「是誰將你的專用手銃退膛的，鍾狄？」

「什麼？」獨裁者茫然地瞪著他。

「我可沒辦法接近你的手銃，鍾狄，那麼是誰幹的呢？現在是誰用武器指著你，鍾狄？不是指著我，鍾狄，而是指著你！」

獨裁者轉向瑞尼特，尖叫道：「叛徒！」

瑞尼特低聲說：「我不是叛徒，閣下。出賣了忠誠的維迪莫斯牧主，將他置於死地的人才是叛徒。」

「不是我幹的，」獨裁者吼道：「如果他那麼說，就是他在說謊。」

「是你自己告訴我們的。我不但掏空你的武器，還接通你的通話器開關，因此我聽到了你今天說的每一個字。每一名艦員都聽到了，我們都已看清你的眞面目。」

「我是你們的獨裁者。」

「也是世上最大的叛徒。」

一時之間，獨裁者什麼話也說不出來，只是狂亂地輪流瞪著面前兩個人，他們則以陰沉、憤怒的目光回瞪著他。然後，他掙扎著爬起來，將已碎裂的自制力重新拼好，藉著勇氣再度振作起來。

他再開口的時候，聲音幾乎恢復了原有的冷靜。他說：「如果這都是眞的，那又有什麼關係？除了接受既成的事實，你們毫無選擇的餘地。還有最後一顆星雲內恆星有待造訪，叛軍世界一定就在那裡，而只有我才知道它的座標。」

他竟能保持一貫的威嚴。由於腕部骨折，他一隻手鬆軟無力地垂下；他的上唇腫成可笑的模樣，還有好些血跡凝固在臉頰上。然而，他仍散發出天生統治者的傲慢氣息。

「你會告訴我們的。」拜倫說。

「別欺騙自己了，無論在任何情況下，我都不會講出來。我已經告訴過你，平均每顆恆星占了七十立方光年的範圍，若是沒有我，僅僅使用嘗試錯誤的方式，想來到任何恆星附近十億哩的範圍，只有二十五萬兆分之一的機率。任何恆星！」

拜倫心中突然冒出一絲靈感。

他說：「帶他回無情號去！」

瑞尼特低聲說：「艾妲密西婭郡主……」

拜倫打岔道：「那麼眞是她，她在哪裡？」

「別擔心，她很安全。她沒帶二氧化碳罐就跑出來，隨著她血液中的二氧化碳逐漸流失，自動呼吸機制自然開始減緩。她試圖奔跑，卻不會自動自發做深呼吸，最後就昏倒了。」

拜倫皺起眉頭。「可是，她究竟爲什麼想阻止你？確保她的男友不會受到傷害？」

瑞尼特答道：「是的，的確如此！只不過她以爲我是獨裁者的人，是準備射殺你的。我現在就帶這個鼠輩回去，拜倫——」

「什麼？」

「你也要盡快回來。他仍是獨裁者，艦員也許需要開導。要掙脫有生以來便養成的服從性，是一件很困難的事……她就在那塊岩石後面，趕快去找她，免得她凍死了，好嗎？她不會離去的。」

她頭上蓋著一塊頭巾，幾乎將臉部完全遮掩。在厚實的太空衣內層包裹下，完全看不出她身軀的曲線。當他接近她的時候，他立刻加快了腳步。

他說：「你好嗎？」

她答道：「好些了，謝謝你。如果我惹了麻煩，那我很抱歉。」

他們站在那裡凝望著對方，但在交談兩句後，似乎就再也找不到話題。

然後，拜倫又說：「我知道我們無法讓時光倒流，取消我們曾做過的事，收回我們曾說過的話。可是，我實在希望你能了解。」

「爲什麼一直強調了解？」她的眼睛拚命眨動，「這幾週以來，除了了解，我什麼事也沒做。你要再對我說一遍我父親的事嗎？」

「不，我知道令尊是無辜的，我幾乎從一開始就懷疑那個獨裁者，但我必須找到確實的證據。我唯一能做的，艾妲，就是強迫他自己招認。我當初想到，只要能引誘他試圖殺害我，我就可以令他招出眞相，而要這樣做，卻只有一個辦法。」

他感到羞恥，又繼續說：「這樣做很卑鄙，幾乎和他對付家父的手段同樣卑鄙，我並不指望你原諒我。」

她說：「我不懂你在說什麼。」

他又說：「我知道他想要得到你，艾妲。就政治層面而言，你是個理想的結婚對象。對於他的目的，亨芮亞德的名頭會比維迪莫斯更管用。因此他一旦擁有你，就再也不會需要我。我故意把你推給他，艾妲，我故意表現得那樣，希望你會投向他的懷抱。當你這樣做後，他便認爲除掉我的時機成熟了，而瑞尼特和我便設下了我們的陷阱。」

「而你自始至終一直愛著我？」

拜倫說：「你難道不能相信這點嗎，艾妲？」

「當然，爲了你父親在天之靈，以及你們家族的榮譽，你已準備犧牲你的愛。那首古老的打油詩是怎麼說的？你無法好好愛我，親愛的，只因你愛榮譽更多！」

拜倫以可憐的語調說：「拜託，艾妲！我不是高傲自大，實在是想不出其他辦法。」

「你應該告訴我你的計畫，讓我成爲你的盟友，而不是把我當成工具。」

「這不是你的戰爭。假使我失敗了——眞有這個可能——這件事將跟你毫無牽連。萬一獨裁者殺死我，由於你早已不在我這邊，也就不會受到我的連累。你甚至可能會嫁給他，甚至會過著快樂的日子。」

「既然你贏了，我也許會因爲他的失敗而傷心。」

「可是你沒有。」

「你又怎麼知道？」

拜倫抱著最後一線希望說：「至少試著看清我的動機。就算我是個傻子——罪該萬死的傻子，你難道不能了解嗎？你不能試著不恨我嗎？」

她輕聲道：「我曾試圖不再愛你，但你也看得出來，結果我失敗了。」

「這麼說你原諒了我？」

「爲什麼？因爲我了解了？不！如果只是了解那麼簡單的事，如果只是領悟你的動機而已，我這輩子絕不會原諒你的行爲。假如只是那樣，而沒有別的原因！可是我會原諒你，拜倫，因爲我不得不這樣做。我要是不原諒你，怎能讓你回到我的身邊？」

她投入他的懷抱，她凍得冰冷的唇向他吻去。他們被兩層厚實的外套隔開，他的雙手又戴著手套，無法感受到緊抱著的軀體，但是至少，他的嘴唇能感受到她蒼白而光潤的臉頰。

最後，他以關切的語氣說：「太陽快下山了，溫度會越來越低。」

她卻輕聲道：「這可眞奇怪，我似乎感到越來越溫暖。」

於是兩人一同走回艦艇的位置。

現在拜倫面對著他們，外表顯得信心十足，心中卻沒有什麼自信。林根的戰艦相當大，上面總共有五十名艦員。這時他們都坐在他面前，五十張臉孔！這些人自出生以來，就一直被訓練得無條件服從獨裁者。

在他們之中，某些已被瑞尼特說服；另外有一部分，在截聽到獨裁者對拜倫的一番話後，也已經能明辨是非。可是，還有多少人仍抱持著遲疑的態度，甚至全然懷有敵意？

直到目前爲止，拜倫的演說未有太大作用。此時，他身子向前傾，口氣變得像是跟自家人說話。

「你們究竟爲何而戰，戰士們？你們甘冒生命危險，到底爲了什麼？我想，是爲了一個自由的銀河。

在這樣的銀河中，每個世界都能自由選擇最佳的道路，爲自己創造最大的福祉，不做任何人的奴隸，也不做任何人的主子。我說得對不對？」

一陣低語聲陸續響起，雖然可以解釋爲同意，可是顯然缺乏熱誠。

拜倫繼續說：「而獨裁者又爲何而戰？爲了他自己。他現在是林根的獨裁者，假如他打贏了，就會成爲星雲眾王國的獨裁者，大汗的地位將被獨裁者取而代之。那樣做有什麼好處？因而戰死值得嗎？」

其中一名艦員高聲喊道：「他至少是我們的同胞，而不是猥瑣的太暴人。」

另一人則叫道：「獨裁者尋找叛軍世界，是要助他們一臂之力，那也算是野心嗎？」

「野心應該是更厲害的行動，啊？」拜倫以諷刺的口氣吼了回去。「可是當他加入叛軍世界時，會有一個組織做他的後盾。他可以貢獻出整個林根，根據他的打算，他還能貢獻出與亨芮亞德家族結盟的威望。他非常肯定，叛軍世界最終將成爲他的，會任由他爲所欲爲。是的，這就是野心。

「當他的計畫和行動安全起衝突時，爲了遂行他的野心，他是否毫不猶豫就拿你們的性命冒險？家父當初對他構成威脅——家父是個誠實而熱愛自由的人，可是由於他太受愛戴，因此被出賣了。在出賣家父的同時，獨裁者有可能葬送整個大計，讓你們每個人一同陪葬。只要符合他的利益，他隨時會跟太暴人打交道，在這種人的手下效命，你們有誰能確保自身的安全？有誰能安然侍奉一個懦弱的叛徒？」

「好多了，」瑞尼特悄聲道：「抓住這點不放，好好教訓他們一頓。」

後排又響起同一個聲音，說道：「獨裁者知道叛軍世界在哪裡，你知道嗎？」

「這點我們等下再討論。此時此刻，讓我們先來考慮其他問題。在獨裁者的領導下，我們全被引向毀滅之途；但我們還有時間自救，那就是唾棄他的領導，改循另一個更好、更高貴的途徑；我們還有機會反敗爲勝，重新——」

「——只會敗不會勝，親愛的年輕人。」一個輕柔的聲音打斷了拜倫，他立刻滿懷恐懼地轉過頭去。

五十名艦員吵吵嚷嚷地站起來，一時之間，他們似乎準備向前衝，可是在前來開會前，瑞尼特嚴令大家一律繳械。現在，一小隊太暴衛兵從數道艙門魚貫而入，每一名都手持武器。

賽莫克．阿拉特普自己雙手各握著一柄手銃，站在拜倫與瑞尼特身後。

第二十章 在哪裡？

賽莫克．阿拉特普仔細衡量著面前四個人的個性，感到某種興奮之情油然而生。這將是一次很大的賭博，模式眼看就要拼湊成功。安多斯少校已不在他身旁，其他太暴巡弋艦也已經離去，這兩點令他相當欣慰。

如今，只剩下他的旗艦、他的艦員，以及他自己。這就足夠了，他討厭大而無當的陣仗。

他以溫和的口吻說：「讓我向諸位報告一下最新狀況，郡主、各位先生。獨裁者的戰艦正由接收人員駕駛，在安多斯少校護送下駛向太暴星。獨裁者的手下將依法接受審判，他們若被判有罪，就會受到叛亂罪的懲處。他們是平常的陰謀份子，因此將以平常的方式處理。可是我該怎麼發落你們呢？」

洛第亞的執政者亨瑞克坐在旁邊，臉孔罩著厚厚一層愁雲慘霧。他說：「別忘了我女兒是個年輕少女，她捲入這一切並非自願。艾妲密西婭，告訴他們你當初是……」

「令千金，」阿拉特普插嘴道：「也許將被釋放。我相信，她是位居要津的一位太暴貴族結婚的對象。顯然，我會把這件事放在心上。」

艾妲密西婭說：「我會嫁給他，只要你把其他人放了。」

拜倫剛要起身，阿拉特普卻揮手示意他坐下。這位太暴行政官微微一笑，然後說：「郡主，拜託！我可以談條件，我承認。然而，我不是大汗，只不過是他的僕人之一。因此，我談妥的任何條件，都需要母星徹底的認可。所以說，你的提議內容究竟如何？」

「我同意那樁婚事。」

「那不是你的籌碼，令尊早已同意，這就足夠了。你還有任何其他提議嗎？」

阿拉特普耐心地等著他們的反抗意志逐漸消融，雖然並不喜歡自己扮演的角色，他仍做得非常稱職。比如說，此時此刻，那個女孩也許會開始哭泣，對那個年輕男子而言，這將是個正面影響。這兩人顯然是一對情侶，他懷疑在這種情況下，老波漢還會不會要她，最後斷定他可能還是會。雖然如此，那老傢伙仍將占盡便宜。一時之間，他突然隱約想到，這女孩的確非常迷人。

而她依舊維持著心理平衡，並沒有崩潰。很好，阿拉特普想。她的意志力也很堅強，波漢畢竟占不了什麼便宜。

他對亨瑞克說：「你想不想順便幫你堂兄求情？」

亨瑞克的嘴唇無聲地蠕動著。

吉爾布瑞特大喊：「誰都不要為我求情，我不要任何太暴人施捨我任何東西。來啊，下令射殺我吧。」

「你歇斯底里，」阿拉特普說：「你知道在審判前，我不能下令射殺你。」

「他是我的堂兄啊。」亨瑞克悄聲道。

「這點也會納入考量。你們這些貴族，總有一天，你們得明白不可高估自己對我們的重要性。我懷疑，你堂兄至今尚未學到這個教訓。」

他對吉爾布瑞特的反應很滿意，那個老傢伙，至少他是真心求死，生命中的挫折他實在夠受了。

那麼，只要讓他活下去，就能使他精神崩潰。

然後，他在瑞尼特面前若有所思地站定。這位是獨裁者的手下之一，想到這裡他就感到有點臉紅。在這趟追獵剛開始時，他完全將獨裁者這個因素摒除在外，他有近乎鐵一般的事實根據。沒關係，偶爾失算未嘗不是一件好事，這樣剛好能平衡過度的自信，不使自己變得傲慢自大。

他說：「你是個傻瓜，竟然侍奉一個叛徒，你跟著我們其實會更好。」

瑞尼特的臉漲得通紅。

阿拉特普繼續說：「假如你曾經有任何勳榮，只怕如今也要毀了。你不是一名貴族，政治的考量不會在你身上發揮作用。你將接受公開審判，讓大家知道你是一個工具的工具，這實在太糟了。」

瑞尼特說：「然而，你準備提出一項交換條件，是嗎？」

「交換條件？」

「比如說，做大汗的線人？你只逮到一艘戰艦，難道你不想知道其他的革命機關？」

阿拉特普輕輕搖了搖頭。「不，我們已經有獨裁者，他可以成爲情報來源。即使沒有任何情報，我們需要做的也只是對林根開戰。然後，我確信，革命活動就會所剩無幾，這種事沒什麼條件好談。」

說完，他來到這個年輕人面前。阿拉特普故意將他留在最後，因爲他是這些人中最聰明的一位。不過他還年輕，而年輕人通常都不危險，他們普遍缺乏耐心。

拜倫搶先開口，說道：「你是如何跟蹤我們的？是不是他在通風報信？」

「獨裁者？這回沒有。我相信，那可憐的傢伙想要來個吃裡扒外，通常這種事外行人是不會成功的。」

亨瑞克突然插嘴，幼稚的熱心顯得很不搭調。他說：「太暴人有種發明，能經由超空間追蹤船艦。」

阿拉特普猛然轉身。「假如殿下能避免插嘴，我將感激不盡。」亨瑞克立刻噤若寒蟬。

其實根本沒關係，這四個人今後都不會再構成威脅。不過，他無意降低這年輕人心中的疑慮，連一點也不願意。

拜倫說：「喂，聽好，告訴我們實情，否則什麼也別說。你不是因為喜愛我們，才把我們帶來這裡。為何不把我們跟其他人一起送回太暴星？因為你不知道該怎樣殺我們。我們之間，有兩個人屬於亨芮亞德家族，而我是維迪莫斯家族的人，瑞尼特則是林根艦隊著名的軍官。此外，你手中還有一個人，就是你寵愛的那個懦夫兼叛徒，他仍是林根的獨裁者。假使你殺死我們任何一人，臭名都會從太暴星一直傳到星雲各王國。你必須試圖跟我們交換某種條件，因為你根本沒有別的辦法。」

阿拉特普說：「你並非全然錯誤。讓我為你理出一個模式：我們一直在跟蹤你們，姑且別管我們如何做到，我認為，你大可不必理會執政者的誇張幻想。你們在三顆恆星附近暫停，未曾登陸任何行星，然後你們來到第四顆恆星，找到一顆行星登陸。我們立刻跟隨你們降落，一面監視，一面等待。我們認為應該有什麼值得等待的，而我們猜對了。你和獨裁者起了爭執，兩人都毫不保留地互揭瘡疤。那是你為了自己的目的而安排的行動，這點我知道，但它也有助於達到我們的目的，我們始終都在監聽。

「獨裁者曾說，還剩最後一顆星雲內恆星未曾探訪，叛軍世界可能就在那裡。這點很有意思，懂了吧。嗯，叛軍世界。你知道嗎，我的好奇心被挑了起來。這第五顆，也就是最後一顆恆星，究竟會在哪裡呢？」

他讓沉默持續一陣子，自己則坐下來，毫無表情地看著他們，一個接一個看過去。

拜倫說：「根本沒有叛軍世界。」

「那麼，你們沒在尋找什麼？」

「我們沒在尋找什麼。」

「你的話簡直荒謬。」

拜倫聳了聳肩，顯得十分厭倦。「假如你指望得到什麼答案，那你自己才荒謬。」

阿拉特普說：「有鑑於這個叛軍世界一定是叛亂活動的大本營，我讓你們活著的唯一目的，就是爲了要找到它。你們每個人都能從我這裡得到好處：郡主，我應該能幫你取消那樁婚事。侯爺，我們應該能爲你建一間實驗室，讓你不受打擾地專心工作。沒錯，我們對你的了解超出你的想像。」（阿拉特普趕快別過頭去，那老者的面容已開始抽動，他可能會掉淚，那是件令人不快的事。）「瑞尼特上校，你將免於軍法審判的羞辱，以及必然隨之而來的定罪、名譽掃地、淪爲笑柄等等。而你，拜倫．法瑞爾，則能重新成爲維迪莫斯牧主。此外，你若跟我們合作，我們甚至願意爲令尊平反。」

「並且讓他死而復生？」

「並且恢復他的名譽。」

「他的名譽，」拜倫說：「建立在他的英勇行動上，正是那些行動導致他被定罪和處死。憑你這點權力，還沒法對他的名譽做任何增減。」

阿拉特普說：「你們四個人當中，總有一個會告訴我哪裡能找到這個世界。你們其中那個識時務的人，將會得到我許諾的不管是哪一項報酬。其他三人則將被嫁掉、入獄、處決，總之一定是最壞的下場。我警告你們，有必要的時候，我能變得非常殘酷。」

他等了一下，又說：「究竟是哪位？如果你不說，旁邊的人還是會說。你將喪失一切，而我仍能獲得想要的情報。」

拜倫說：「沒有用的。你雖然精心安排這一切，但它對你毫無幫助，因爲根本就沒有叛軍世界。」

「獨裁者說有。」

「那就拿你的問題去問獨裁者。」

阿拉特普皺起眉頭，這個年輕人，唬人唬到超過合理的程度。

他說：「我自己傾向於跟你們其中之一打交道。」

「然而，你以前曾和獨裁者打過交道，那就再來一次吧。你無法向我們推銷任何東西，你推銷的東西我們都沒興趣。」拜倫向兩旁看了看，「對嗎？」

艾妲密西婭悄悄湊近拜倫，一隻手慢慢抓住他的手肘。瑞尼特隨便點了點頭，吉爾布瑞特則像喘不過氣來，喃喃道：「對！」

「既然你們心意已決。」阿拉特普說完，便按下一個按鈕。

獨裁者的右手腕被輕金屬護套固定，護套則藉著磁力黏在他腹際的金屬環帶上。他的左邊臉頰浮腫，由於瘀血而呈藍色，只有一道凹凸不平、由力場縫合的傷疤是鮮紅的。他來到眾人面前後，掙開被武裝衛兵抓著的左手，就一動不動地站在那裡。

「你到底要什麼？」

「我很快就會告訴你。」阿拉特普說：「首先，我要你打量一下諸位觀眾，看看今天有哪些人在場。比如說那位年輕人，你曾設計取他性命，他卻活到現在，還把你打成殘廢，並破壞了你的計畫，雖然你是獨裁者，而他只是一名流亡人士。」

獨裁者的臉孔一塌糊塗，很難看出究竟有沒有漲紅，但臉上的肌肉完全沒有動作。

阿拉特普並未細究他的反應，繼續以沉穩的、幾乎毫不關心的口氣說：「這位是吉爾布瑞特・歐思・亨芮亞德，他救了那年輕人的性命，並帶他去找你。這位是艾妲密西婭郡主，有人告訴我，你曾用最具魅力的方式追求她，不料她背叛了你，因為她愛的仍是那個年輕人。這位是瑞尼特上校，你最信任的一位副官，他最後也背叛了你。你對這些人有沒有任何虧欠，獨裁者？」

獨裁者再度問道：「你到底要什麼？」

「情報。只要你告訴我，你便仍是獨裁者。你原先和我們打的交道，將在大汗的法庭上成為對你有利的證據。否則——」

「否則怎樣？」

「否則我將從這些人口中問出來，你懂了吧。他們會因此保住性命，你卻將遭到處決。所以我才會問你，是否對他們有任何虧欠。假如答案是肯定的，你就應該故作頑強，以便給他們一個自救的機會。」

獨裁者的臉孔痛苦地擠出一個笑容。「他們無法犧牲我來拯救自己，他們不知道你要找的那個世界在哪裡，只有我知道。」

「我沒說我要的是什麼情報，獨裁者。」

「你會要的只有一樣東西。」他的聲音嘶啞，令人幾乎無法聽懂。「如果我的決定是招出來，我的獨裁權就毫無改變，你是這麼說的？」

「當然，還會受到更嚴密的保護。」阿拉特普客氣地糾正他。

瑞尼特高聲吼道：「要是相信他，你只會罪上加罪，最後仍將因此遭到殺害。」

一名衛兵向前走來，但拜倫已經料到，他趕緊衝向瑞尼特，奮力將他向後拉。

「別當傻瓜，」他喃喃道：「你什麼都做不到。」

獨裁者說：「我不在乎我的獨裁權或我自己，瑞尼特。」他轉向阿拉特普，「這些人會被殺掉嗎？這一點，你至少一定得答應我。」他那可怕的變色臉孔粗野地扭曲著，「尤其，是那一個。」他的手指猛然指向拜倫。

「如果那是你要求的代價，一言爲定。」

「要是我能當他的行刑者，我不會向你索取其他報酬。如果我的手指能控制處決他的按鈕，那也算是讓我報了仇。假使不行，至少我會把他不想讓你知道的情報告訴你。我現在就告訴你它的ρ、θ、ϕ，單位是秒差距和弳度量——七三五二·四三、一·七八三六、五·二一一二。這三組數字即可決定那個世界在銀河中的位置，現在你已經知道了。」

「我知道了。」阿拉特普一面說，一面趕緊寫下來。

拜倫冷不防地被那林根人掙開，由於重心不穩，他摔得單膝著地。「瑞尼特。」他只好拚命大喊。

此時瑞尼特突然掙脫，高聲喊道：「叛徒！叛徒！」

瑞尼特面露凶光，跟一名衛兵扭打了一陣。其他衛兵很快蜂擁而上，但瑞尼特已經搶到手銃。他拳打腳踢，跟周圍的太暴衛兵奮戰。拜倫突破重重人牆後，也加入混戰中，他抓住瑞尼特的脖子，緊緊地勒住，同時使勁向後拉他。

「叛徒。」瑞尼特氣喘吁吁，仍奮力用手銃瞄準獨裁者，獨裁者則拚命東躲西藏。他開火了！然後衛兵立刻將他繳械，並把他壓在地板上。

但獨裁者的右肩與半邊胸部已被轟掉，右臂兀自詭異地掛在磁性護套上，手指、手腕與手肘都成了焦黑的一團。有好一陣子，當獨裁者的身子還勉強保持平衡時，他的雙眼仍放出光芒。最後，他的眼神終於變得呆滯，整個人倒了下去，成為地板上的一團焦炭。

艾妲密西婭嚇得啞然失聲，將頭緊緊埋在拜倫懷中。拜倫則強迫自己，以堅定而毫不畏縮的目光，看了殺父仇人的屍首一眼，然後才趕緊轉移視線。亨瑞克躲在一個遙遠的角落，喃喃地自言自語，還咯咯地傻笑。

只有阿拉特普一個人冷靜如常，他說：「把屍體移走。」

衛兵立刻遵命照辦，並用軟熱線噴向地板，總共噴了好幾分鐘，以除去沾在上面的血跡。最後，地板上只剩下少許零星的焦黑痕跡。

接著，衛兵扶起瑞尼特。他用雙手刷了刷衣服，然後猛然轉向拜倫。「你剛才在幹什麼？我幾乎讓那個雜種逃掉了。」

拜倫以困倦的口氣說：「你中了阿拉特普的圈套，瑞尼特。」

「圈套？我殺了那雜種，不是嗎？」

「那就是圈套，你幫了他一個大忙。」

瑞尼特並未回答。阿拉特普也沒有插嘴，他帶著幾分興味聆聽他們的對話，這年輕小伙子的頭腦果然靈光。

拜倫又說：「假如阿拉特普竊聽到他所聲稱的一切，那麼他就應該知道，只有鍾狄擁有他需要的情報。在那場格鬥後，鍾狄面對我們的時候，他曾經提到這一點，而且特別強調。阿拉特普首先盤問我們，顯然是要擾亂我們的心智，讓我們在適當時機做出不經大腦的舉動。對於他期望的那種失去理智的衝動，我早已做好心理準備，可是你沒有。」

「我本來以為，」阿拉特普輕聲打岔道：「做出這個舉動的會是你。」

「要是我的話，」拜倫說：「我會瞄準你。」他又轉向瑞尼特，「他不想讓獨裁者活著，你難道看不出來嗎？太暴人都是蛇一般陰險的人物。他想要獨裁者的情報，卻不願付出代價，但他不能冒險殺掉他，所以你就做了他的幫凶。」

「正確，」阿拉特普說：「而我也得到情報了。」

此時，某處的警鈴突然響起。

瑞尼特開口道：「好吧，就算我幫了他一個大忙，我同時也為自己做了一件大事。」

「並不盡然，」行政官說：「因為我們這位年輕朋友的分析並不徹底。你看，你又犯了一樁新的罪行。當初你的罪名只是反叛太暴，對你的處置將是一樁微妙的政治案件。可是現在，林根的獨裁者被你殺害，就能根據林根的法律審判你，定你的罪，將你處決，太暴人從頭到尾不必出頭。這將是很方便……」

此時他皺起眉頭，沒有再說下去。他也聽到了叮叮噹噹的鈴聲，於是他走到門口，一腳踢開艙門。

「怎麼回事？」

一名士兵向他敬禮，答道：「一般警報，長官，在貯物艙。」

「火警嗎？」

「還不知道，長官。」

阿拉特普心中暗自嘆道：銀河啊！便趕緊走回艙房。「吉爾布瑞特在哪裡？」

直到現在，大家才發現他不見了。

阿拉特普說：「我們會找到他的。」

結果，他們發現他躲在輪機室，縮在巨大的機器中拚命發抖，立刻將他半拖半抱地帶回行政官的房間。

行政官以冷漠的口氣說：「在船艦上是跑不掉的，侯爺。你弄響一般警報也沒用，即使那樣做，引起混亂的時間也極有限。」

他繼續說：「我想這就夠了。你偷走的那艘巡弋艦，法瑞爾，我自己的巡弋艦，我們已把它裝在這艘戰艦上，它將用來探索那個叛軍世界。一旦完成躍遷計算，我們就要向已故獨裁者所提供的座標前進。在我們這個安逸的世代，這樣的冒險還眞是難得。」

他心中突然浮現他父親指揮一支分遣艦隊，征服各個世界的景象。他很高興安多斯已經離去，這次的探險將由他一人獨享。

然後他便令眾人解散。艾妲密西婭與父親待在一起，瑞尼特與拜倫則分別朝不同方向走去。吉爾布瑞特一面掙扎，一面尖叫道：「我不要一個人留在這裡，我不要獨處。」

阿拉特普嘆了一口氣。此人的祖父是位偉大的統治者，歷史書上這麼說的。目睹這種場面實在令人沒面子，他帶著嫌惡的情緒說：「把侯爺跟其中一個關在一起。」

於是吉爾布瑞特與拜倫關在同一間囚室。在戰艦的「夜晚」來臨，照明光線變成昏暗的紫色前，他們一直沒有交談。這種紫光還算亮，足以讓輪班的衛兵透過閉路電視系統監視他們，但亮度絕不會干擾睡眠。

可是吉爾布瑞特卻沒睡。

「拜倫，」他悄聲喚道：「拜倫。」

拜倫從矇矓的半昏睡狀態中被叫醒，他說：「你要幹什麼？」

「拜倫，我做到了。沒有關係，拜倫。」

拜倫說：「設法睡一會兒吧。」

吉爾布瑞特卻繼續說：「可是我做到了，拜倫。阿拉特普也許聰明，但我比他還要聰明，這是不是很有趣？你不必擔心，拜倫。拜倫，不必擔心，我已經弄好了。」他再度搖晃著拜倫的身子，顯得興奮異常。

拜倫坐起來。「你究竟是怎麼了？」

「沒什麼，沒什麼，沒有關係，但我的確弄好了。」吉爾布瑞特正在微笑，那是個狡獪的笑容，小男孩做了什麼得意的事，就會露出那種笑容。

「你到底弄好了什麼？」拜倫站起來，抓住對方的肩頭，把他的身子也拉得筆直。「回答我。」

「他們在輪機室發現我，」他突然一口氣答道：「他們以為我在躲藏，其實並非如此。我弄響貯藏室的一般警鈴，是因為我必須獨處幾分鐘——兩三分鐘就好。拜倫，我把超原子線路短路了。」

「什麼？」

「那很簡單，只花了我一分鐘時間。他們不會知道的，我做得很高明。在他們準備躍遷前，他們絕不會發現。等到躍遷的時候，所有的燃料將在鏈鎖反應中變為能量，這艘戰艦、我們、阿拉特普，以及有關叛軍世界的所有情報，全都會化成不斷擴散的稀薄蒸汽。」

拜倫立刻向後退了幾步，雙眼張得老大。「你做了這種事？」

「是的，」吉爾布瑞特將頭埋在雙手之中，前後不停地搖晃。「我們都會死，拜倫，我不怕死，但我不要孤獨死去，不要孤獨死去！我一定要跟什麼人在一起，而我很高興是跟你在一起。當我死去的時候，我要跟某個人在一起。可是不會有痛苦，一切很快就會結束。不會有痛苦，不會……痛苦。」

拜倫說：「笨蛋！瘋子！你不這樣做，我們仍有可能度過難關。」

吉爾布瑞特沒聽到這句話，他耳中充滿了自己發出的呻吟，拜倫只好猛然衝向門口。

「衛兵，」他喊道：「衛兵！」還有幾小時，或是只剩下幾分鐘？

第二十一章 在這裡？

隨著一陣急忙的腳步聲，一名士兵沿著走廊衝過來。「回到裡面去。」他的聲音既凶狠又嚴厲。

拜倫與他面對面站著。充作囚室的小艙房都位於最底層，一律沒有艙門，門口卻被一道力場從左到右、從上到下封死。拜倫用手便能感到它的存在，它摸起來有微弱的彈性，像是橡皮膜拉到接近極限的狀態，但它的形變很快中止，彷彿一下輕壓就使它變成無形的鋼鐵。

拜倫的手指微微刺痛。他很明白，雖然它能完全阻擋物質的出入，但對神經鞭的能束而言，它卻與眞空一樣透明，而那名衛兵手中正有一柄神經鞭。

拜倫說：「我必須見阿拉特普行政官。」

「這就是你大呼小叫的原因嗎？」衛兵的心情不太好，值夜並非受歡迎的差事，何況他剛才打牌又輸了。「等到亮燈後，我會幫你提一提。」

「這件事不能等，」拜倫感到絕望，「它非常重要。」

「這件事必須等。你是要退回去，還是想吃一記鞭擊？」

「聽好，」拜倫說：「跟我在一起的人是吉爾布瑞特・歐思・亨芮亞德。他生病了，也許已經奄奄一息。假如只因爲你不讓我見負責人，竟使亨芮亞德家族的人死在太暴戰艦上，你就不會有好日子過了。」

「他有什麼不對勁？」

「我不知道，請你快點好嗎，還是你活得不耐煩了？」

衛兵一面咕噥，一面轉身離去。

藉著暗紫色的光線，拜倫極目望著衛兵的背影。他又豎起耳朵，試圖捕捉發動機的節奏。能量密度升到躍遷前的峰值時，發動機的脈動會陡然增強，幸好現在他什麼也沒聽到。

他走向吉爾布瑞特，抓住他的頭髮，將他的頭輕輕向後拉。吉爾布瑞特的臉孔扭曲，雙眼緊盯著拜倫的眼睛，但他的目光只透出恐懼，根本認不出面前是什麼人。

「你是誰？」

「這裡只有我——拜倫，你感覺如何？」

過了一陣子，這句話才鑽進他的腦海。吉爾布瑞特茫然道：「拜倫？」然後，他突然清醒一點。「拜倫！他們就要躍遷了嗎？死亡不會有痛苦的，拜倫。」

拜倫讓他的頭再垂下去。對吉爾布瑞特生氣毫無意義，就他所知的情勢而言，或者應該說，就他自以爲所知的情勢而言，他的所做所爲是一項偉大的舉動。尤其在瀕臨崩潰之際，他能這樣做更是難得。

可是拜倫心中充滿挫折感。他們爲何不讓他見阿拉特普？爲何不讓他出去？他來到一面牆壁前面，開始用力揮拳猛擊。銀河在上，如果有一扇門，他可以把它打爛；如果有一道欄杆，他可以扯開來，或者連根拔起。但門口卻是一道力場把關，任何東西都奈何不了它。

他再度大吼大叫。

腳步聲又傳了過來，他趕緊衝向那道似開非開的門。但他無法探頭出去，看看究竟是誰沿著走廊走來，他唯一能做的只有等待。

來人又是那名衛兵。「離力場遠一點，」他吼道：「退回去，雙手舉在前面。」衛兵身邊還站著一名軍官。

拜倫向後退去，對方的神經鞭堅定不移地指著他。拜倫說：「跟你來的人不是阿拉特普。我要見行政官。」

那軍官開口道：「假如吉爾布瑞特・歐思・亨芮亞德生病了，你不應該找行政官，你該找的是醫生。」

力場降了下來，當開關切斷時，還冒出些許暗淡的藍色火花。那名軍官走進來後，拜倫看到他的制服上繡著醫療隊徽。

拜倫走到他面前。「好吧，你聽我說。這艘戰艦絕對不可躍遷，行政官是唯一能做主的人，所以我必須見他。你了解這點嗎？你是一名軍官，你可以叫醒他。」

醫官伸出手臂想推開拜倫，卻被拜倫猛力打退。他立刻發出厲聲的吼叫，並說：「衛兵，把這個人帶到外面去。」

衛兵向前走來，拜倫馬上衝過去，兩人一起重重摔倒。拜倫雙手輪流沿著衛兵的身體向上抓，先抓到他的肩膀，再抓住他的右手手腕——那隻手握著神經鞭，正試圖用來攻擊拜倫。

一時之間，兩人扭在一起，保持一動不動的僵持狀態。然後，拜倫眼角瞥見那醫官的行動，他正躍過他們兩人，想要按下警鈴。

拜倫一隻手仍用力抓著衛兵的手腕，另一隻手及時伸出去，捉住醫官的腳踝。衛兵眼看就要掙脫，醫官則瘋狂地踢他。拜倫使出渾身力氣，兩隻手拚命抓住不放，頸部與太陽穴的血管都因此暴漲。

那醫官終於摔倒，隨即發出嘶啞的嚎叫。衛兵的神經鞭也掉到地板上，激起了一聲巨響。拜倫趕緊撲過去，壓在神經鞭上面，滾了幾滾後，用雙膝與單手撐起身子，神經鞭已握在另一隻手上。

「不准出聲，」他喘著氣說：「一點聲音都不准，把其他武器通通丟掉。」

衛兵搖搖晃晃地站起來，將一柄鑲有金屬的塑質短棒丟到一旁。他的短袖緊身衣已被扯破，雙眼射出憤恨的目光。那名醫官則未攜帶任何武器。

拜倫撿起短棒，然後說：「抱歉，我沒有東西捆綁你們，也根本沒有時間。」

神經鞭閃出暗淡的光芒，一下、兩下。衛兵與醫官兩人立刻僵住，痛苦萬分卻絲毫動彈不得，兩人一前一後結實地、硬梆梆地倒下，手腳都扭曲成奇形怪狀，正是他們挨鞭前所擺的姿勢。

拜倫轉身面對吉爾布瑞特，後者正默默地、出神地看著這個突兀的變化。

「抱歉，」拜倫說：「但你也一樣，吉爾布瑞特。」神經鞭再度發射。

吉爾布瑞特側身倒下時，出神的表情依舊僵凝在他臉上。

力場仍未升起，拜倫順利地走出去。走廊上沒有任何人；現在是戰艦的「夜晚」，除了值夜與巡邏人員，其他的人都在睡覺。

沒時間去找阿拉特普了，他得直接前往輪機室。於是他立刻出發，當然，應該朝艦首方向走去。

一個穿著輪機員制服的人，匆匆經過他身邊。

「下次躍遷是什麼時候？」拜倫大聲問道。

「大約半小時後。」輪機員轉過頭來回答。

「輪機室在正前方嗎？」

「在坡道上面。」此時，那人突然轉過身來。「你是誰？」

拜倫沒有回答，神經鞭第四度射出閃光。他躍過地上的軀體繼續前進，只剩半個小時了。

他快步走在坡道上的時候，便聽見一些嘈雜的人聲。前方的光線不再是暗淡的紫色，而是明亮的白光。他遲疑了一下，然後將神經鞭塞進口袋。那些人全都在忙著，不會有時間檢查他。

他很快走進去。在巨大的質能轉換器附近跑來跑去的人，個個看來都像侏儒。輪機室掛滿儀錶，像是有十萬隻眼睛射出所有的資料，讓人一目了然。這艘戰艦十分巨大，幾乎跟大型太空客船同一等級，與拜倫熟悉的小型太暴巡弋艦有很大差異。在小型巡弋艦上，發動機幾乎是全自動的，而這裡的幾台發動機足以提供整個城市的動力，自然需要許多人監控。

他來到一個圍著欄杆的騎樓，這個騎樓沿著輪機室四周繞行一圈。在某個角落有一間小房間，裡面有兩個人以十指飛快地操作電腦。

他趕緊向那個方向前進，有許多輪機員經過他身邊，卻都未曾看他一眼。最後，他走進那扇門內。

操作電腦的兩個人向他望去。

「什麼事？」其中一人問道：「你來這裡幹什麼？回到你的崗位去。」這個人戴著中尉的臂章。

拜倫道：「聽我說，超原子線路已經短路，必須立刻修理。」

「慢著，」另一個人說：「我見過這個人，他就是俘虜之一。抓住他，藍西。」

那人跳了起來，想從另一道門逃走。拜倫躍過辦公桌，又跳過電腦，一把抓住那個主管的短袖衣腰帶，把他向後拉回來。

「沒錯，」他說：「我是俘虜之一，我是維迪莫斯的拜倫。但我說的都是事實，超原子線路的確短路了。假如你不相信我，那就趕快派人檢查。」

那名中尉望著指向自己的神經鞭，小心翼翼地說：「辦不到，先生，沒有值日官或行政官的命令，這是辦不到的事。這表示要改變躍遷計算，使我們耽誤好幾個小時。」

「那麼叫負責人來，叫行政官來。」

「我能使用通話器嗎？」

「趕快。」

中尉伸手去取通話器的喇叭狀話筒，他的手臂卻在半途筆直下落，猛然敲向辦公桌邊緣的一排按鈕，艦上各個角落立刻警鈴大作。

拜倫的棒子來得太遲。它重重落在中尉手腕上，中尉連忙抽回手來，一面搓揉一面呻吟，可是警報訊號已經響了。

眾多衛兵從各個入口出現，一舉衝上騎樓。拜倫從控制室跑出來，用力關上門，前後看了看，便趕緊從欄杆往下跳。

他垂直下落，著地時雙膝彎曲，隨即滾向一旁。他盡可能快速翻滾，避免使自己成為活靶，但耳旁仍傳來針鎗發出的輕微「嘶嘶」聲。最後，他滾到一台發動機旁。

他躲在發動機的弧形底部，低著頭、彎著腰站起來，右腿感到針扎般的疼痛。此地與艦身非常接近，因此重力特別強，他又是從高處落下，膝蓋嚴重扭傷，這表示他無法再逃。假如他要扭轉局勢，必須就在原地進行。

他高聲叫道：「停止射擊！我放下武器。」他從衛兵手中奪來的棒子與鞭子先後滾出來，雙雙滾向輪機室中央。兩者清清楚楚躺在那裡，再也無法發揮作用。

拜倫又吼道：「我來是要警告你們的。超原子線路已經短路，只要進行一次躍遷，我們全都會送命。我只要求你們檢查一下發動機，假如我說錯了，你們也許會損失幾小時；但我要是說對了，你們便能救自己一命。」

有人叫道：「下去捉他。」

拜倫喊道：「你們寧願拿性命打賭，也不願聽我的勸告嗎？」

他聽見許多謹慎的腳步聲，便又向內退了一點。然後，上面響起輕微的響聲，一名士兵順著發動機滑下，他抱著發動機微溫的表面，就像擁抱新娘一樣。拜倫守株待兔，他仍能赤手空拳搏鬥。

此時，上方突然傳來說話聲，穿透了巨大的輪機室每一個角落，音量高得很不自然。「回到你們的崗位，暫停躍遷準備，檢查超原子線路。」

那是阿拉特普透過公眾演說系統說的話。他又命令道：「帶那個年輕人來見我。」

拜倫束手就擒，沒做任何抵抗。兩側各有兩名士兵抓住他，彷彿提防他隨時會爆發。他試圖勉強走得自然些，但仍然跛得很厲害。

阿拉特普衣衫不整，雙眼看來似乎跟平常不一樣：失去光澤、目光僵滯、焦距不準。拜倫突然想起來，他平時都戴著隱形眼鏡。

阿拉特普說：「你製造了一場不小的騷動，法瑞爾。」

「要拯救這艘戰艦就必須如此。叫這些衛兵走開，只要你們肯檢查發動機，我就不會再有什麼行動。」

「他們得再待一會兒。至少，直到我接到輪機人員的報告為止。」

他們靜靜地等待，時間一分一秒慢慢過去。終於，亮著「輪機室」三個字上方的一圈毛玻璃，發出了紅色的閃光。

阿拉特普按下開關。「開始報告！」

傳來的聲音俐落而急促：「丙組超原子線路完全短路，正在搶修中。」

阿拉特普說：「重新計算躍遷，順延六個小時。」

他轉向拜倫，以泰然的口吻說：「你對了。」

他做了個手勢，衛兵立刻敬禮、轉身，然後一個接一個很有秩序地離去。

阿拉特普說：「詳細經過，請說。」

「吉爾布瑞特・歐思・亨芮亞德待在輪機室的時候，想到讓機件短路會是個好主意。他不該為這項行動負責，一定不能因此處罰他。」

阿拉特普點了點頭。「多年來，沒有人認為他該負什麼責任，這件事將是你我之間的祕密。然而，我的興趣和好奇心撩了起來，我想知道你為何要拯救這艘戰艦。假如有個很好的理由，你絕不會貪生怕死，是嗎？」

「根本沒有任何理由，」拜倫說：「根本沒有叛軍世界。我已經告訴過你，現在我再重複一遍。林根就是革命活動的中心，這點已經證實了。我的目的只是要追捕殺父兇手，艾妲密西婭郡主只是要逃避一樁不情願的婚事。至於吉爾布瑞特，他早就瘋了。」

「獨裁者卻相信這顆神祕的行星的確存在，他明明給了我一組座標！」

「他的信念建立在一個瘋子的夢想上。二十年前，吉爾布瑞特夢想到一件事，獨裁者便以它爲根據，試圖尋找那個夢想中的世界，結果總共算出五顆可能的恆星，這完全是無稽之談。」

行政官又說：「可是有件事困擾著我。」

「什麼事？」

「你花了太大的力氣勸阻我。一旦我完成躍遷，我自己當然就能發現一切。如此想來，你們走投無路之下，並非沒有可能由其中一人破壞戰艦，然後另一個人出來解救，想要用這種迂迴的方法，讓我相信不必再找什麼叛軍世界。這樣一來，我就會對自己說：假如眞有這樣一個世界，小法瑞爾必定會讓這艘戰艦氣化，因爲他是個年輕人，而且有足夠的浪漫情懷，能爲他心目中的壯烈行動英勇犧牲。既然他冒著生命的危險，阻止將要發生的慘劇，那就代表吉爾布瑞特瘋了，根本沒有什麼叛軍世界。而我便會立刻折返，不再繼續探索下去。我這樣說會不會太複雜了？」

「不會，我了解你的意思。」

「既然你拯救了我們的性命，在大汗的法庭中，你便會得到適度的減刑。你不但能保住性命，還能保住你的祕密。不，年輕的先生，我還不準備相信這麼明顯的事實，我們仍將進行躍遷。」

「我不反對。」拜倫道。

「你很有膽識，」阿拉特普說：「眞可惜你不是我們的同胞。」他這樣說頗有恭維之意。

他繼續說：「我們現在要帶你回囚室去，並把力場升起來，這只是以防萬一。」

拜倫點了點頭。

他們回到囚室時，被拜倫打昏的衛兵已經不見了。不過那名醫官還在，他正俯身檢視仍不省人事的吉爾布瑞特。

阿拉特普說：「他仍舊昏迷不醒嗎？」

聽到他的聲音，醫官猛然立定站好。「報告行政官，神經鞭的效應已經消退。可是這個人年紀大了，又處於身心俱疲的狀況下，我不知道他能否恢復。」

拜倫感到恐懼感充斥全身，他不顧扭傷的疼痛，雙腳跪在床前，伸出一隻手輕按著吉爾布瑞特的肩頭。

「吉爾。」他悄聲喚道，同時以焦切的目光望著那張潮濕、蒼白的臉孔。

「走開，你這傢伙。」醫官一面凶巴巴地吼著，一面從內層口袋掏出一個黑色診療袋。

「幸好皮下注射器沒撞壞。」他喃喃抱怨道。然後他俯身湊向吉爾布瑞特，舉起充滿無色液體的注射器。等到針頭深深扎了進去，針筒內管便自動下壓。注射完畢後，醫官將注射器丟到一旁，在場三個人便開始等待。

吉爾布瑞特的眼皮眨動幾下，然後張了開。有好一陣子，他的眼睛只是茫然地張著。當他終於開口的時候，發出的聲音則近乎耳語。「我看不見，拜倫，我看不見。」

拜倫再度俯身湊到他面前。「沒有關係，吉爾，好好休息。」

「我不想休息。」他掙扎著要坐起來，「拜倫，他們什麼時候躍遷？」

「快了，快了！」

「那麼，留在我身邊，我不想孤獨地死去。」他的手指無力地抓著拜倫，但不久便鬆開，他的頭同時向後垂下。

醫官彎下腰看了看，隨即站了起來。「我們的動作太遲，他已經死了。」

熱淚頓時燙傷拜倫的眼瞼。「對不起，吉爾，」他說：「可是你不知道，你不了解。」另外兩個人並未聽見他在說什麼。

接下來幾個小時，拜倫感到萬分難熬。阿拉特普拒絕讓他參加太空喪禮，不過他也知道，在這艘戰艦的某個角落，吉爾布瑞特的屍體將在分解爐中被轟成無數原子，然後排放到太空去，與稀疏的星際物質永遠混在一起。

艾妲密西婭與亨瑞克一定會在場，他們會不會了解呢？她會不會了解，他做的只是他必須做的事？

醫官曾為拜倫注射軟骨質，它有助於加速韌帶撕裂傷的復原。膝蓋的疼痛已經幾乎消失，但那畢竟只是肉體的痛楚，根本算不了什麼。

體內突然出現一種異樣的感覺，他知道這代表戰艦已經完成躍遷。接著，最難熬的時刻來臨了。

早先的時候，他感到自己的分析完全正確，一定錯不了。可是萬一他猜錯了呢？萬一他們現在來到叛軍的大本營，那該怎麼辦？這個消息將火速傳回太暴星，特遣艦隊會立刻集結。如此他將含恨而逝，知道他原本能拯救叛軍，卻冒著生命危險破壞了那個機會。

在這段最黑暗的時光，他又想到了那份文件，那份他當初未能尋獲的文件。

那份文件的熱潮大起大落，顯得十分詭異。它有時會被提及，又很快遭到遺忘。太暴人瘋狂地、密集地尋找叛軍世界，卻完全不理會那份神祕失蹤的文件。

這樣做是否本末倒置？

拜倫突然間想到，阿拉特普竟以一艘戰艦獨闖叛軍世界，他到底有什麼自信？他敢以一艘戰艦挑戰一顆行星嗎？

獨裁者曾說，那份文件許多年前就不見了，可是它究竟落在誰的手上？

說不定就是太暴人，他們可能已經得到那份文件。而它上面記載的祕密，足以讓一艘戰艦毀滅整個世界。

假如眞是這樣，那麼叛軍世界在哪裡，甚至是否眞正存在，又有什麼關係呢？

時間一分一秒過去，阿拉特普終於走進囚室，拜倫趕緊站起來。

阿拉特普說：「我們抵達了那顆恆星的可能位置，那裡果眞有一顆恆星，獨裁者給我們的座標是正確的。」

「怎麼樣？」

「不過沒必要再尋找什麼行星，我的星際領航員告訴我，在不到一百萬年前，那顆恆星曾經變成一顆新星。當時即使有什麼行星，也都已經盡數毀滅。它現在是一顆白矮星，周圍不可能有任何行星。」

拜倫說：「那麼——」

阿拉特普說：「所以你是對的，根本就沒有叛軍世界。」

第二十二章 在那裡！

即使阿拉特普的人生哲學全部出籠，也無法完全掃除此時心中的遺憾。曾經有一陣子，他不再是他自己，而成了他父親的化身。過去這幾週，他也曾率領一支分遣艦隊，向大汗的敵人英勇進軍。但如今是個衰敗的時代，本來可能存在叛軍世界的地方，卻什麼也找不到。大汗再也沒有任何敵人，再也沒有世界需要征服。他只能繼續擔任一名行政官，注定只能撫平一些微不足道的麻煩，不可能再有更大的作爲。

然而，遺憾是一種徒然的情緒，它沒有任何建設性。

他說：「所以你是對的，根本就沒有叛軍世界。」

他坐了下來，同時示意拜倫坐在另一張椅子上。「我要跟你談談。」

年輕人以嚴肅的目光瞪著他。阿拉特普想起來，距離他們首次見面其實還不到一個月，這令他有點訝異。這個男孩現在長大了，遠比一個月前成熟，而且也不再恐懼。阿拉特普暗自想道：我變得十足頹廢了，在我們之間，有多少人開始喜歡藩屬世界的某些子民？又有多少人開始關心他們的福祉？

他說：「我準備釋放執政者和他女兒。自然，這樣做是一種政治智慧。事實上，就政治角度而言，這也是一個必然的結果。不過，我想現在就釋放他們，將他們送回無情號。你願不願意擔任他們的駕駛？」

拜倫說：「你也要還我自由？」

「是的。」

「你拯救了我的戰艦，也拯救了我的性命。」

「爲什麼？」

「我不信個人的感激會影響你對公事的決策。」

阿拉特普差點就要哈哈大笑，他實在喜歡這孩子。「那麼讓我給你另一個理由。只要我還在追查一個反抗大汗的巨大陰謀，你就是一名危險人物。當那個巨大陰謀成了夢幻泡影，當我找到的只是一小撮林根匪徒，而且他們的首領已經伏法，這時你對我就不再構成威脅。事實上，不論是審判你，或是審判那些林根俘虜，兩者都是危險的行動。

「審判必將在林根法庭舉行，因此無法在我們完全的掌握中。審判時又必然會提到所謂的叛軍世界，雖然它根本不存在，但在太暴的子民中，至少有一半會認爲也許眞有這回事，因爲無風不起浪，事出必有因。這樣一來，我們等於給他們一個糾合的念頭、一個革命的理由、一個對未來的希望。在本世紀結束前，太暴領域中的叛亂活動將不會平息。」

「那麼你要將我們全部釋放？」

「並非給你們絕對的自由，因爲你們沒有一個絕對忠誠。從今以後，我們將以自己的方式處理林根的問題，下屆獨裁者將發現自己被大汗管束得更緊。它將不再只是個聯合勢力，這樣一來，就不一定要在林根的法庭審判林根的人民。跟這次的陰謀有牽連的人，包括已經落在我們手中那些，都會被放逐到接近太暴星的世界，在那裡他們構成不了威脅。你自己則無法回到天霧星，也不必指望收回你的牧地。你將留在洛第亞，瑞尼特上校也一樣。」

「夠好了，」拜倫說：「可是艾妲密西婭郡主的婚事呢？」

「你希望它叫停？」

「你一定知道我們兩人希望結合，你曾說過，也許有辦法阻止那個太暴人。」

「當我那樣說的時候，我其實是想達到某種目的。那句古老諺語是怎麼說的？『戀人與外交官的謊言都值得原諒』。」

「可是明明有辦法，行政官。你只要對大汗指出，一個有權的廷臣想跟藩屬世界的重要家族聯姻，便有可能是受到野心驅策的結果。藩屬世界的革命不一定得由野心的林根人領導，由野心的太暴人領導同樣容易。」

這回阿拉特普當眞開懷大笑。「你的推理方式跟我們眞像，但這不會奏效。你想聽聽我的忠告嗎？」

「什麼樣的忠告？」

「你自己娶她，盡快行動。在如今的情況下，這種事一旦成爲既成事實，就很難再挽回了。我們會幫波漢再找個女人。」

拜倫猶豫了一下，然後伸出手來。「謝謝你，閣下。」

阿拉特普握住他的手。「反正，我對波漢也沒什麼特別的好感。話說回來，還有一件事你要牢記在心。不要被野心迷惑，你雖然娶了執政者的女兒，卻絕不可能成爲執政者，你不是我們要的那種人。」

阿拉特普望著顯像板上逐漸縮小的無情號，很高興自己迅速做成決定。那個年輕人自由了，一道電訊已藉由次乙太傳回太暴星。安多斯少校無疑將會氣得中風，而在宮廷中，請求召回他這個行政官的人絕少不了。

假如有必要，他將親自返回太暴星。他會設法面見大汗，讓他聽聽自己的解釋。將一切事實表明後，那位萬王之王將明白地看出來，根本沒有其他可能的解決方案，因此，他有辦法擊退任何敵人的聯合攻擊。他們已雙雙飛出星雲。無情號現在成了一個小光點，群星逐漸包圍在它四周，幾乎無法相互分辨。

瑞尼特望著顯像板上逐漸縮小的太暴旗艦，說道：「所以那個人真放了我們！你知道嗎，要是每個太暴人都像他一樣，我不加入他們的艦隊才有鬼。這不禁使我有點困惑，我對太暴人的德性有明確的概念，而他卻不符合。你想現在他能聽到我們說些什麼嗎？」

拜倫定好自動操縱系統，在駕駛座上轉過身來。「不，當然不能。他雖然還能像以前那樣，經由超空間來追蹤我們，但我想他無法以間諜波束進行監聽。你應該記得，他剛抓到我們的時候，他對我們的一切了解，都只是他在那顆行星上竊聽到的，沒有超出那個範圍。」

艾妲密西婭踏進駕駛艙，將手指放在嘴唇上。「別太大聲，」她說：「我想我父親正在睡覺。我們回到洛第亞要不了多久吧，對不對，拜倫？」

「我們能以一次躍遷完成，艾妲，阿拉特普已經幫我們計算好了。」

瑞尼特說：「我得去洗洗手。」

兩人目送他離去，然後她就投入拜倫懷中。他輕吻著她的額頭與雙眼，當他的手臂收緊時，他吻到了她的櫻唇。熱吻持續了很長的時間，結束時兩人都幾乎窒息。她說：「我好愛好愛你。」而他說：「我對你的愛勝過千言萬語。」接下來的對話同樣了無新意，但兩人心中同樣感到十分甜蜜。

過了一會兒，拜倫說：「在我們著陸前，他會不會爲我們主持婚禮？」

艾妲密西婭微微皺起眉頭。「我試圖向他解釋，說他是執政者，又是這艘艦艇的艦長，而且這裡根本沒有太暴人。我也不知道他會不會，他相當心煩意亂，簡直是六神無主，拜倫。等他休息夠了，我會再去試試。」

拜倫輕聲笑了笑。「別擔心，他會被說服的。」

瑞尼特踏著重重的步伐回來。他說：「我希望我們還有那個拖廂，這裡擠得甚至沒法做深呼吸。」

拜倫說：「要不了幾小時，我們便能回到洛第亞，我們很快就要進行躍遷。」

「我知道。」瑞尼特面露不悅之色，「而我們將待在洛第亞，直到老死爲止。不是我在拚命抱怨，我很高興我還活著，但這是個毫無意義的結局。」

「事情根本尚未結束。」拜倫輕聲道。

瑞尼特抬起頭來。「你是說我們能重新來過？不，我可不這麼想。你也許可以，但我不能。我太老了，已經不能有什麼作爲。林根將被納入太暴勢力範圍，而我再也見不到它。我想，這是令我最難過的一點。我生在那裡，一輩子住在那裡，到了其他地方我只能算半個人。你還年輕，你會忘掉天霧星。」

「母星並非生命中唯一重要的事，泰多。過去數世紀以來，我們最大的弱點就是無法認清這個事實。所有的行星，都是我們的母星。」

「也許吧，也許吧。如果曾有個叛軍世界，啊，那麼也許能這麼說。」

「叛軍世界的確存在，泰多。」

瑞尼特厲聲道：「我可沒心情開玩笑，拜倫。」

「我不是亂講，的確有這樣一個世界存在，我還知道它的位置。我在幾週前就該知道，我們每個人都一樣。一切事實俱在，一直在向我的心靈叩門，卻始終不得其門而入。直到在第四顆恆星的行星上，當你我聯手擊敗鍾狄後，我才恍然大悟。你記不記得他站在那裡，告訴我們說，要是沒有他的幫助，我們永遠無法找到第五顆恆星？你記得他說的那些話嗎？」

「確切的字句？不記得。」

「我想我還記得，他說：『平均每顆恆星占了七十立方光年的範圍，若是沒有我，僅僅使用嘗試錯誤的方式，想來到任何恆星附近十億哩的範圍，只有二十五萬兆分之一的機率。任何恆星！』就是在那一刻，我想，那些事實終於鑽進我的腦海，我能感到那道靈光。」

「我心中則毫無靈光，」瑞尼特說：「請你稍作解釋。」

艾妲密西婭說：「我想不通你是什麼意思，拜倫。」

拜倫說：「你們難道看不出來，那麼微乎其微的機率，正是理論上吉爾布瑞特應該遇到的？你們都記得他的故事，流星撞上戰艦，令戰艦的航向偏移，等它完成所有的躍遷後，竟然來到某恆星系的範圍內。那種事根本是巧合中的巧合，簡直令人無法置信。」

「那麼，它就是個瘋子說的故事，其實沒有什麼叛軍世界。」

「除非在某種情況下，他抵達某個恆星系的機率並非低得難以置信，而這種情況的確存在。事實上，有那麼一組條件，而且是唯一的一組，使他必定會抵達某個恆星系，因爲那是必然的結果。」

「所以呢？」

「你該記得獨裁者做的推論。吉爾布瑞特那艘戰艦的發動機未受影響，因此超原子推力未曾改變，換句話說，也就是躍遷的總長度沒有變化，改變的只是躍遷的方向。而在大到不可思議的星雲中，僅有五顆恆星是可能的終點。像這樣的解釋，表面上看來就很牽強。」

「但是還有什麼其他可能呢？」

「哈，就是推力和方向都沒發生變化。我們並沒有眞正的理由，假設航行的方向的確受到影響，那只是一項假設罷了。假如戰艦仍循原來的路徑航行呢？它原本就瞄準一個恆星系，因此最後來到那個恆星系，其間根本沒有機率介入。」

「可是它瞄準的那個恆星系——」

「——就是洛第亞，所以他來到洛第亞。這會不會明顯得令人難以理解？」

艾妲密西婭道：「但是這樣一來，叛軍世界必定在我家鄉！那是不可能的。」

「爲什麼不可能？它就在洛第亞星系的某個角落。藏匿一樣東西共有兩種方式，你可以把它放在沒人找得到的地方，比如說藏在馬頭星雲內；但你也能把它放在沒人想得到的地方，清清楚楚地擺在眾人面前。

「想想吉爾布瑞特在叛軍世界著陸後的際遇，他毫髮無損地被送回洛第亞。根據他自己的理論，這是爲了避免太暴人大規模搜索那艘戰艦，因而過於接近那個世界。可是，他們爲什麼要讓他活著？假如戰艦送回來的時候，吉爾布瑞特死在上面，也能達到同樣的目的，但吉爾布瑞特就沒有洩露祕密的機會。他們沒有那樣做，而他最後果然洩露了祕密。

「這一點，也唯有假設叛軍世界位於洛第亞星系才解釋得通。吉爾布瑞特是亨芮亞德家族的一員，除了洛第亞，還有哪裡對亨芮亞德家族的生命那樣尊重？」

艾妲密西婭激動得雙手抽搐。「但你說的若是實情，拜倫，那麼父親正處於可怕的危險中。」

「而且歷時已有二十年，」拜倫表示同意，「但或許並非你想像的那種情況。吉爾布瑞特曾經告訴我，裝成一個半吊子、一個沒用的廢物，是一件多麼困難的事。爲了作戲作到十足，甚至在朋友面前，甚至在獨處的時候，也都不能摘下面具。當然，就他而言，可憐的傢伙，他主要是演給自己看。他並未眞正改變自己的生活，跟你在一起的時候，艾妲，他的眞實自我很容易就跑出來。他也對獨裁者露出過眞面目，甚至跟我才剛相識，他就感到有必要以眞面目見我。

「可是我想，過著百分之百作戲的生活仍有可能，只要你的理由足夠重要。一個人甚至可能瞞騙親生女兒一輩子，情願眼睜睜看著她接受一樁可怕的婚姻，也不願危及他努力一生的成果，因爲那是建立在太暴人完全的信任上。他甘願假扮近乎瘋子的角色……」

艾妲密西婭終於能開口了，她以沙啞的聲音說：「你絕不會是那個意思！」

「不可能再有別的意思，艾妲。他擔任執政者已超過二十年，這段期間中，在太暴人的許可下，洛第亞的疆域不斷擴充，因爲他們對他放心。二十年來，他一直在組織起義的叛軍，卻沒有受到他們的干預，因爲他的無能看來那麼明顯。」

「你是在猜測，拜倫，」瑞尼特說：「這種猜測和我們以前做的那些同樣危險。」

拜倫說：「這不是猜測。我和鍾狄在做最後一次討論時，我曾經告訴他，謀害家父的叛徒是他，而不是執政者，因爲家父絕不至於笨到那種程度，會將招致死罪的情報託付給執政者。不過事實上——當時我已經知道——那正是家父所做的事。吉爾布瑞特就是從竊聽家父和執政者的討論中，獲悉了鍾狄的祕密角色。除此之外，他沒有別的途徑能知道這件事。

「可是凡事總有正反兩面，我們都認爲家父當初爲鍾狄工作，去見執政者是爲了爭取他的支持。但還有一種同樣可能的情形，甚至更可能的情形，就是他原本便爲執政者工作，他在鍾狄的組織中，擔任的角色其實是叛軍世界的特務，他的任務是預防林根過早發難，以免二十年的努力經營毀於一旦。這難道不能成立嗎？

「當吉爾布瑞特讓發動機短路後，我拚了命也要拯救阿拉特普的戰艦，你們以爲是爲了什麼？不是爲我自己，那個時候，我無論如何想不到阿拉特普會釋放我。甚至也不能算爲了你，艾妲。我的目的是要拯救執政者，在我們這些人當中，他才是最重要的角色，可憐的吉爾布瑞特並不了解這點。」

瑞尼特連連搖頭。「很抱歉，我就是無法相信這一切。」

此時，突然有另一個聲音響起：「你還是相信的好，這是眞的。」執政者站在艙門口，身形高大而目光嚴肅。剛才說話的就是他，但那又不太像他的話。那句話聽來簡潔有力，而且充滿自信。

艾妲密西婭跑到他面前。「父親！拜倫說……」

「我聽到拜倫說了什麼。」他伸出手來，以溫柔的大幅動作撫摸著她的秀髮。「那都是眞的，我甚至會讓你的婚事如期舉行。」

她連忙向後退去，幾乎像是感到尷尬。「你的話聽來好奇怪，聽來簡直好像……」

「好像我不是你的父親，」他以悲傷的口吻說：「這不會持續太久的，艾妲。我們回到洛第亞後，我就會變回你所熟悉的我，而你必須接受這個事實。」

瑞尼特睜大眼睛瞪著他，平時紅潤的臉龐變得跟他的頭髮一般灰白，拜倫則屏住了氣息。

亨瑞克說：「過來這裡，拜倫。」

他將一隻手放在拜倫的肩上。「過去曾有那麼一次，年輕人，我準備犧牲你的性命。未來這種情況仍有可能發生，到那一天，我再也無法保護你們兩人。除了扮演過去那個角色，我什麼也不能做。你了解這點嗎？」

每個人都點了點頭。

「不幸的是，」亨瑞克又說：「危害已經造成了。二十年前，我不像今天這樣，對我扮演的角色如此堅定。當初我應該下令殺死吉爾布瑞特，可是我做不到。因為我的一念之仁，現在許多人都知道有個叛軍世界，而我是它的領導者。」

「只有我們知道而已。」拜倫說。

亨瑞克露出苦笑。「你會這樣想，是因為你還年輕。你認為阿拉特普不如你聰明嗎？你推論出叛軍世界的位置和領導者，所根據的事實他全知道，而他的推理能力絕不在你之下。唯一的差別是他較年長，較謹慎，而且擔負的責任重大，所以必須百分之百確定。

「你以為他釋放你，是因為感情用事嗎？我相信你如今獲得自由，跟你上回獲得自由的原因完全一樣。這只是放長線釣大魚，想通過你而找到我。」

拜倫面色死灰。「那我必須離開洛第亞？」

「不，那樣才會要命。除了眞正原因，你似乎沒有理由離去。留在我身邊，他們始終會捉摸不定。我的籌畫即將完成，大概再過一年，或者更短時間。」

「可是執政者，還有些您也許不清楚的因素。有那麼一份文件……」

「令尊當初尋找的那份文件？」

「是的。」

「親愛的孩子，令尊並不知道全部內情，讓任何人掌握一切事實都是危險的事。老牧主獨自在我的圖書館裡，從相關資料中發現那份文件的存在，這點令我十分佩服，而他也看出了它的重要性。但他若能先跟我商量一下，我就會告訴他，那份文件早已不在地球上。」

「正是如此，閣下，我確定它落到太暴人手中。」

「但當然不是這樣，因爲它在我這裡，我已經保存了二十年。叛軍世界便是它催生的，因爲直到我得到這份文件，我才知道當我們勝利後，我們能永保勝利的果實。」

「那麼，它是一種武器嘍？」

「它是宇宙間最具威力的武器，它會毀滅太暴人，也能將我們一併毀滅，但它能拯救星雲眾王國。沒有它的話，我們或許仍能擊敗太暴人，卻無法改變封建專制政體；正如我們密謀推翻太暴人一樣，也將有人密謀推翻我們。我們和他們，都得送進過時政體垃圾桶中。如今時機已經成熟，就像當年在地球那顆行星上那樣，我們將有一個新型的政府，一種在銀河中從未嘗試的形式。從此再也沒有大汗，也沒有獨裁者、執政者或牧主。」

「看在太空的份上，」瑞尼特突然吼道：「那還剩下什麼？」

「人民。」

「人民？他們怎能治理政府？必須有某個人做出決策。」

「有辦法解決的。我掌握的那個藍圖，原本是爲一顆行星的一小部分地區設計的，但它不難推廣到整個銀河。」執政者微微一笑。「來吧，孩子們，還是讓我爲你們主持婚禮吧。現在，這樣做不會再有什麼害處。」

拜倫緊緊握著艾妲密西婭的手，她則對他露出淺淺的笑容。此時，無情號進行了事先計算好的單一躍遷，眾人體內都生出一陣異樣的感覺。

拜倫說：「在您開始前，閣下，能否對我說說您提到的那個藍圖？我的好奇心滿足後，才能把心思專注在艾妲身上。」

艾妲密西婭笑出聲來，她說：「你最好那樣做，父親，我可受不了一個心不在焉的新郎。」

亨瑞克微微一笑。「我將那份文件謹記在心，聽好了。」

當洛第亞之陽在顯像板閃閃發光之際，亨瑞克開始背誦那些古老的字句。在整個銀河中，只有一顆行星比這些字句更爲古老。

「我們合眾國的人民，爲了形成更完善的聯邦，樹立公義，確保境內安寧，提供共同防衛，增進大眾福祉，保障我們及後世子孫永享自由，特此制定並確立這部美利堅合眾國憲法……」

後記

《繁星若塵》的創作與首度發表，都是早在一九五〇年的事。在那個時代，我們對行星大氣知道得不如今天這樣多。在第十七章中，我描述一顆沒有生命的行星，它的大氣層含有氮與氧，卻獨缺二氧化碳。現在我們似乎可以肯定，一個沒有生命的「地型」世界（像地球這種由岩石構成的小型行星，與它的恆星距離相當近），如果擁有大氣層，它可以沒有氧氣，而只有氮氣與二氧化碳。

若想對第十七章做適當的修改，我必須重寫本書很大一部分。因此我請各位讀者不要追究，姑且根據本書的邏輯來欣賞（假設您的確欣賞）這個故事。

以撒・艾西莫夫

■附錄

艾西莫夫傳奇

葉李華

以撒·艾西莫夫（Isaac Asimov, 1920–1992）是科幻文壇的超級大師，也是舉世聞名的全能通俗作家。他與克拉克（Arthur Clarke, 1917–）及海萊因（Robert Heinlein, 1907–1988）鼎足而立，同爲廿世紀最頂尖的西方科幻小說家。除此之外，在許多讀者心目中，他還是一位永恆的科學推廣者、理性主義的代言人，以及未來世界的哲學家。

※ ※ ※

艾西莫夫是家中長子，一九二〇年一月二日生於白俄羅斯的彼得維奇（Petrovichi），三歲時隨父母移民美國，定居紐約市。雖然父母都是猶太人，他卻始終不能算是猶太教徒，後來更成爲徹底的無神論者。

艾西莫夫聰明絕頂、博學強記，未滿十六歲便完成高中學業，十九歲畢業於哥倫比亞大學，二十一歲獲得哥大化學碩士學位。但由於攻讀博士期間投筆從戎四年，直到一九四八年才獲得哥大化學博士學位。次年他成爲波士頓大學醫學院生化科講師，並於一九五五年升任副教授。可是三年後由於太過熱中寫作，他不得不辭去教職，成爲一位專業作家，但爭取到保留副教授頭銜，並於一九七九年晉升爲教授。

艾西莫夫與科幻結緣甚早，九歲時在父親開的雜貨店發現科幻雜誌，便迷上這種獨具一格的文體，進而立志要成爲科幻作家。年方十九，他寫的第三篇科幻小說〈灶神星受困記〉(Marooned off Vesta) 便首次印成鉛字，刊登於著名的科幻雜誌《驚異故事》(*Amazing Stories*)。一九四一年，也就是他拿到碩士學位那年，在美國科幻教父坎柏 (John W. Campbell Jr, 1910–1971) 的啓發與鼓勵下，他寫出自己的成名作〈夜歸〉(Nightfall)，發表於坎柏主編的《震撼科幻小說》(*Astounding Science-Fiction*)，立時在科幻圈聲名大噪，成爲美國科幻界的明日之星。他經營一生的兩大科幻系列「機器人」與「基地」都開始得很早，第一篇機器人故事〈小機〉(Robbie) 是一九三九年五月的作品，而「基地」系列的首篇則完成於一九四一年九月初。

除了科幻之外，艾西莫夫也寫過幾本推理小說，不過非文學類作品寫得更多。他一生撰寫加上編纂的書籍近五百本，甚至逝世後還陸續有新書出版，難能可貴的是始終質量並重（不過毋庸諱言，有些文章與短篇曾重複收錄）。他之所以如此多產，除了天分過人、過目不忘之外，更因爲他熱愛寫作，將寫作視爲快樂的泉源、生命中最重要的一件事。他是個非常勤奮的作家，每天除了吃喝拉撒，以及必要的社交活動，可以從早寫到晚；就連住院時，只要病情稍一穩定，也會趕緊在病床上拿起筆來。他不喜歡旅行，也沒有其他嗜好，最大的樂趣就是窩在家中寫個不停。

一九四〇與五〇年代，艾西莫夫的作品以科幻爲主，科幻代表作泰半在這段時期完成，例如「基地」三部曲、「銀河帝國」三部曲，以及「機器人」系列的《我，機器人》、《鋼穴》與《裸陽》。一九五七年十月，前蘇聯發射世界第一枚人造衛星「旅伴一號」(Sputnik 1)，美國上上下下大感震撼，艾西莫夫遂決心致力科學知識的推廣。因此在一九六〇與七〇年代，他的寫作重心轉移到各類科普文章及書籍，從天文、數學、物理、化學、地球科學到生命科學，幾乎涵蓋自然科學所有的領域。其中最具代表性的，或許是下面這本數度增修、數度更名的科學百科全書：

《智者的科學指南》*The Intelligent Man's Guide to Science*（1962）

↓《智者的科學新指南》*The New Intelligent Man's Guide to Science*（1965）

↓《艾西莫夫科學指南》*Asimov's Guide to Science*（1972）

↓《艾西莫夫科學新指南》*Asimov's New Guide to Science*（1984）

許多人都會寫科普文章，卻鮮有能像艾西莫夫寫得那麼平易近人、風趣幽默而又不拖泥帶水。在美國乃至整個英語世界，「艾氏科普」在科學推廣上一向扮演著重要的角色。長久以來，艾西莫夫一直是科學界與一般人之間的橋樑——生硬深奧的科學理論從這頭走過去，深入淺出的科普知識從另一頭走出來。

艾西莫夫博學多聞，一生不曾放過任何寫作題材。據說有史以來，只有他這位作家寫遍「杜威十進分類法」：〇〇〇「總類」、一〇〇「哲學類」、二〇〇「宗教類」、三〇〇「社會科學類」、四〇〇「語文」、五〇〇「自然科學類」、六〇〇「科技」、七〇〇「藝術」、八〇〇「文學」、九〇〇「地理」。無論上天下海、古往今來的任何主題，他都一律下筆萬言、洋洋灑灑。自有人類以來，從來沒有第二個人，曾就這麼多題材寫過這麼多本書。後世子孫將很難相信，在「前網路時代」（prenet era），地球上出現過這樣一位血肉之軀的百科全書。

博古通今的艾西莫夫寫起文章總是旁徵博引，以宏觀的角度做全面性觀照。他最喜歡根據歷史發展的脈絡，指出人類未來的正確走向。而在艾西莫夫眼中，理性是人類最基本也是最後的憑藉，人類的進步史就是一部理性發達史。因此任何反理性的言論，都是他口誅筆伐的對象；任何反智的人物，從高級神棍到低級政客，都逃不過他尖酸卻不刻薄的修理。

艾西莫夫雖然未曾標榜自己是未來學家，卻對各個層面的未來都極爲關切。大至未來的太空殖民，小至未來可能的收藏品，都是他津津樂道的題目。他的科技預言一向經得起時間考驗，令人懷疑他簡直是個自由穿梭時光的旅人。例如他在一九八〇年寫過一篇〈全球化電腦圖書館〉，我們只要讀上幾段，便會赫然發現主題正是十五年後的「全球資訊網」。而他在發表於一九八八年的〈化學工程的未來〉這篇文章中，則已經討論到當今最熱門的生物科技。

※　※　※

艾西莫夫著作逾身，但不論他自己或是全世界的讀者，衷心摯愛的仍是他的科幻小說。他生前曾贏得五次雨果獎與三次星雲獎，兩者皆是科幻界的最高榮譽。

- 一九六三年雨果獎：《奇幻與科幻雜誌》（*Magazine of Fantasy and Science Fiction*）上的科學專欄榮獲特別獎
- 一九六六年雨果獎：「基地系列」榮獲歷年最佳系列小說獎
- 一九七三年雨果獎：《諸神自身》榮獲最佳長篇小說獎
- 一九七三年星雲獎：《諸神自身》榮獲最佳長篇小說獎
- 一九七七年雨果獎：〈雙百人〉（The Bicentennial Man）榮獲最佳中篇小說獎
- 一九七七年星雲獎：〈雙百人〉榮獲最佳中篇小說獎

- 一九八三年雨果獎：《基地邊緣》榮獲最佳長篇小說獎
- 一九八七年星雲獎：因終身成就榮獲科幻大師獎（嚴格說來並非屬於星雲獎，而是與星雲獎共同頒贈的獨立獎項）

除了科幻創作，他也寫科幻評論、編纂過百餘本科幻選集，並協助出版科幻刊物。以他的大名為號召的《艾西莫夫科幻雜誌》（*Isaac Asimov's Science Fiction Magazine*），是美國當今數一數二的科幻文學重鎮。

艾西莫夫晚年健康甚差，到最後根本寫不了長篇小說。聰明的出版商遂突發奇想，建議他選出最心愛的科幻中短篇當作骨架，與另一位美國科幻名家席維伯格（Robert Silverberg, 1935–）協力，擴充成有血有肉的長篇科幻小說。艾氏非常喜歡這個構想，於是不久之後，他的三篇最愛〈夜歸〉（1941）、〈醜小孩〉（The Ugly Little Boy, 1958）與〈雙百人〉（1976），先後脫胎換骨為三本精采萬分的科幻長篇《夜幕低垂》、《醜小孩》與《正子人》。好在有這樣的合作，艾西莫夫的科幻創作方能延續到生命的盡頭，而這正是他自己最大的心願——他生前常說最希望能死於任上，在打字機前嚥下最後一口氣。

點滴拾遺

- 名嘴：艾西莫夫很早就到處「現身說法」，但一向不準備講稿，總是以即席演講贏得滿堂喝采。
- 婚姻：艾西莫夫結過兩次婚，顯然第二次婚姻較為美滿。他的第二任妻子珍娜（Janet Asimov）本是一位精神科醫師，在夫婿大力協助下，退休後成為一名相當成功的作家。

- 懼高症：艾西莫夫筆下的人物經常遨遊太空，他本人卻患有懼高症，一九四六年後便從未搭過飛機。
- 短篇最愛：其實艾西莫夫自己最滿意的科幻短篇是〈最後的問題〉（The Last Question, 1956），他笑說自己只用了短短數千字，便涵蓋宇宙兆年的演化史。或許由於這篇小說稍嫌深奧，因此始終未曾改寫成長篇。
- 死於任上：艾西莫夫曾將這個心願寫在〈速度的故事〉（Speed）一文中。這篇短文是他爲《艾西莫夫科幻雜誌》撰寫的最後一篇「編者的話」，刊登於該雜誌一九九二年六月號。

網站資料

- 艾西莫夫首頁：http://www.asimovonline.com/
- 艾西莫夫FAQ：http://www.asimovonline.com/asimov_FAQ.html
- 艾西莫夫著作目錄（依類別）：http://www.asimovonline.com/oldsite/asimov_catalogue.html
- 艾西莫夫著作目錄（依時序）：http://www.asimovonline.com/oldsite/asimov_titles.html
- 維基百科艾西莫夫條目：http://en.wikipedia.org/wiki/Asimov